Erika Molny

Bruchstücke

Edition Junge Literatur
Verlag der Österreichischen Staatsdruckerei
und
Verlag Christian Brandstätter

1. Auflage

Graphische Gestaltung: Christian Brandstätter
Redaktion: Helmut Strutzmann
Druck und Bindearbeit: Österreichische Staatsdruckerei
ISBN 3-85447-119-8

Erika Molny

Bruch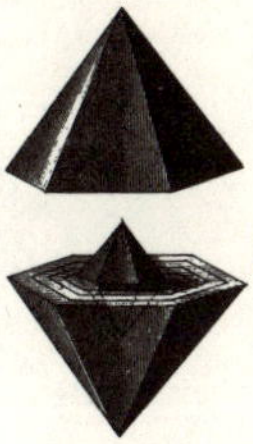stücke

Roman

Edition Junge Literatur

Inhalt

Die Brille

„WER liest, ist nie allein."
Das hat ein großer Philosoph gesagt.
Ich habe alles gelesen.
Ich habe immer gelesen.
Ich habe in den Nächten gelesen, in denen ich gewartet habe. Auf seine Heimkehr. Auf ein gutes Wort. Auf Schlaf. Auf Erlösung von meinen Qualen. Auf die Wärme und den Trost eines anderen Körpers. Oder nur auf die atmende, lebende Gegenwart eines anderen Körpers. Ich habe in den Nächten gelesen, in denen ich darauf gewartet habe, daß die Nacht vergehen soll.
Ich habe in den Nächten gelesen, in denen ich allein war und die Wiederkehr der Schmerzen fürchtete. Ich habe gelesen, wenn ich krank war, und mein Gehirn hat im Fieberrausch längst bekannte Sätze, längst erfaßte Wörter um neue, unbekannte bereichert. Mein von Fieber berauschtes Gehirn hat jenen Geschichten, die unveränderbar in den Büchern standen, eine neue Bedeutung gegeben.
Ich habe gelesen, wenn ich aß und trank. Ich habe meine Sinne den Büchern zugewandt, so daß mein Mund den Geschmack der Speisen nicht wahrnahm, sondern nur den Duft der Worte kostete. Bücher waren mein Trost und meine Freude, meine Wirklichkeit und mein Leben.
Bücher sind die Erinnerung an das Paradies, aus dem wir nicht vertrieben werden können. Das hat Schiller gesagt. Oder Goethe. Ich habe selbstverständlich auch Schiller und Goethe gelesen. Und alle Klassiker. Das gehört zur Allgemeinbildung. Als wir jung verheiratet waren, hat er mich manchmal verächtlich angesehen, wenn ich las.

„Warum verdirbst du dir mit diesem Schund die Augen?“
Ich hätte damals schon wissen müssen, daß einer, der die Klassiker als Schund bezeichnet, einen schlechten Charakter hat.
Auch er hat gelesen. Doch in seinen Büchern standen nur Formeln und Zeichen. Ich konnte sehen, daß er sich anstrengen mußte, um den Inhalt dieser Bücher zu verstehen. Seine Augen waren hinter der Brille verengt, und zwischen seinen Brauen bildeten sich tiefe Falten. Ich bin sicher, daß ich die Formeln leichter hätte verstehen können als er, wenn ich gewollt hätte. Ich habe rascher gedacht, als er es konnte. Wenn es darauf ankam, die Namen der großen Philosophen zu nennen, habe ich ihn immer durch meinen schnellen Verstand beschämt. Die Formeln waren mir widerwärtig. Ich bin sicher, daß ein Mensch, der saubere und anständige Gedankengänge liebt, besser ist als einer, der sich mit Formeln beschäftigt.
Ich habe die Namen aller großen Philosophen gekannt.
Diese Namen kommen in den Kreuzworträtseln vor. Die Kenntnis dieser Namen ist unerläßlich, wenn man durch Einfügung von vier Buchstaben waagrecht oder sechs Buchstaben senkrecht ein geordnetes und stimmendes Ganzes bilden will.
Jedes Wochenende muß man ein Kreuzworträtsel lösen. Wenn man in weniger als zwanzig Minuten damit fertig ist, dann kann man sich selbst mit vollem Recht den Titel „Rätselkönig“ verleihen. Ich habe das Kreuzworträtsel immer in fünfzehn Minuten gelöst gehabt. Ich hätte gerne an die Zeitung geschrieben und mitgeteilt, daß das Rätsel für jemanden mit meinem Verstand zu leicht ist. Ich stellte mich jedesmal, wenn ich das

Rätsel gelöst hatte, vor den Spiegel und sagte laut: „Rätselkönig". Ich konnte im Spiegel sehen, daß ich darauf mit vollem Recht sehr stolz war.
Ich hätte gerne jemandem mitgeteilt, daß ich wieder Rätselkönig geworden bin und daß das Rätsel viel zu leicht ist.
Ich bin froh darüber, daß ich das nicht getan habe. Die Zeitungsschreiber sind meine Feinde. Sie drucken die Rätselwörter in einer Schrift, die ich nicht lesen kann. Die Zeitungsschreiber wollen verhindern, daß ich das große Rätsel löse, in dem Worte und Buchstaben ein sinnvolles Ganzes ergeben.
Die Zeitungsschreiber denken nicht daran, daß jene Menschen, die Rätselkönig sein könnten, einsame Augen haben und keinen, der ihnen die Schrift deutet. Darum habe ich die Namen der großen Philosophen vergessen. Es macht mir nichts aus, denn ich bewundere die großen Philosophen nicht mehr.
Die großen Philosophen haben senkrechte und waagrechte Gedanken, die sich ordnen lassen. So zu denken ist keine Kunst, wenn man Zeit hat und gesund ist und wenn die Ordnung nicht durch Schmerzen gestört wird. Die großen Philosophen wissen nichts davon, daß der Schmerz in der Nacht den Körper wellenförmig überfällt und einem das Gefühl gibt, man würde in Stücke gerissen. Die großen Philosophen wissen nicht, wie es ist, wenn die Worte und Begriffe aus dem Gehirn verschwinden und Löcher hinterlassen, in die die Gedanken stürzen.
Denken ist keine Kunst, wenn man Worte und Begriffe zur Verfügung hat. Meine Feinde wollen nicht, daß ich die Worte verstehe. Ich starre in die Zeitung, und da sind keine Worte mehr. Jemand hat sie mir weggenommen.

Ich habe mir eine neue Brille gekauft, denn ich möchte Rätselkönig werden. Die Brille hat eine modische Fassung. Sie ist dunkelbraun und goldgelb gemasert, sehr hübsch, aber nicht aufdringlich, sondern irgendwie vornehm. Ich habe immer das Gediegene, das Dezente geliebt. Guten Geschmack kann man nicht erlernen. Das Gefühl für Farben und Formen ist angeboren.
„Sie haben einen ausgezeichneten Geschmack", hat der Optiker gesagt. „Diese Brillenfassung ist genau das Richtige für eine Dame. Dafür lohnt sich schon die kleine Mehrausgabe. Die Krankenkasse hat ja leider kein Verständnis für unsere Senioren. Es ist zwar eine unumstößliche Tatsache, daß ab einem gewissen Alter jeder Mensch Brillen benötigt und daß andererseits die Lebenserwartung Gott sei Dank gestiegen ist. Besonders beim weiblichen Geschlecht. Bei der Krankenkasse hat man aber, ohne auf die Statistik zu achten, noch immer nicht begriffen, daß ein himmelhoher Unterschied zwischen der Brillenfassung für eine Dame in einem gewissen Alter und für eine einfache Frau in einem gewissen Alter besteht.
Die Krankenkasse bewilligt lediglich Brillenfassungen für einfache Frauen in einem gewissen Alter", hat der Optiker gemeint. „Dabei wollen doch auch unsere Senioren mit der Mode gehen. Das ist wohl das Mindeste, was uns die Achtung vor dem Alter gebietet. Wer billig kauft, kauft teuer."
Im Geschäft des Optikers war ein großer Spiegel. Ich setzte die Brille vor dem Spiegel auf. Die dunkle Fassung machte sich, wie ich es erwartet hatte, gut zu meinen blauen Augen. „Deine Augen sind wie klare Bergseen", das habe ich oft gehört. Oder habe ich es gelesen? Hinter mir im

Spiegel konnte ich die anerkennenden Blicke des Optikers sehen. Ich war fast in Versuchung, ihn mit einem Scherz zurechtzuweisen. „Aber, aber, junger Mann, ich könnte beinahe Ihre Mutter sein." Doch es ist besser, wenn man solche Vorfälle einfach übergeht.
Im Spiegel habe ich mein Gesicht wiedererkannt. Viele haben mich für das hübscheste Mädchen im ganzen Bezirk gehalten. Ich selbst dachte eigentlich immer, daß meine Freundin Hermi viel hübscher ist als ich. Ich habe breite Hüften, und meine Fesseln sind plump. Doch darauf kommt es nicht an. Es kommt auf den Gesamteindruck an. „Die Maria hat ein entzückendes Biedermeiergesicht", das habe ich oft gehört. Im Spiegel des Optikers habe ich mein Gesicht wiedererkannt. Den sanften Schwung der Wangen, den strahlenden Glanz der Augen.
Wenn ich jetzt die neue Brille benutze, dann sehe ich nur den goldgelb-dunkelbraun gemaserten Rand der Fassung. Meine Welt besteht aus zwei goldgelb-dunkelbraunen Kreisen. Dazwischen ist nichts. Milchige Verschwommenheit, die die Worte und Gedanken aufsaugt.
Meine Augen sind ganz gesund. Ich war beim Augenarzt. Ich kann mich im Augenblick nicht darauf besinnen, ob ich allein dort war oder ob mich diese Frau begleitet hat. Ich war froh darüber, daß es ein Augenarzt war und keine Augenärztin. Zu Männern hat man mehr Vertrauen. Zu meiner Zeit haben Frauen nicht studiert. Obwohl es natürlich Beweise dafür gibt, daß Frauen ebenso klug sind wie Männer. Die Studenten haben nichts als Bierdunst im Kopf und dumme Lieder.
„Ja, keine ist so hübsch, so fein, wie unser's Hauswirts Töchterlein", hat einer unserer Untermieter

immer gesungen. Seine arme Mutter ließ sich Jahr für Jahr ein neues Kleid für die Promotion schneidern. Er bekam nur einen Bierbauch und kein Doktorat. Mein Mann war da anders, das muß man ihm lassen. Er hat zielstrebig studiert und war sehr tüchtig in seinem Fach.

Er hatte nur keinen Hausverstand, der Ballast des Wissens hat sein Gehirn unbeweglich gemacht. Als wir jung verheiratet waren, waren wir bei einem anderen Ehepaar eingeladen. Wir vertrieben uns die Zeit mit Scherzfragen. Ich konnte jede Frage schneller beantworten als er. Bei einer Frage machte er sich besonders lächerlich. Er bat um Papier und Bleistift und versuchte, die Lösung mit Hilfe seiner Formeln zu finden. Er saß da und rechnete, bedeckte das Papier mit geheimnisvollen Zeichen, runzelte die Stirn, kniff die Augen zusammen, strich das Errechnete durch und begann von vorn.

Wir redeten schon längst von etwas anderem. Er saß da und rechnete. Den ganzen Heimweg über war er schweigsam. Er schickte mich ins Bett, sagte, er habe noch zu arbeiten. Im Nachthemd schlich ich mich an seinen Schreibtisch, er hörte mich gar nicht, so sehr war er in seine Arbeit vertieft. Ich schaute ihm über die Schulter und bemerkte, daß er noch immer über die Lösung des Rätsels grübelte. Da habe ich ihm die Lösung des Rätsels ganz laut gesagt. Er fuhr herum, starrte mich wütend an, sagte, daß er seine Ruhe haben wolle, sagte, daß die Lösung dumm und kindisch sei und daß es noch eine wissenschaftliche Seite des Problems gäbe. Ich muß heute noch lachen, wenn ich daran denke.

Meine Augen sind ganz gesund. Ich war beim Augenarzt. Ich besuche gerne die Wartezimmer von Ärzten. Man lernt sich kennen, man redet miteinander. Manche Patienten geben einander Ratschläge, manche tauschen Erfahrungen aus. Man kann beobachten, wie unterschiedlich die Menschen auf ihre Krankheit reagieren. Nur wenige sind wirklich tapfer. Manche tun so, als wären sie die einzigen Kranken auf der ganzen Welt, halten ihre Krankheit für die schlimmste und schämen sich nicht, unausgesetzt zu klagen und zu jammern.

Im allgemeinen verkehrt aber in den Wartezimmern ein gutes Publikum. Die Menschen verhalten sich gesittet, sie helfen sich gegenseitig in den Mantel und legen die Illustrierten wieder an den für diese bestimmten Platz zurück. Leider bringt es unser Wohlfahrtssystem mit sich, daß man manchmal gezwungen ist, mit Menschen gemeinsam zu warten, mit denen man sich unter anderen Umständen wohl kaum für längere Zeit in einem Raum aufhalten würde. Solche Menschen sind eine Belästigung.

Im Wartezimmer des Augenarztes war eine sehr alte Frau in Begleitung einer jüngeren. Die andere war auch nicht mehr jung, fünfzig oder so. Eine ziemlich gewöhnliche Person, ungepflegt und ohne Geschmack gekleidet. Sie strahlte Ungeduld aus, man konnte förmlich spüren, daß ihr die Wartezeit im Wartezimmer des Augenarztes zu lang wurde. Zu lang wohl auch deshalb, weil nicht sie selbst zur Untersuchung gekommen war, sondern weil sie nur die ganz alte Frau begleitet hatte. Die jüngere Frau war eine sehr kräftige Person mit bösen, starken Händen.

Es tut sehr weh, wenn man von diesen Händen an der Schulter gepackt wird.

Die ganz Alte wollte nicht ruhig sitzen bleiben und sich der Ordnung, die für das Verhalten der

Patienten im Wartezimmer gültig ist, unterwerfen. Sie sprang alle paar Augenblicke auf, versuchte, um jeden Preis in die Ordination des Augenarztes einzudringen, obwohl sie noch gar nicht an der Reihe war. Die Sprechstundenhilfe des Augenarztes wurde schon recht ungeduldig. Immer wieder riß die Alte die Türe zum Sprechzimmer auf, obwohl die Lampe „Nicht eintreten" über der Türe rot leuchtete, und störte die Untersuchung der anderen Patienten.

Immer wieder mußte die Sprechstundenhilfe die Alte aus der Türe drängen und die Türe schließen. Sie tat das so nachdrücklich, daß jedesmal ein scharfer Hauch des Haarsprays, das die Sprechstundenhilfe benutzte, das Wartezimmer mit seinem billigen, chemischen Gestank füllte. Jedesmal, wenn das geschah, brüllte die jüngere Frau der Alten ins Ohr: „Warten, Mutti, wir müssen warten, bis unsere Nummer aufgerufen wird." Dabei zeigte sie drohend auf die Lampe „Nicht eintreten", die über der Türe zum Sprechzimmer rot leuchtete.

Die anderen Patienten, die geduldig in einer Reihe saßen und, soweit es ihre Augen zuließen, in Illustrierten blätterten, waren sehr belästigt. Sogar die Kinder waren sehr belästigt. Wohl auch, weil die Alte fortwährend stöhnte und hustete. Besonders wenn der Haarspray der Sprechstundenhilfe zu riechen war, gab die Alte keuchende Laute des Ekels von sich.

Die Begleiterin der Alten sagte schließlich entschuldigend: „Die Mutti sieht und hört kaum mehr. Und begreifen tut sie gar nichts mehr." Bei diesen Worten packte sie die alte Frau mit bösen, starken Händen an der Schulter und drückte sie auf ihren Sessel nieder. Ich denke, daß es sehr schmerzhaft für die alte Frau gewesen sein muß,

so hart an der Schulter gepackt zu werden. Ich weiß sogar, daß es sehr schmerzhaft für die alte Frau gewesen ist. Ich weiß, daß die Alte heute noch Druckstellen auf ihrer Schulter hat. Ich weiß, daß die Alte heute noch die Träger ihres Unterhemdes und ihres Büstenhalters auf diesen Druckstellen kaum ertragen kann. Es geschieht in letzter Zeit sehr häufig, daß ich Dinge, auch solche, die anderen Menschen zustoßen oder zugestoßen sind, genau weiß.
Dennoch ist es ein Nachteil des Krankenkassensystems, daß man gezwungen ist, mit solchen Menschen, die eine Belästigung für die anderen sind, im Wartezimmer sitzen zu müssen.
Die Begleiterin der Alten sprach die Alte mit „Mutti" an. Sie war also die Tochter der alten Frau. Es muß nicht schön sein, eine Tochter mit harten, bösen Händen zu haben. Ich selbst habe kein Kind. Ich bin ein dürrer Stamm. Das war einige Jahre meines Lebens ein großer Schmerz für mich. Doch wenn ich sehe, daß eine Tochter harte und böse Hände haben kann, dann ist es kein Schmerz mehr für mich, kein Kind zu haben.
Die Alte im Wartezimmer hatte einen verkrümmten Rücken. Die jungen Leute wissen es nicht, doch auch sie werden es noch erfahren, daß ein gekrümmter Rücken alle Gedanken und alle Gefühle eines Menschen beherrschen kann. Nachts im Bett, wenn der Schmerz den Körper in immer wiederkehrenden Wellen heimsucht, muß man sich bemühen, den Körper so zu lagern, daß die Qualen sanfter werden. Bei Tag lebt man in ständiger Angst vor der Wiederkehr der Schmerzen. Wenn man sich setzen muß, bemächtigt sich der Schmerz des ganzen Körpers. Es zieht in den Oberschenkeln, als sollte der Unterleib in zwei Teile gespalten werden. Dieses Gefühl ruft eine

quälende Vision hervor: Ein Mann, es ist ein Arzt, hat eine Frau in einem Lehnstuhl gefesselt. Er hat ihre Beine gespreizt und die Knöchel mit schmutzigen Tüchern festgebunden. Der Mann hat Schmisse im Gesicht. Mit einem Säbel spaltet er den Leib der Frau und holt die Leibesfrucht aus ihr heraus.
Das muß ich gelesen haben.
Alle alten Menschen leiden unter solchen Schmerzen. Die alte Frau im Wartezimmer des Augenarztes muß große Schmerzen gehabt haben, als jene jüngere Frau, die die Alte mit „Mutti" angesprochen hat, sie mit harten und bösen Händen auf den Sitz gedrückt hat.
Als ich an der Reihe war, war ich in der Ordination des Augenarztes. Der Augenarzt war ein gutaussehender Mann mit einem strengen, aber doch irgendwie gütigen Gesicht. Auch die Sprechstundenhilfe war eine recht hübsche Person. Mir wollte nur die Vertrautheit, die zwischen den beiden bestanden hat, nicht so recht gefallen. Um ein Haar hätte ich gefragt: „Sind Sie verheiratet, Herr Doktor? Was sagt Ihre arme Frau zu Ihrer hübschen Sprechstundenhilfe, die Ihnen immer so nahekommt, daß Ihnen vom Gestank des billigen Haarsprays ganz übel werden muß?"
Dann habe ich aber nur gesagt: „Sie werden erstaunt sein, Herr Doktor, wie gut meine Augen noch immer sind. In meiner Jugend waren meine Augen so gut, daß mich mein Mann beim Autofahren immer gebeten hat, ich solle beobachten, ob uns ein Auto entgegenkommt. Er selbst hatte schlechte Augen. Damals war noch nicht viel Verkehr."
Der Augenarzt hat gelacht und gesagt: „Ja, ja, wir werden alle nicht jünger. Ab einem gewissen Alter braucht Gott sei Dank jeder Mensch eine

Brille. Das liegt daran, daß die allgemeine Lebenserwartung gestiegen ist, besonders beim weiblichen Geschlecht. Früher sind die Menschen bedauerlicherweise gestorben, bevor sie eine Brille benötigten. Die Optiker führen über diese Tatsache sogar statistische Aufzeichnungen."

Ich habe gefragt: „Ist es schlimm?" Im Grunde war es mir eigentlich gleichgültig, ich habe nur deshalb gefragt „Ist es schlimm?", weil die Ärzte von den Patienten erwarten, daß diese um den eigenen Gesundheitszustand besorgt sind.

Der Augenarzt hat mir die Wange getätschelt und geantwortet: „Für Ihr Alter, Frau . .", und dann zur Sprechstundenhilfe: „Wie heißt die Dame?" Die Sprechstundenhilfe war sofort ganz unterwürfig, sie holte eine Karteikarte und benutzte die Gelegenheit, um ganz nahe an den Arzt heranzurükken: „Maria Angermeyer, Herr Doktor." Darauf der Augenarzt: „Frau Angermeyer, mit einer neuen Brille werden wir wieder erstklassig sehen."

Wer „wir"?

Die Sprechstundenhilfe rückte wieder ganz nahe an den Augenarzt heran, dem armen Mann muß ganz übel geworden sein von dem Gestank ihres Haarsprays, und tuschelte ihm etwas ins Ohr. „Ach so", sagte der Augenarzt und dann: „Frau Angermeyer, es tut mir leid, ich habe keine Krankenkasse. Sie müssen die Untersuchung bar bezahlen." Und zur Sprechstundenhilfe: „Sie hätten das schon im Wartezimmer sagen müssen, Schwester."

Die Sprechstundenhilfe war sehr beschämt. „Ich habe schon im Wartezimmer darauf aufmerksam gemacht, daß es der Herr Doktor so macht wie die Wahlärzte." Warum redete diese Person so laut? Ich bin ja nicht taub. Und ich kann eine private Untersuchung bezahlen. Allerdings ist es für einen Privatpatienten eine Zumutung, mit Krethi und Plethi im Wartezimmer sitzen zu müssen. Mit Menschen, die womöglich nur Gebietskrankenkasse haben oder gar von der Fürsorge geschickt werden. Ich bin noch nie in meinem Leben etwas schuldig geblieben. Ich habe das Geld hingelegt. Nicht der Sprechstundenhilfe, selbstverständlich, sondern dem Arzt selbst. Ihr habe ich die kalte Schulter gezeigt, ganz kühl war ich, ganz von oben herab. Ich kann sehr arrogant sein in solchen Fällen. Solche Leute verdienen es nicht besser.

Zum Arzt habe ich gesagt: „Ich weiß, wie das ist, Herr Doktor. Mein Mann ist auch Akademiker. Er hat Chemie studiert, und heute ist er Prokurist. In einer Fabrik." Das wird der Person eine Lehre sein.

Sprechstundenhilfen verwechseln oft die Karteikarten. Ich habe von einem Mann gehört, der kam zum Augenarzt, und der Augenarzt schüttelte den Kopf und meinte: „Gefällt mir gar nicht, der grüne Star, gefällt mir gar nicht." Der Mann hatte gar keinen grünen Star. Die Sprechstundenhilfe hatte die Karteikarten verwechselt. Nach einem solchen Erlebnis bleibt etwas zurück.

Ein Mißtrauen.

Ich habe mir beim Optiker eine modische Fassung ausgesucht. Ich dachte zuerst, daß die Farbe etwas zu jugendlich für mich ist. Die Fassung ist dunkelbraun und goldgelb gemasert. Ich habe es immer gehaßt, auffallend gekleidet zu sein. Aber der Optiker hat gesagt: „Sie haben einen guten Geschmack, gnädige Frau." Schließlich hat jeder Mensch die Pflicht, das Beste aus sich zu machen. Trotzdem kommt mir vor, daß die Brille nicht in

Ordnung ist. Die Brille nimmt mir die Wörter weg, ich sehe nur mehr die Fassung. Optiker sind Betrüger wie alle Geschäftsleute, und die Augenärzte verwechseln die Karteikarten.
Natürlich hat jener Mann gewußt, daß er nicht den grünen Star hat. Aber ein Mißtrauen bleibt zurück oder ein schrecklicher Gedanke. Schreckliche Gedanken kommen in der Nacht, sie rütteln den Menschen wach, sie ergreifen von ihm Besitz. Der Mensch ist nur mehr ein dünnwandiges Gefäß, in dem das Herz klopft.
Auch ich habe einen schrecklichen Gedanken gehabt.
Ich mag keine schrecklichen Gedanken haben. Wenn man Wörter braucht, um Gedanken zu haben, dann ist es gut, daß mir der Optiker und der Augenarzt die Wörter wegnehmen.
Im Wartezimmer des Augenarztes war eine sehr alte Frau. Eine häßliche Frau, die sehr geschmacklos gekleidet war. Die Frau trug schäbige, schwarze Schnürschuhe. Das Leder der Schuhe war abgewetzt. Es mochte einstmals glänzend und glatt gewesen sein, jetzt aber wies es Brüche auf und war an den Schuhkappen grau und abgewetzt. Solche Schäden kann man auch mit Schuhpaste nicht überdecken. An einem der Absätze klebte kotige Erde und Gras stand fransig weg.
Die alte Frau war wohl in eines der Rasenstücke getreten, welche die Gehwege umsäumen. Wenn man einem Kind mit Rollschuhen auf dem Gehsteig ausweichen will, dann ist man zu einer panischen Fluchtbewegung gezwungen und muß in den Rasen treten, obwohl das Betreten des Rasens verboten ist. Weil es mir in letzter Zeit häufig geschieht, daß ich klar sehe, weiß ich: Die alte Frau hat das Gewicht hastig auf den rechten Fuß verlagert, und die Schwere ihres Körpers hat

den Absatz des Schuhs tief in das Erdreich gebohrt.
Ich weiß noch mehr: Diese alte Frau hat Druckstellen auf ihrer alten Schulter. Das kraftlose Fleisch dieser Schulter kann den Griff einer bösen, harten Hand nicht mehr ertragen. Die Sessel im Wartezimmer des Arztes hatten Sitzschalen aus abwaschbarem, glänzendem Kunststoff in fröhlichem Orange. Obwohl das Stahlrohrgestänge eines solchen Sessels federt, tut es sehr weh, wenn man von einer starken Hand auf diesen Sessel niedergedrückt wird.
Die alte Frau wollte unbedingt in das Sprechzimmer des Augenarztes. Sie hatte Angst, und deshalb wollte sie untersucht werden und den Augenarzt fragen: „Ist es schlimm?"
Ich habe nie Kinder gehabt. Ich habe keine Tochter, die zu mir sagen könnte: „Warten, Mutti, wir müssen warten, bis unsere Nummer aufgerufen wird." Ich habe keine Tochter, die zu den anderen Patienten, die sich belästigt fühlen, sagen könnte: „Die Mutti sieht und hört kaum mehr. Und begreifen tut sie überhaupt nichts mehr."
Die Alte trug einen dunkelgrauen Mantel. Der Mantel war überlang. Man konnte nur noch die schwarzen Schuhe sehen, über deren Rand dikkes Fleisch quoll. Der ehemals flauschige Stoff des Mantels war an vielen Stellen dünn und fadenscheinig, einer der großen, modischen Knöpfe hing nur noch an einem Faden.
Am Kragen des Mantels hatten Speisereste ihre Spuren hinterlassen. Vielleicht benützt diese alte Frau den Mantel auch als Schlafrock, wenn es kalt in ihrer Wohnung ist. Oder sie ißt, wenn sie nach dem Einkauf die vielen Stufen zu ihrer Wohnung hochgekeucht ist, im Stehen. Gierig aus dem Pergamentpapier, ohne den Mantel abzulegen und ohne den Tisch zu decken.

Das Gesicht der Frau war grau, ihre blaßblauen Augen ohne Begreifen. In tiefen Runzeln saß Schmutz, borstige weiße Haare stachen auf Oberlippe und Kinn. Den Kopf hatte die Frau mit einem wollenen, geblümten Tuch bedeckt. In den Mundwinkeln glänzte Speichel.
Meine Schwiegermutter war eine sehr böse Frau und, wie ich heute, da ich klar zu sehen beginne, begreife, eine Mörderin. Aber sie war eine wirkliche Dame. Niemals und unter keinen Umständen, nicht in der Kriegszeit und nicht in der Hilflosigkeit des Alters, hätte sie sich so gehen lassen, wie es die abstoßende Frau in der Ordination des Augenarztes getan hat.
Meine Schuhe sind nicht mehr neu. Es sind schwarze Schnürschuhe, wie man sie heute überhaupt nicht mehr bekommt. Ich erinnere mich noch gut daran, daß der Verkäufer sagte: „Sie haben einen ausgezeichneten Geschmack, gnädige Frau. Dieser Schuh hat Vorkriegsqualität." Die Schuhe waren nicht billig, doch wer billig kauft, kauft teuer. Da Schuhe von dieser ausgezeichneten Qualität nicht mehr zu bekommen sind, habe ich es vorgezogen, meine schwarzen Schnürschuhe immer sorgfältig zu pflegen, statt mir neue zu kaufen. Der natürliche Abnützungsprozeß, etwa der Umstand, daß sich das schwarze Leder an den Schuhkappen abwetzt, läßt sich durch sorgfältige Pflege verzögern, wenn nicht überhaupt ausschalten.
Ich muß mit meinen alten Schuhen in weiches Erdreich getreten sein. Die Schuhe sind kotig, an den Absätzen steht kurzes Gras fransig weg. Die Schuhe hinterlassen Schmutzspuren auf dem Fußboden. So etwas kommt vor, wenn man sich durch eine hastige Fluchtbewegung vor einem Kind, das mit Rollschuhen auf dem Gehsteig

fährt, obwohl das verboten ist, in Sicherheit bringen muß. Dann kommt es vor, daß man eines der Rasenstücke, die die Gehwege einsäumen, betreten muß, obwohl auch das verboten ist.
Die Beschmutzung, die das Schuhwerk dadurch erleidet, läßt sich leicht wieder beseitigen. Eine wirkliche Dame bleibt auch dann eine wirkliche Dame, wenn sie niedrige Putzarbeit verrichten muß. Ich muß meine Schuhbürste suchen, die ich in einer Schuhschachtel aufbewahrt habe.

Auf der Suche

WENN die Frau, die mich zum Augenarzt begleitet hat, mir einen guten Rat gegeben und zu mir gesagt hat: „Frau Angermeyer, seien Sie doch vernünftig und nehmen Sie das Angebot des Hausherrn an", dann muß das ein schlechter Rat gewesen sein. Diese Frau hat harte Hände und packt damit rücksichtslos alte Menschen an der Schulter, so daß das Fleisch Druckstellen bekommt und schmerzt. Wenn diese Frau behauptet, daß das Haus, in dem ich wohne, abgerissen werden soll, dann glaube ich ihr nicht.

Wahrscheinlich hat sie es auf meine Wohnung abgesehen. Diese Frau ist nicht mehr jung und eine ungepflegte, vierschrötige Person. In ihrem Alter und ohne die Aussicht, noch einen Mann zu bekommen, sehnt man sich nach eigenen vier Wänden. Manche Menschen sind einer eigenen Wohnung zuliebe zu jeder Gemeinheit bereit. Diese Frau glaubt, daß ich nichts begreife, doch ich begreife sehr gut.

Der Hausherr ist ein strenger Mann, der auf Sauberkeit und Ordnung sieht, aber er ist kein dummer Mensch, das muß ihm der Neid lassen. Das Haus, in dem ich wohne, ist ein nettes und vornehmes Haus. Solche Häuser werden heutzutage nicht mehr gebaut. Es wäre sehr dumm, einen solchen Besitz freiwillig dem Erdboden gleich zu machen. Wenn der Hausherr mir den Vorschlag macht, aus der Wohnung auszuziehen, so hat er wahrscheinlich jemanden gefunden, der ihm mehr für die Wohnung bezahlen will. Ich habe als Mieter Rechte und Pflichten, ebenso wie der Hausherr als Vermieter Rechte und Pflichten hat. Ich habe den Hausherrn schon längere Zeit nicht gesehen. Wenn ich ihn das nächste Mal treffe, werde ich ihm gründlich meine Meinung sagen: „Was glauben Sie eigentlich, wer ich bin? Mein Mann ist Direktor einer chemischen Fabrik, und mein Vater war einer der reichsten Männer dieses Landes.“ Ich halte es im Prinzip für unnötig, den eigenen Stand hervorzukehren, doch mit manchen Menschen muß man in dieser Art umgehen. „Ich halte es für eine Zumutung“, werde ich sagen, „daß der Lift schon so lange außer Betrieb ist.

Wenn man so wie ich gezwungen ist, ein volles Einkaufsnetz in den zweiten Stock zu schleppen, dann gerät man außer Atem und muß sich am Stiegengeländer festhalten, bis das Herz wieder ruhiger schlägt. Ich halte es für eine Zumutung, daß die Februarkälte einem die Finger klamm macht, wenn man Wasser holt, weil die Fenster im Stiegenhaus schon so lange zerbrochen sind. Wenn Sie nicht in angemessener Zeit Abhilfe schaffen“, werde ich sagen, „dann werden Sie mich kennenlernen. Auch eine alleinstehende Frau ist nicht rechtlos.“

Ich bin immer korrekt gewesen, und deshalb verlange ich auch Korrektheit im Umgang mit mir. Ich kenne meine Pflichten. Zu den Pflichten eines Mieters gehört es, die Wohnung in tadellosem Zustand zu halten.

Eine kleine Wohnung ist schwerer in Ordnung zu halten als eine große Wohnung. Das ist eine alte Hausfrauenweisheit. Meine Wohnung ist sehr klein, sie besteht nur aus einem Raum. Dennoch habe ich immer darauf geachtet, daß meine Wohnung nett und ordentlich ist. „Eine Wohnung muß so aussehen, daß jederzeit Besuch kommen kann.“ Das war eines meiner Prinzipien.

Mit etwas Geschick und Geschmack kann man

auch eine kleine Wohnung behaglich einrichten. Meine finanziellen Mittel haben es mir nie gestattet, an den Kauf von wirklich kostbaren Möbelstücken, und nur solche haben mir gefallen, zu denken. Ich besitze aber einige Gegenstände, die dem Raum den Anstrich von Gediegenheit und Harmonie geben. Die grüne Samtdecke zum Beispiel, die ich über den Tisch gebreitet habe, verbreitet Wärme und den Hauch von Luxus. Jeder Mensch hat das Recht, sich geborgen und verwöhnt zu fühlen. Deshalb ist auch mein Waschgeschirr kein gewöhnliches Waschgeschirr, sondern Krug und Schüssel sind in geschmackvoller Art bemalt. Stilisierte Margeriten schmücken das Porzellan. Nicht einmal dann, wenn man sich am Bein verletzt hat und die blutigen Tücher in kaltes Wasser legt, weil kaltes Wasser die Blutflekken am besten entfernt, wirkt dieses Waschgeschirr häßlich. Das kalte Wasser zieht blutige Schlieren aus den Tüchern und färbt die Margeriten rosig.

Selbstverständlich gehört es auch zu den Pflichten eines Mieters, sich im Stiegenhaus wie ein zivilisierter Mensch zu benehmen. Der Hausherr hat allen Anlaß einzuschreiten, wenn man sich im Stiegenhaus wie eine Horde wilder Affen benimmt. Deshalb bin ich direkt froh darüber, daß ich nun allein in dem Haus lebe. Niemand kann mir mehr den Lärm und den Schmutz in die Schuhe schieben, den andere Menschen verursacht haben, obwohl ich im Gegenteil selbst durch den Schmutz und den Lärm der anderen belästigt gewesen bin.

Ich habe oft gute Lust gehabt, den Hausherrn mit leiser Ironie in der Stimme, denn ich kann in solchen Fällen sehr ironisch sein, zu fragen: „Sie sind doch sonst so streng, weshalb kontrollieren Sie diese Menschen nicht öfter? Diese Menschen sind in allen ihren Lebensäußerungen ohne jede Scham und Rücksichtnahme. Bei Tag beschmutzen sie das Stiegenhaus, und ihre Kinder lärmen, daß es Tote aufwecken könnte. Bei Nacht kreischen ihre Fernsehgeräte, und später kann man ihr Husten und Stöhnen hören. Nicht einmal in den intimsten Dingen tun sich diese Menschen einen Zwang an. Es ist eine Zumutung, ihre obszönen Geräusche hören zu müssen. Ich maße mir nicht das Recht an, über andere Menschen zu urteilen, solange sie mich nicht mit ihren Schweinereien behelligen."

Es ist diesen Menschen recht geschehen, daß sie ausziehen mußten. Ich konnte vom Fenster aus beobachten, wie ihr Hausrat auf Möbelwagen verladen wurde.

Dabei ist es ganz einfach, so zu leben, daß man niemanden stört und die Ordnung nicht verletzt. Mit etwas gutem Willen und mit etwas Rücksichtnahme kann jeder so leben, daß er seine Mitmenschen nicht mit seinem Schmutz belästigt.

Seit sich dort, wo das Nachbarhaus gestanden ist, nur mehr ein Bretterzaun mit der Aufschrift „Betreten der Baustelle verboten" befindet, ist der Gehsteig oft schmutzig. Oder es kann vorkommen, daß man eines der Rasenstücke, die die Gehwege umsäumen, betreten muß, um einem Kind mit Rollschuhen auszuweichen. Dann sind die Schuhe kotbedeckt. Das kann jedem Menschen zustoßen. Jeder zivilisierte Mensch weiß, was er in einem solchen Fall zu tun hat. Er wird seine Schuhe reinigen. Die Reinigung der Schuhe ist ein verhältnismäßig einfacher Vorgang. Man braucht lediglich die Schuhe mit einer Schuhbürste zu bürsten. Wenn der Kot schon verkrustet ist, muß man die Schuhbürste vorher naß machen.

Das Verlangen, daß jeder Mensch seine Schuhe reinhalten soll, um allgemeine Einrichtungen wie Stiegenhäuser nicht zu beschmutzen, ist nicht unbillig. Nicht einmal jene Menschen, die sich in Altersheime verkriechen, weil sie unfähig sind, allein zu leben, sind von der Pflicht zur Reinlichkeit entbunden. Im Gegenteil. Gerade in den Altersheimen wird streng darauf geachtet, daß alle Insassen ihr Schuhwerk sorgfältig pflegen.
Ich habe einen Bericht darüber gelesen, daß eine Frau zur Strafe, weil sie mit ungepflegten Schuhen das Stiegenhaus beschmutzt hat, in ein Altersheim eingewiesen wurde. Obwohl diese Frau beteuert, daß sie es nicht absichtlich getan hat, obwohl diese Frau verspricht, daß sie das nächste Mal besser auf die Regeln achten wird, obwohl diese Frau sagt, daß alles nicht so ernst gemeint gewesen ist, und obwohl diese Frau immer wieder sagt: „Haben Sie denn gar keinen Sinn für Humor?“, wird diese Frau zur Strafe in ein Altersheim eingewiesen.
Die Frau kommt in einen Saal, dessen Türen sich nicht öffnen lassen. In dem Saal sind viele Betten. In allen Betten liegen Frauen. Diese Frauen sind grau im Gesicht, sie tragen graue Kittel, ihr Haar ist wirr und strähnig, ihre bleichen Körper sind unter grauen Decken verborgen. Manche Frauen stöhnen, manche stammeln wirre Sätze. Dabei fließt Speichel aus ihren zahnlosen Mündern. Die meisten Frauen schlafen oder sind tot. Die Frau, die zur Strafe in das Altersheim eingewiesen wurde, glaubt, es in dem Saal nicht mehr aushalten zu können. Sie schleicht zur Türe. Die Frau hat nichts Böses im Sinn. Sie will nur einen Blick zurück in die Welt werfen. Denn es will ihr so vorkommen, daß die Menschen in der Welt lachen und fröhlich sind. Auch die Frau will

lachen und fröhlich sein. Aber die Türe läßt sich nicht öffnen. Sie hat keine Klinke. Eine starke, harte Hand packt die Frau an der Schulter, so daß es schmerzt, und zwingt die Frau, zu ihrem Bett zurückzugehen. Die Frau muß eine übelriechende Flüssigkeit trinken. Eine schrille Stimme sagt: „Schlucken, schön brav schlucken!" Die Frau muß schlucken, wenn sie nicht ersticken will. Die Frau findet keine Zeit mehr, um zu sagen: „Was erlauben Sie sich eigentlich? Wissen Sie nicht, wer ich bin?", denn sie fällt in einen tiefen Abgrund.
In den Altersheimen sinken die Menschen in den Abgrund. Ich erinnere mich jetzt genau. Ich habe das nicht gelesen. Ich habe das in der Kirche gehört.
Ich will nicht in ein Altersheim. Ich werde das Angebot des Hausherrn nicht annehmen.
„Wo ein Wille ist, da ist auch ein Weg." Das hat ein großer Dichter gesagt. Mit einem ungebrochenen Willen läßt sich auch der eigene Verstand beherrschen. Wenn der Optiker und der Augenarzt mir die Worte stehlen wollen, dann muß ich mich dagegen zur Wehr setzen. Jeder Denkvorgang ist eine Frage der Selbstbeherrschung. Die Sinnesorgane nehmen eine Wahrnehmung auf. Zum Beispiel: „Der Himmel ist blau." Mit einem klaren Verstand lassen sich aber aus solchen Wahrnehmungen Schlüsse ziehen, und mit Hilfe der Schlüsse errichtet man ein logisches Gedankengebäude. Also: „Wenn der Himmel blau ist, scheint die Sonne."
Ich habe immer gelesen. Denkvorgänge, an die man von klein auf gewöhnt ist, verlernt man nicht. Das ist so wie mit dem Schwimmen oder wie mit dem Radfahren. Es ist höchstens möglich, daß sich das Denken mit zunehmendem Alter etwas verlangsamt.

Niemand kann mich hetzen, denn ich bin allein. Der Hausherr glaubt, daß ich nichts mehr begreife, weil diese Frau, die meine Wohnung haben will, ihm gesagt hat, daß ich nichts mehr begreife. Ich begreife sehr gut. Und ich durchschaue die Finten des Hausherrn.

Ich bin nicht allein in dem Haus, in dem ich angeblich allein lebe. Ein Aufseher ist da, der mich kontrollieren und überprüfen soll. Der Hausherr weiß nicht, daß es Nächte gibt, in denen ich wach bin, weil mir die Schmerzen den Schlaf rauben. In solchen Nächten liege ich da und versuche, eine Stellung einzunehmen, die die Schmerzen erträglich macht. Ich lausche auf die Vorgänge im Haus.

Ich höre, wie der Aufseher Fenster öffnet und wieder schließt. Er bewegt sich mit schleichenden Schritten wie ein Dieb. Doch die Stille der Nacht macht mich hellhörig. Ich nehme seine Schritte im Stiegenhaus wahr, ich höre, wie er sich schrittweise höher bewegt. Ich fühle, wie er krampfhaft den keuchenden Atem beruhigt, um unbemerkt zu bleiben. Wenn er den Dachboden überprüft, dann knarren die alten Bodenbretter trotz seiner Vorsicht.

Einmal kam er in mein Zimmer. Er muß wohl geglaubt haben, daß ich in tiefem Schlaf liege, denn er verzichtete auf jede Vorsichtsmaßnahme. Ich konnte sein qualvolles Stöhnen hören. Dann kam er näher, beugte sich über mich und starrte mich aus dunklen Augen lange an. Ich lag starr da, jede kleinste Bewegung hätte mich verraten, ich hielt den Atem an. Ich wußte, daß nur ich selbst das Pochen meines Herzens hören konnte. Er konnte es nicht.

Der Aufseher tut alles, um mich glauben zu machen, daß mein Verstand verwirrt ist. Er läßt

Gegenstände von ihrem gewohnten Platz verschwinden und läßt sie anderswo wieder auftauchen. Als ich eines Tages rosa Seife kaufte, hat er sie gegen gelbe Seife ausgetauscht. Einmal hat er das Stiegengeländer auf die andere Seite verlegt. Als ich mich nach meiner Gewohnheit stützen wollte, um wieder zu Atem zu kommen, griff ich ins Leere und wäre um ein Haar die Stiege hinuntergestürzt.
Die Einrichtung meiner Wohnung ist seit Jahren unverändert, so daß ich mich sogar blind zurechtfinden könnte. Dennoch bin ich gegen meinen Schemel gestoßen, so daß ich mich am Bein verletzt habe.
Ich muß auf der Hut sein. Denkvorgänge sind eine Frage der Selbstbeherrschung und der Willensanstrengung. Ich darf mich bei keinem Fehler ertappen lassen.
Eine kleine Wohnung ist schwer in Ordnung zu halten. Deshalb ist es vernünftig, die Schuhbürste in einer Schachtel aufzubewahren. Eine Schuhbürste, die frei im Raum liegt, läßt den ganzen Raum unordentlich erscheinen. Obwohl es weniger anstrengend wäre, die Schuhbürste auf den ersten Griff zur Hand zu haben, beweist man Kultur, wenn man sich in diesen Belangen nicht gehen läßt.
Der Aufseher hat alte Photos in jene Schuhschachtel getan, die mir immer zur Aufbewahrung der Schuhbürste gedient hat. Schuhschachteln ähneln einander wie ein Ei dem anderen. Es kann jedem Menschen passieren, daß er zwei solche Schachteln miteinander verwechselt.
Es ist vernünftig, alte Photos in einer Schuhschachtel zu verstecken, wenn man mit der Vergangenheit abgeschlossen hat.
Unter den Photographien findet sich das Bild

eines kleinen Mädchens. Es ist ein altes Bild, es hat einen Braunstich, der Name des photographischen Ateliers ist mit Goldschrift auf dem vergilbten Papprand eingraviert. Das Mädchen auf dem Bild trägt eine Matrosenmütze mit der Aufschrift „Gott strafe England“.
Das Kind ist ein hübsches Kind, blonde Locken umrahmen ein entzückendes Biedermeiergesicht. Das Kind steht hinter einer griechischen Säule, so daß man seinen plumpen und ungeschickten Unterkörper nicht sehen kann.
Die hellen Augen des Kindes blicken starr und ängstlich. Die unverständliche Art, in der der Photograph sich unter einem schwarzen Tuch verkrochen hat, hat mir Furcht eingeflößt.
Ich kenne dieses Kind.

Ein Kind der Liebe

DAS Kind ist kein armes Kind. Das Kind ist ein einsames Kind, es hat keine Geschwister und keine Katze. Aber es ist kein armes Kind. Zu Weihnachten bekommt das Kind einen Baum mit Apfel, Nuß und Mandelkern und mit glänzenden Kugeln, in denen sich die Kerzen spiegeln. Unbegreifliche Wunder. Vom Himmel hoch, da komm ich her.

Einmal im Jahr kommt das Wunder. Besuch bei den Großeltern. Das Kind sagt ein Gedicht auf, und die Großmama streichelt ihm die Wange und hat feuchte Augen. Der Großvater ißt den Bürzel vom Truthahn. Sagt, daß es das Beste ist. Eine Puppe mit braunen Augen und einem weißen Spitzenkleid. Silberteller für die Tante Sophie, weil sie bald heiraten wird. Was ist das, eine „standesgemäße Mitgift"? Drei bestickte Taschentücher ohne Monogramm für die Mutter. Die muß das Kind der Mutter mitbringen, denn die Mutter ist nicht mitgekommen. Hat sie deshalb so geweint? Maronitorte mit Schlagrahm, also „gesegnete Weihnachten". Wenn das Kind von diesem Besuch bei den Großeltern heimkommt, muß es in die Küche zur alten Nana, um Kamillentee gegen die Übelkeit zu trinken.

„Schon wieder zuviel Schlagrahm, mein armes Mariederl."

Dann geschieht nochmals ein Wunder. Das Wunder geschieht außer Programm. Nicht an einem Tag, dem man durch Abstreichen der Tage am Kalender entgegengefiebert hat. Das Kind ist nicht brav gewesen, es hat kein Gedicht gelernt, es hat keinen Wunschzettel geschrieben und es war auch nicht mit dem Kindermädchen im Wald, um das Christkind zu suchen. Das Kindermädchen ist schon lange nicht mehr da. Das ist eine jener Veränderungen, die in dem Haus vor sich gegangen sind. Auch der Vater ist nicht mehr da. Möbelstücke sind verschwunden. Hausrat wird in Kisten gepackt. Männer kommen und tragen die Kisten fort. Das Kind schläft mit seiner Mutter in einem Raum des Hauses, den es von früher her nicht kennt. Der Raum ist sehr eng, mit Möbelstücken vollgestopft. Es sind keine unbekannten Möbelstücke, aber sie haben ihr Gesicht verändert, weil sie nur in anderen Räumen vertraut waren. Sesselbeine, Kastenkanten sind fremd geworden, haben ihre Beziehung zueinander verloren. Zehn kleine Kinderschritte vom Schreibtisch des Vaters bis zum Bücherkasten, den man nicht betasten darf, weil auf der Glastüre des Kastens der schmierige Abdruck kleiner Kinderhände zurückbleiben könnte. Zehn kleine Kinderschritte, die man nie mehr tun wird. Zehn kleine Kinderschritte sind aus der Welt verschwunden.

Die Mutter weint immer. Das Kind spielt mit Holzwolle, die es irgendwo im Haus gefunden hat. Ich bau mir ein Nest. Daß die Mutter das Essen für sich und das Kind auf einem Spirituskocher zubereitet, gefällt dem Kind. Es macht die neue Welt, in der es nun lebt, aufregend und abenteuerlich. Nur daß die Mutter weint, ist langweilig. In solchen Augenblicken stiehlt das Kind sich unbemerkt fort. Wahrscheinlich sollte es lieber die Mutter trösten, aber es weiß nicht recht wie.

Das Kind kommt in einen Raum, in dem ein großer, blau gekachelter Herd steht. In einer Ecke, unter flüchtig zusammengekehrtem Unrat, findet das Kind einen verbogenen Silberlöffel. Sonst ist der Raum leer und kalt. Das Kind erkennt die große Küche nicht mehr. Die Küche, in der es nach Gebackenem und dem Schweiß der Köchin roch, die Küche, in der es heiß und dunstig war, wenn es aus großen Töpfen dampfte. „Geh nicht zu nahe zum Herd, Mariederl, du wirst dich verbrennen."

Diese Küche war ein Ort der Zuflucht gewesen, der kahle und kalte Raum hat nichts mehr mit dem Paradies gemein. Betteln um einen Bratapfel, Anschmiegen an große, weiche Brüste. „Magst du Rosinen, Mariederl?" Glänzende Messingschöpfer. Der Geruch nach Sidol, wenn der kupferne Wasserkessel geputzt wurde. „Dabei merkt es die Gnädige nicht einmal."

Fliegenstreifen von der Decke, gelblich-klebrig, dicht mit toten Fliegen übersät. Baden in der großen Sitzbadewanne aus Blech. In ein großes, weißes Tuch gehüllt werden. Eidotter ins Haar, damit es glänzt. Hundert Bürstenstriche, Kamillentee, wenn einem übel ist. Geborgenheit. Das Kind geht weiter, kommt in große, hohe Räume. Klettert auf Kisten, läßt die Beine baumeln. Die Schuhe klopfen dumpf an die Holzbretter. Das Kind erschrickt, sitzt ganz still und starrt die Wände an, auf denen große, helle Vierecke mit dunkel verfließenden Rändern zu sehen sind. Ein zerbrochener Sessel. Der Sessel ist schwarz. An den Bruchstellen ist das Holz hell, steht spitz in die Luft. Das Kind könnte sich erinnern, daß der Vater diesen Sessel zerbrochen hat. Damals, als er so außer sich war und so gebrüllt hat. Aber das Kind will sich nicht erinnern. Es hüpft von der Kiste.

Dann geschieht das Wunder.

Mitten im Zimmer, gerade zu Füßen des Kindes, strahlend, gleißend, unbegreiflich schön, liegt eine silberne Kugel. Nie wird das Kind verstehen,

weshalb es die Kugel nicht sofort gesehen hat, als es in das Zimmer kam. Nie wird das Kind verstehen, weshalb es die Kugel nicht zerbrochen hat, als es von der Kiste hüpfte.
Vom Himmel hoch, da komm ich her.
Das Kind nimmt die Kugel mit angehaltenem Atem in beide Hände und fühlt selig die vollkommene Glätte. Es starrt in seine eigenen Augen, die sich im Glanz der Kugel spiegeln. Die Augen sind fremd und haben eine auf dieser Welt unbekannte Form. Behutsam trägt das Kind die Kugel in den kleinen, mit Möbeln vollgestopften Raum. Die Mutter lächelt, als das Kind ihr seinen Schatz zeigt. Dann weint sie wieder. Das Kind flüchtet nun nicht mehr vor den Tränen der Mutter. Es sitzt ganz still, fühlt, wie seine Handflächen die Kugel lieben, und empfindet das große, reine Glück.
Das Glück bleibt auch am Tag darauf bei dem Kind, als die Mutter das Kind an der Hand nimmt und aus dem großen Haus führt. Das Kind trägt ein Spitzenkleidchen mit einer Atlasschärpe und einen passenden Strohhut. Schade, daß das Kind so ungeschickt ist und einen Watschelgang hat. Wäre das Kind imstande, ebenso reizend zu trippeln wie die Mutter, die ihren langen Rock ein wenig gehoben hat und zierlich einen kleinen Fuß vor den anderen kleinen Fuß setzt, das Kind sähe aus wie eine Porzellanpuppe. So aber trödelt es unbeholfen neben der Mutter her. Freilich, auch das Gesicht der Mutter stört den harmonischen und entzückenden Anblick. Die Augen der Mutter sind zugeweint. Man kann es sehen, auch wenn die Mutter ihr Gesicht mit einem kleinen Schleier vor den zudringlichen und hämischen Blicken geschützt hat. Das Kind merkt nichts davon, daß die Nachbarin aus dem Fenster

späht, daß sie einer anderen Frau winkt, und daß nun beide halb hinter dem Vorhang verborgen zusehen, wie die Mutter mit dem Kind das große Haus verläßt.
Das Kind trägt in einem Körbchen die Kugel, fein säuberlich in ein Tuch gewickelt, und ab und zu fühlt es, ob die Kugel noch so vollkommen glatt ist. Einmal bleibt es zu diesem Zweck unvermittelt stehen, und da die Mutter blindgeweinte Augen hat, rempelt die Mutter das Kind an, so daß es schmerzt. Die Mutter wäre beinahe hingefallen, und alle Mühe, den Gaffern einen gefaßten und ausgeglichenen Anblick zu bieten, wäre vergebens gewesen. Das Kind hat bei diesem Zwischenfall einen kräftigen Tritt mit einer zierlichen Schuhspitze in die Ferse bekommen. Das tut weh. Dennoch versteht das Kind nicht, warum die Mutter aufschluchzt. Die Mutter rüttelt das Kind an den Schultern, so daß das Kind schon um seine Kugel fürchten muß, und schreit es an: „Kannst du nicht einmal in deinem Leben aufpassen?! Du begreifst wohl überhaupt nichts, was? Wir werden deinen Vater nie mehr sehen."
Das ist nicht so traurig, daß man deshalb schluchzen und blindgeweinte Augen haben muß. Der Vater ist böse. Der Vater erlaubt nicht, daß man die Türe seines Bücherkastens betastet, der Vater schreit und hat die Möbel zerschlagen. Manchmal war er auch freundlich. Er ging mit dem Kind spazieren, zeigte ihm Blumen und sagte ihm die Namen der Blumen. Oder er sagte: „Wir wollen die Zeit nützen, meine kleine Maria. Wer nichts lernt, aus dem wird nichts. Rasch, sage mir: Wieviel ist zwei und zwei." Obwohl das Kind noch klein ist, kann es diese Frage beantworten, denn es kann gut rechnen. Der Vater ist zufrieden.
Später gehen sie in ein Gasthaus. Der Vater

bestellt für sich ein Glas Wein und für das Kind Limonade. Die Limonadenflasche hat einen Kugelverschluß. Man muß die Kugel in die Flasche drücken, um die Flasche zu öffnen. Während der Vater sich die Weinfeuchtigkeit aus dem Schnurrbart trocknet, drückt das Kind langsam die Kugel in die Flasche und hört entzückt zu, wie die Luft zischend entweicht. Dann nimmt ihm der Vater die Limonadenflasche weg, denn er erlaubt nicht, daß das Kind Limonade trinkt. Limonade ist schädlich für die Zähne. „Man muß verzichten lernen, meine kleine Maria. Das Leben ist Verzicht."

Jedesmal, wenn der Vater das sagt, hat das Kind ein schlechtes Gewissen. Es mag keine Limonade, es liebt nur den Augenblick, in dem die Luft zischend aus der Flasche entweicht. Es ist kein echter Verzicht.

Während das Kind nun neben seiner schönen Mutter dahinstolpert, denkt es, daß es vielleicht nie mehr die Kugel in die Limonadenflasche drücken wird. Da ist das Kind auch traurig.

Nach langer Zeit, die Schuhe der Mutter sind staubig, und das Kind ist sehr müde, kommen sie zu einem Haus. Die Mutter zieht das Kind hinter sich her, und sie betreten einen Raum. Der Raum muß wohl eine Küche sein, denn auf dem Bretterboden, auf den das Kind starrt, sind Spuren von Fett, auf denen Schmutz haftet, und verbrannte Stellen. Glühende Holzstücke, die aus dem Herd gefallen sind, haben tiefe Einkerbungen in den Boden gebrannt.

Erst jetzt wird das Kind gewahr, daß die Mutter schwer getragen haben muß. Deshalb hat sie wohl auch so geseufzt. Die Mutter stellt eine Reisetasche auf den Boden, schnupft auf und sagt: „Da bringe ich sie." Der fremde Mann und die

fremde Frau kümmern sich aber nicht um die Reisetasche. Die fremde Frau hat eine sehr schmutzige Schürze um den dicken Leib gebunden. Sie schneuzt sich in die Schürze, so als hätte sie auch geweint. „Ist schon recht, Fräulein Berta." Wer ist Fräulein Berta?
Die fremde Frau packt das Kind, befühlt den Stoff des Spitzenkleidchens, „Wie eine Puppe", und setzt das Kind auf eine kleine Bank neben dem Herd. Hinter der Bank hängt ein weißes Tuch. Es ist bestickt. Rund um die Inschrift „Eign'er Herd ist Goldes wert" ranken sich Blumen. Dem Kind gefällt die Stickerei, es vergißt, daß es Durst hat, befühlt vorsichtig die erhabenen, ausgewaschenen blaßblauen Fäden. Da sagt die fremde Frau: „Das machen wir aber nicht. Sonst wird die Stickerei schmutzig" und zieht dem Kind die Hand weg. Und zur Mutter: „Wie heißt sie denn?" Die Mutter sagt „Maria" und schnupft noch einmal auf, und das Kind begreift, daß es keinen Sinn hat zu sagen, daß es „Mariederl" heißt, denn diese Frau ist nicht die alte Köchin Nana.
Die Mutter schnupft wieder auf und sagt: „Am besten gehe ich gleich wieder." Da nickt der fremde Mann zustimmend und meint: „Ein kurzer Schnitt ist ein schmerzloser Schnitt. Da haben Sie recht, Fräulein Berta."
Aber die fremde Frau macht sich geschäftig, sie wischt mit der Schürze die grobe Tischplatte ab, läuft zur Kredenz und stellt drei Likörgläser und eine bauchige Flasche mit einer dicken, gelben Flüssigkeit auf den Tisch.
„Nein, so laß ich Sie nicht gehen, Fräulein Berta. Wir sind anständige Leute, aber wir wissen, daß jeder einmal Pech im Leben haben kann." Sie schenkt ein, wischt einen Tropfen, den sie ver-

schüttet hat, von der Tischplatte und steckt den Finger in den Mund. Der Mann hebt nun sein Glas, „Also dann!", die Mutter, der Mann und die Frau trinken, der Mann macht zufrieden „Aaah!" und wischt sich den Schnurrbart. „Sie können ganz beruhigt sein, Fräulein Berta. Das Kostgeld für die Kleine ist gut angelegt. Er war ein sehr korrekter Herr. Irgendwie."

Das Kind hockt stumm auf der Bank. Es drückt sich gegen die bestickte Decke, reibt heimlich den Rücken an „Eig'ner Herd ist Goldes wert" und hätte gerne noch einmal die Stickerei befühlt.

Dann geht die Mutter weg. Die Frau räumt den Tisch ab und wischt wieder die Platte mit ihrer Schürze sauber. Da sagt der Mann: „Geh, gib mir noch einen", und die Frau schenkt ihm wieder ein. Der Mann fragt: „Was wird sie denn jetzt machen?" Die Frau zuckt die Achseln. „Dienstbot'. Wie vorher." Der Mann hält der Frau nochmals das Likörglas hin. „Irgendwie war es direkt ein Glück, daß er sie nicht geheiratet hat. Unter den Umständen." Die Frau seufzt und schenkt ihm nochmals ein. „Nur der Bankert hätt' nicht sein müssen. So ist es halt. Das eine bleibt am Leben und die Kinder von anständige Leut sterben. So groß könnt' jetzt unser Edi sein." Die Frau bricht in Tränen aus und greift nach dem Kind, um es, „armes Patscherl, kannst ja nix dafür", zu streicheln. Doch da bemerkt sie, daß das Kind schon wieder die Stickerei betastet. Sie schlägt dem Kind kurz auf die Hand. „Das haben wir schon gesagt, daß wir das nicht machen."

In der Nacht liegt das Kind im Ehebett zwischen dem fremden Mann und der fremden Frau. Das Kind ist sehr traurig, denn die Frau hat ihm nicht erlaubt, die Kugel mit ins Bett zu nehmen. Die Kugel könnte zerbrechen, hat sie gemeint und

dem Kind die Kugel weggenommen. „Ich heb sie für dich auf."
Das Kind liegt zwischen dem fremden Mann und der fremden Frau und traut sich nicht zu weinen. In seiner Handfläche ist noch die Erinnerung an die glatte Vollkommenheit der Kugel.
Später träumt das Kind, daß der fremde Mann aufsteht und sich auf die fremde Frau legt, um ihr wehzutun. Die fremde Frau keucht vor Angst, der Mann drückt sie tot und das Kind hält im Traum den Atem an. Denn gleich wird der fremde Mann kommen und auch dem Kind weh tun.

Ein Blick in die Zukunft

SCHMERZ, den man nicht zu überleben geglaubt hat, wird einmal Erinnerung. Eine glänzende Kugel, angeblich zur Aufbewahrung übernommen und nie mehr zurückgegeben, ist verschwunden. Verschwunden ist die Mutter, die sich am Tag ihres Verschwindens in ein Fräulein Berta verwandelt und ein Kind abgestellt hat wie eine Reisetasche.

Fremde Menschen sind nicht mehr fremd, nicht mehr bedrohlich, nicht mehr abstoßend. Vertraut ist die fettglänzende, schmutzige Gutmütigkeit der Frau Ludwig. Quellende Busen-Mütterlichkeit, verschmierte Schürzen-Geborgenheit. „Jetzt bist halt du unser Kind, Mitzerl." Schluchzen, Aufziehen, Schneuzen in die Schürze.

Zum hundertsten Mal die Geschichte, wie der kleine Edi, leibliches Kind des Ehepaares Ludwig, nach vierzehn Tagen greinenden Lebens hingetrocknet ist, weil der Frau Ludwig die Milch ausgeblieben ist. „Es war ja noch gar ka richtiger Mensch, nur so a Würml. Gelb und faltig war er im G'sicht, hat net trinken können, hat Krämpf kriagt und alles hat er gebrochen." Zum hundertsten Mal unstillbarer Schmerz, nicht in die Schürze hineinzuweinender Schmerz. Zum hundertsten Mal die Geschichte. „Wer das net mitg'macht hat, waß nix vom Leben." Nie aber die Geschichte, wo eigentlich die Eltern der kleinen Maria geblieben sind, wo die Mutter, die ein Fräulein Berta geworden ist, und wo der Vater, der so streng und böse sein konnte.

Vertraut ist die polternde Betrunkenheit des Herrn Ludwig. Jeden Samstag die Stiefel an die Wand, „Alte, Alte, Alte geh ziag ma die Schuah aus". Ins Bett fallen lassen. Schnarchen. Bierdunst und kalter Pfeifenrauch.

Was ist das: ein Krieg? Maria bekommt eine Matrosenkappe mit der Aufschrift: „Gott strafe England". Wird auch dazu angehalten, die Erwachsenen so zu grüßen, und bekommt jedesmal die ernste Antwort: „Gott strafe es". Im Chor der frischen und hellen Kinderstimmen, die in der Schule das Bettellied „Sammelt Heller fleißig und behende, daß der Krieg mit unserm Siege ende!" einstudieren, klingt Marias Stimme besonders hell und frisch.
Goldkäferschuhe, neuester Modeschrei, wecken in Maria die Erinnerung an ihre geheimnisvolle, vornehme Abkunft. Später gibt es nur mehr Schuhe mit Holzsohlen, die in den Schulgängen lustig klappern. Brav ist sie, die Maria. Rechnen kann sie wie ein Bub und eine schöne Gesangsstimme hat sie. Dann gibt es keine Kohlen mehr, und die Schule wird zugesperrt. Herr Ludwig ist nicht mehr da. Frau Ludwig und Maria zupfen Scharpie. Als Herr Ludwig zurückkommt, hat er sein Augenlicht verloren und eine Trafik bekommen.
Ein Kind das man nicht mehr sehen kann, ist keine Belastung mehr, sondern Stütze. Eine Kinderhand, die einen führt, wird fast Teil des eigenen Körpers. Eine neue Vertrautheit entsteht. „Geh, Mitzerl, gib mir die Trabucco her. So is' es brav."
Jeden Abend denkt sich die kleine Maria, die nun in der Küche schläft — „Des g'hört sich net länger, daß sie bei uns liegt" —, eine Geschichte aus. Die Geschichte handelt von einem unsagbar braven Mädchen von solchem Edelmut, wie er sonst nur in den Lesebuchgeschichten vorkommt. Obwohl das Mädchen sein Leben einem blinden Mann opfert, ist es eine gute Schülerin und immer sauber und nett.

Das Mädchen verlangt keinen Lohn. Doch eines Tages öffnet sich die Türe, eine wunderschöne Frau mit langen Haaren, die wie bei der Anna Csillag bis zum Boden reichen, erhellt mit ihrem Glanz den Raum. Sie hüllt das brave Mädchen in ihren blauen Mantel ein und sagt: „Du hast die Prüfung bestanden. Ich bin die Feenkönigin und deine Mutter. Ich bin gekommen, um dich heimzuholen."
Diese Geschichte ist so wunderbar, daß Maria es oft gar nicht erwarten kann, ins Bett zu gehen und endlich wieder träumen zu können.
Auch die Tage verlaufen angenehm. Schon längst findet der blinde Herr Ludwig den Weg ins Wirtshaus und zurück ins Bett ohne Hilfe. Gegen Tabakwaren läßt sich eine Zubuße an Lebensmitteln eintauschen. Verwandte vom Land bringen Eier und Schweineschmalz, die Schürze der Frau Ludwig bleibt fettglänzend. Die kleine Maria ist der Liebling der Lehrerin und darf im Schulchor solo singen. „Uns're Wiesen grünen wieder, Blumen duften überall."
Als Frau Ludwig krank wird, jede Nacht würgendes Erbrechen, hohes Fieber, Haarausfall, die Krankheit heißt Typhus, träumt Maria ihren Traum mit hoffnungsvollem Herzklopfen. Denn nun, da sie nicht einmal mehr eine Pflegemutter hat, ist es wohl an der Zeit, daß ihre wirkliche Mutter kommt. Es kommt aber nicht die Feenkönigin, sondern die Frau Dora, die resolute Witwe aus dem Nachbarhaus. „Mein Gott, mein Gott, so ein Elend. Warum muaß die Krankheit so a brave, rechtschaffene Frau erwischen und net den Blinden oder den Bankert."
Frau Dora wäscht und säubert die Kranke, besorgt den Haushalt, wobei sie die Maria zur Mithilfe anhält. „Jetzt wird net g'les'n, du faules

Trumm, jetzt wird 'putzt." Die Lehrerin hat Verständnis für nicht gemachte Hausaufgaben, die Wohnung bekommt neuen Glanz. Unter den kräftigen Händen der Frau Dora verschwinden uralte, schmierige Schmutzschichten von Möbeln und Fußböden. Schleimige Sudelreste verschwinden aus den Schürzen der Frau Ludwig, Fliegendreck verschwindet von Fenstern und Spiegeln, und eines Tages verschwindet auch Frau Ludwig aus ihrem schmutzigen Schürzen-Leben.

Frau Dora hingegen bleibt und sähe es gern, wenn Maria ginge. „Erzähl mir nix, i bin ja net blind. Führen solls' di? Daß i net lach. Greifen willst, ob s' schon Tutterln kriagt, die Klane." Herr Ludwig macht Frau Dora klar, daß er in Maria so etwas wie ein Vermächtnis der verstorbenen Frau Ludwig sieht. Auch wäre das Kostgeld, das man noch immer dank der Vorsorge von Marias Vater bekomme, nicht zu verachten, und überhaupt sei er entschlossen, Maria an Kindes Statt zu halten.

Frau Dora fügt sich, und alles bekommt seine Ordnung. Frau Dora scheuert und putzt. „Wenn die arme Haut, Gott hab sie selig, net so a Drecksau g'wesen wär', dann könnt' s' heut noch leb'n." Maria lernt kochen und waschen. Sie ist flink und willig, und in der Schule ist sie der Liebling der Lehrerin.

Else heißt die Banknachbarin der Maria. Sie ist ein starkes, schönes Kind, hat dichtes, schwarzglänzendes Haar, große, dunkle Augen und kräftige, weiße Zähne. Ihr Vater ist der reiche Gemüsehändler, und Else wohnt in einem schönen Haus und hat eine Kinderfrau. Was für ein Entzücken, wenn Maria die Wärme von Elses Körper in ihrer Bank spürt! Seligkeit, als Else flüstert: „Du bist meine allerbeste Freundin." Ich? Wirklich ich? Auserwählt von diesem wunderbaren, herrlichen Geschöpf?

Zitternde Freude, als Else Maria einlädt, doch am Nachmittag zur Jause zu kommen. Mich hat sie eingeladen. Mich, obwohl ich ungeschickt bin, obwohl es mir nicht möglich ist, so frei, so selbstverständlich zu lachen wie die anderen. Mich, obwohl Else jedes Mädchen zur Freundin haben könnte.
Für diese Einladungen lassen sich die unwirschen Anweisungen von Frau Dora in den Wind schlagen. Beschämende Beschränkung auf das Schulkleid, obwohl Elses Schulkleid schöner ist als Marias Sonntagskleid. Hände waschen mit der parfümierten Seife von Frau Dora. Zurechtstreichen der Augenbrauen mit dem feuchten Finger. Alles ist schön in Elses Haus, alles ist vornehm und gediegen. Else hat ein eigenes Zimmer mit weißen Schleiflackmöbeln. Else hat winzige Puppentassen, aus denen man Schokolade trinken kann.
Else lacht und ist fröhlich, merkt gar nicht, daß Maria kaum die vornehme Luft einzuatmen wagt, daß Maria Angst hat, sie könnte auf den dicken Teppichen stolpern. Die Klomuschel ist aus Porzellan mit Meißner Muster. Darf man wirklich? Als Maria zurückkommt, sich ihrer geflickten Unterhosen aus weißem Leinen erstmals bewußt geworden ist, trägt Else einen Winterrock mit Pelzfutter. Schleift den schweren Stoff auf dem Boden nach, lacht und singt: „Ich bin der alte Schnittlauchkommerzialrat, ich bin der Zwiebelverkäufer, ich bin der Salatversilberer.“ Und fordert Maria auf, sich als Frau Gemüsehändlerin zu verkleiden, bringt auch einen Samtmantel ihrer Mutter angeschleppt.
Die beiden Mädchen tanzen miteinander, Stadtpelz und Samtmantel schleifen auf dem Teppich, und singen: „Petersil und Suppenkraut“. Was ist

berauschender? Elses Locken, die an der Wange kitzeln, der Tanz, der Gesang, der Duft und die weiche Wärme des Samtmantels?

Die Mädchen geraten in Raserei, stürzen zu Boden, wälzen sich lachend, schreiend in einer Woge aus Samt, Pelz und Parfum. Da öffnet sich die Türe und die Feenkönigin kommt. Sie sieht aus wie in Marias Träumen, sie ist wunderschön, strahlend, in wallendem Kleid, ihre Haare sind lang und glänzend. Überall ist Glanz. Maria starrt die fremde Frau an, sie will Else aufmerksam machen, will sagen: „Schau, die Feenkönigin!" Aber Else ist nicht atemlos, sie lacht nur, schaut zu der schönen Frau auf und sagt: „Das ist meine beste Freundin, Mama. Wir haben es so lustig."

„Könnt ihr nicht ein bißchen leiser sein", sagt die fremde Frau.

Der Blick, den sie auf den Samtmantel und den Winterpelz wirft, ist nicht freundlich. Maria will ihren Traum zu Ende träumen. Sie steht langsam vom Boden auf, es fällt ihr schwer, weil der Samtmantel so lang ist, so bleibt sie auf ihren Knien und flüstert: „Ich bin Maria." Gleich wird die schöne Frau sich zu ihr neigen, wird sagen: „Steh auf, mein Kind. Du hast die Prüfung bestanden", wird Maria in ihre Arme nehmen und Maria wird dazugehören. Die fremde Frau sagt aber nur: „Ich weiß, wer du bist" und zu Else: „Ich erlaube nicht, daß du meinen Samtmantel zum Spielen nimmst", und geht wieder.

Am nächsten Tag in der Schule ist Else fremd. Schaut Maria nicht an, hat zusammengekniffene Lippen und eine gerunzelte Stirn. Maria flüstert: „Petersil und Suppenkraut", möchte, daß die Freundin lacht, aber Else antwortet nur: „Schsch!" und beugt sich über ihr Rechenheft.

In der Pause geht Else zu den anderen Mädchen,

tut nichts, deutet nichts an, was Maria erlösen könnte. Erst, als sie sich wieder neben Maria setzen muß, sagt sie, und wird feuerrot im Gesicht dabei: „Meine Mama erlaubt nicht, daß ich mit dir spiele. Was wir gestern gemacht haben, war ganz schlecht." Versucht, die Tränen zu unterdrücken, wendet das Gesicht ab: „Die Mama wird die Lehrerin bitten, daß sie mich von dir wegsetzt", schaut Maria noch einmal voll an und schreit es beinahe: „Das kommt alles davon, daß du ein lediges Kind bist!"

Wenn man sich ganz fest wünscht, daß man tot sein möchte, dann muß es der liebe Gott machen, daß man stirbt. Maria liegt am Abend im Bett. Schluchzt, schreit, weint, jammert in den Polster, damit man sie nicht hören soll. Wird dennoch von Frau Dora gehört: „Ziag net immer auf, wennst an Schnupfen kriagst. Schneuz di ordentlich, sonst rinnt der Rotz ins Bettzeug. Des kummt davon, weilst di nie warm anziagst."

Lieber Gott, ich versteh schon, daß ich schlecht bin. Laß mich nicht als lediges Kind leben, lieber Gott, ich hab schon begriffen, daß ich eine Strafe Gottes bin, und wie soll ich den anderen in die Augen schauen. Ich schäme mich für alle Stunden, in denen ich lustig und glücklich gewesen bin. Für eine wie mich ist es Sünde. Verzeih mir und laß mich sterben, lieber Gott!

Später, in der Nacht, glaubt Maria, daß der liebe Gott sie erhört hat und daß sie sterben wird. Etwas Fremdes geschieht mit ihrem Körper. Sie nimmt die unbekannten Schmerzen dankbar hin.

Am nächsten Morgen ist das Bettzeug blutbefleckt. Als Frau Dora das Blut entdeckt, redet sie nicht vom Sterben, sondern sagt nur: „Na also, da hamma die Schweinerei", und fährt Maria an: „Des macht man doch net ins Bett, da muaß ma si

was vurtuan“ und unterweist Maria darin, was sie zu tun hat. Maria begreift, daß sie zweifach verworfen ist.
Wen der liebe Gott nicht sterben läßt, der lebt weiter und überwindet. Maria ist ein hübsches Mädchen geworden, etwas zu breit in den Hüften, zuweilen ungeschickt, zuweilen in den Knöcheln einknickend, zuweilen stolpernd. Doch oben auf dem seltsam unharmonischen Körper sitzt ein frisches Gesicht, mit Farben wie Milch und Blut, wie die Leute sagen, blaue Augen strahlen, ein Herr, der Zigarren einkauft, redet galant von einem „entzückenden Biedermeiergesichterl“.
Singen kann die Maria „wia a Lercherl“, und hin und wieder wird die Frau Dora von den Nachbarn gutmütig daran erinnert, daß die Blindheit des Herrn Ludwig direkt ein Glück sei. „So a fesches Maderl im Haus, wer kann da schon na sag’n.“ Doch die Verhältnisse haben sich geändert, Maria hat eine eigene Kammer, man ist in eine größere Wohnung gezogen und bestreitet diesen Luxus, als das Kostgeld für Maria ausbleibt, durch Untervermietung an Studenten. „Es san gebüldete Herrn aus die besseren Kreise, und wann s’ an manchmal des Stiag’nhaus anspeib’n, dann muaß ma des in Kauf nehmen.“
Die beste Freundin heißt jetzt Hermi. Hermi hat auch keinen Vater. Hermi hat zwar eine Mutter und ist kein lediges Kind, doch auch Hermi lebt in Schande. Der Vater von Hermi war zuerst sehr arm und dann sehr reich. Dann war er ein Spekulant und wieder sehr arm, und zum schlechten Ende hat er sich erschossen. Dennoch ist Hermi stark und fröhlich, so wie Else stark und fröhlich war. Maria wundert sich darüber, wieso man fröhlich sein kann, wenn man in Schande lebt,

und einmal faßt sie sich ein Herz und fragt Hermi danach. Hermi schaut sie verständnislos an und sagt: „Wieso? Leid tut er mir schon. Aber ich hab' mich doch nicht erschossen." Maria versteht das nicht. Hermi geht auch nicht weiter darauf ein, sondern zieht Maria in ihre Arme, singt „Was machst du mit dem Knie, lieber Hans" und „Es trägt die Lu-li-la von Kopf bis Schuh lila", zwingt Maria, die neuen Tanzschritte zu lernen und will sich ausschütten vor lachen, wenn Marias Körper den Rhythmus nicht gleich versteht.

Mit Hermi kann man Kleider tauschen, mit Hermi kann man Betrunkene auslachen und über steife Zigarrenkunden lachen. Zwei unerhört vornehme Damen steigen in die Straßenbahn, setzen sich graziös hin, imaginäre lange Zigarettenspitze in den Händen, kleiner Finger weggestreckt, räuspern sich, um Aufmerksamkeit zu erregen, plaudern blasiert: „Maria, weißt du waas?" „Neun, was wüllst du mür mitteulen, lübe Hermine?" „Gschissen hat der Has!" Aufspringen vom Sitz, abspringen von der Straßenbahn, endloses Kichern.

Mit Hermi kann man heimlich in das Zimmer der Untermieter schleichen und, wenn es gerade ein Medizinstudent ist, der in Untermiete logiert, die Anatomiebücher ansehen, heiße Wangen bekommen, ahnen.

Nur den neuen Untermieter findet Hermine blöd, denn sie ist schon weltgewandt und lernt auf zahnärztliche Assistentin. Rudolf Angermeyer heißt der neue Untermieter, studiert Chemie und hat viele Bücher mit unverständlichen Formeln darin, aus denen man keine Ahnungen und keine brennroten Wangen herauslesen kann. Sein Vater ist irgend etwas Besseres beim Magistrat in der kleinen Provinzstadt, und die Mama ist eine geborene „von". Einmal war sie da, um das Zimmer zu besichtigen, und Maria hat noch einmal, nach so vielen Jahren, das Gefühl wie beim Anblick der Feenkönigin, die eine Gemüsehändlerin gewesen ist.

Doch darüber kann Maria nicht einmal mit Hermi reden. Und auch nicht darüber, daß Rudolf Angermeyer ihre Gedanken in ungewöhnlichem Maß beansprucht. Maria kennt Studenten oder glaubt, sie zu kennen.

Die Studenten, die bei dem blinden Herrn Ludwig und der Sauberkeitsfanatikerin Dora Logis nehmen, sind alle von einem Schlag. Übermütige junge Hunde, deren tolpatschige Gliedmaßen, befreit von der kleinbürgerlich-provinziellen Enge des Elternhauses, nunmehr an Kraft gewinnen. Bis das körperliche Wachstum ein Ziel findet und in einen stattlichen Bierbauch und feiste Schmißwangen mündet. Ausgelassene Wirrköpfe, deren Geist dazu bestimmt ist, sich dereinst in eine notarielle Kleinstadtbehaglichkeit, in eine Beamtenlaufbahn ebenda oder in eine landärztliche Tätigkeit zu schicken. Deren Geist aber nun, da er dem Zwang der väterlichen Schankstube oder Gemischtwarenhandlung entronnen ist, sich nicht lange mit Politik aufhält, Wissen flüchtig konsumiert und im übrigen darauf aus ist, Erinnerungen für später zu sammeln: Scherze, Ulk, Verlachen der Professoren, Kommersseligkeit. „Donna Blanca von Naverd hängt der Busen bis auf 'd Erd'. Es wird höflich drum gebeten, nicht darauf herumzutreten.“ „Und da sch.. so ein Schwein in das Bergwerk hinein, wo die braven Bergleute sein.“ „Ergo bibamus“ und, wenn sie Maria sehen: „Ja, keine ist so nett, so fein, wie unsers Hauswirts Töchterlein, ja, keine ist equalis der filia hospitalis“. Einer, ein Medizinstudent, schreibt Gedichte in seinen Dornblüth, einer wird

bei Maria handgreiflich und von Fau Dora mit einem Scheuerlappen davongejagt.
Einer ist darunter, dessen Mutter, eine brave Frau Bergrat, Jahr für Jahr in einem neuen feierlichen Kleid angereist kommt, um die Promotion mitzufeiern, die nie stattfindet. Dem muß Maria immer wieder den Kopf mit feuchten Handtüchern kühlen und den Kater mit neuem Bier vertreiben. „Wie kam ich gestern ins Nest? Bin, scheints, wieder voll gewest — o mein Gott, Maria, mir ist so schlecht." Maria kennt die Studenten.
Rudolf Angermeyer ist anders: Schmallippige Düsterkeit, gemessener Gruß im morgendlich-dunklen Hausflur, wenn Maria vom Milchholen heimkommt, Nachthemden mit eingesticktem Monogramm, schäbige Schuhe, dunkle Krawatten. Fingernägel ohne Halbmonde. Kein Lachen, keine Freunde, kein besticktes Studentenkäppi, bei nächtlicher Bierheimkehr achtlos im Stiegenhaus verloren, kein Betteln um Zigaretten bei Herrn Ludwig. Bücher mit unverständlichen Formeln darin. Eine Mutter, die Feenkönigin ist. Brille abnehmen, über die überanstrengten Augen streichen. Eigenhändig Tee in der Küche kochen. Hinunterschlingen von Nahrung, achtlos, ohne Genuß. „Danke, Fräulein Maria", wenn Maria ihm ein Stück Apfelkuchen, dem Herrn Ludwig unter den blinden Augen weggestohlen, zuschiebt. Und wieder in die Bücher starren.
Maria weiß: „Er empfindet einen großen, unverständlichen Schmerz." Maria weiß nicht, daß dieser Gedanke schon den nächsten Gedanken in sich trägt: „Ich werde ihn von diesem Schmerz erlösen."
Doch in Rudolf Angermeyer ist schon lange kein Schmerz mehr. Nicht mehr der Schmerz seiner frühen Jahre über das Nicht-begreifen-Können,

der Schmerz darüber, daß ihm das Wissen, von dem er sich Erlösung erhofft, dem er sich mit Demut und unter Aufbietung aller Kräfte genähert hat, verschlossen geblieben ist. Der Schmerz über die eigene Unfähigkeit, höhere Gesetzmäßigkeit im lateinischen Satzbau zu erkennen, sphärische Harmonie in mathematischen Formeln, Offenbarung in religiösen Gleichnissen. Der Schmerz über den Umstand, daß ihn selbst die Unfähigkeit, ein guter Schüler zu sein, in Verzweiflung stürzt, während den anderen, den Heiteren, den Lebenskünstlern, jedes Versagen Anlaß gibt, sich zu rühmen und sich Ansehen zu verschaffen. So daß ihm die Zugehörigkeit zur Gemeinschaft der Schulverächter, der Achselzucker über schlechte Schulnoten, auch nicht möglich ist. Dieser Schmerz ist in Rudolf Angermeyer längst erloschen. Er hat es aufgegeben, sich mit gesenkter Stirn und schiefem Lächeln den anderen zu nähern und darum zu betteln: „Laßt mich mitspielen." Er hat es aufgegeben, sich selbst Gefühle abzufordern, die er nicht empfindet: Am Sportplatz mit den anderen aus einer Kehle brüllen; in der Kneipe mit den anderen aus einer Kehle gröhlen, in eine Kehle saufen; Gemeinschaftsentrückung bei der Maiandacht in der Kirche; Lusterlebnis, Einswerden im Geiste im Puff, beim Frühschoppen, bei zotigen oder kindischen Späßen.
Er hat das aufgegeben, und in ihm ist kein Schmerz mehr. In Rudolf Angermeyer ist nur mehr ein starker Wille und der Gedanke: „Euch werde ich es zeigen."
Während er die spärlichen Reste der Mitgift seiner Mutter, der Frau Regierungsrat Risa Angermeyer, unter demütigenden und einengenden Studienverhältnissen aufzehrt, ist in ihm nur ein Gedanke: Euch werde ich es zeigen.

Er sitzt Tag und Nacht über den Büchern, quält seinem sterilen Gehirn Leistungen ab, welche die Studienkollegen nie vollbringen, weil diese Leistungen ihnen leichtfielen, zählt bald zu den Spitzen seines Semesters. Daß er sich als Achtjähriger ballspielenden Kindern genähert hat, mit gesenkter Stirn und schiefem Lächeln, und gebettelt hat: „Laßt mich mitspielen", und daß er die Antwort bekommen hat: „Nein. Du nicht", hat er nicht vergessen. Eine letzte Gelegenheit, erweckt zu werden, erkennt er nicht als solche.
Das geschieht, als ihn der alte Professor Matejka, ein gütiger, weißbärtiger, äußerst ungepflegter Herr, zu sich rufen läßt und sagt: „Was ist los mit Ihnen, Kollege Angermeyer? Ihre Gedanken sind präzise, außerordentlich präzise sogar, und Ihre Arbeiten sind ausgezeichnet. Es fehlt nur die Zusammenschau, der schöpferische Funke, die Einsicht des Ganzen. Das Humanistische oder die Liebe, wenn Sie so wollen. Besuchen S' mich doch einmal zum Tee, da können wir uns ein bissel darüber unterhalten." Rudolf Angermeyer schaut den alten Herrn, seine fleckige Strickweste, seinen nikotingefärbten weißen Bart, seine schmutzigen Fingernägel, ohne Begreifen an und kommt der Einladung nie nach.
In ihm ist nur mehr ein starker Wille und der Gedanke: Euch werde ich es zeigen. In seinem Gehirn, das Plus und Minus gegeneinander aufzurechnen weiß, das mit Formeln umgehen kann und Einteilungen treffen, ist der Plan für sein weiteres Leben bereits festgelegt. Die Maria Ludwig, Pflegetochter des blinden Trafikanten und Zimmervermieters, ist Teil dieses Planes, ohne daß sie das Geringste davon ahnt. Wenn Rudolf Angermeyer weiterhin gleichmäßige Leistungen erbringt, woran er keinen Augenblick zweifelt, so

wird er seine Studien in kürzerer Zeit absolviert haben als seine Kommilitonen.
Dann ist, nach dem Lebensplan des Rudolf Angermeyer, der Zeitpunkt gekommen, zu dem er sich verheiraten wird. Denn eine Ehe gehört, nach den Vorstellungen des Zeitgeistes, zum Gesamtbild der Unauffälligen, der Normalen. Rudolf Angermeyer, dessen Zeiteinteilung auch eine Beschäftigung mit musischen Dingen eingeplant hat, weiß zwar als Stehplatzbesucher von Wagner-Opern, daß es die hehre, die heilige Liebe, das Gralsfeuer der Begattung unter Ebenbürtigen gibt. Auch diese Entrückung ist in seinem Lebensplan vorgesehen, doch erst zu einer späteren Zeit.
Vorläufig bietet sich Maria Ludwig als geradezu ideales Objekt für seine Ziele an. Rudolf Angermeyer, dessen Gehirn mit kaltem Wissen gefüllt ist, hat längst registriert, daß Maria an einer Hüftgelenksluxation leidet. Ihr breites Becken und ihr ungeschickter Gang sind Grund genug dafür, daß sie keine großen Ansprüche wird stellen dürfen. Andererseits ist sie — „Was für ein entzückendes Biedermeiergesichtel" — hübsch genug, um ihn nicht der Blamage preiszugeben. Kochen und putzen kann sie auch.
Noch sieht Rudolf Angermeyer jedoch keinen Anlaß zur Annäherung. Sein Umgang mit Maria beschränkt sich auf einen schmallippigen Gruß im morgendunklen Hausflur, wenn Maria vom Milchholen heimkommt und er sich bereits auf den Weg zur ersten Vorlesung macht. Maria aber denkt: „Ich werde ihn von seinem Schmerz erlösen" und läßt es zu, daß der neue Untermieter die Stelle der Feenkönigin in ihren Einschlafgedanken einnimmt.
Das sind Gefühle, die man mit der besten Freun-

din Hermi nicht besprechen kann. Niemals brächte es Maria über sich, der Freundin einzugestehen, daß sie sich in Gedanken mit einem Menschen beschäftigt, den Hermi für einen faden Zipf hält. Unerträglich wäre der vorauszusehende Spott Hermis, wollte Maria der Freundin erklären, daß dieser Rudolf Angermeyer ein Leidender und zu Erlösender ist.

Gottlob geht auch Hermi in dieser Zeit eigene Wege. Sie lernt bei dem Dentisten Kropacek, will zahnärztliche Assistentin werden, rührt im Zahnzement herum, reicht Spülgläser und träumt auch ihrerseits von einem Märchenprinzen, der im Laufe der Zeit immer deutlicher die hageren, leberfleckigen, kurzbewimperten Züge des Dentisten Kropacek annimmt. Gemeinsames Erleben bei den Wandervögeln – „Wandervögel stimmt die Saiten, laßt uns wacker vorwärtsschreiten. Lustig soll ein Lied erklingen, wer nicht zupft, soll fröhlich singen" – festigt die Beziehung.

Dennoch traut Hermi den sanft begehrenden Blicken des Dentisten nicht, will es genau wissen, möchte Bestätigung, daß die stille Verbundenheit, die in seiner Praxis ihren Anfang genommen hat, Bestand haben wird. Schon längst heißt ein Aufmerksamkeit heischender Blick des Kropacek nicht nur: „Tupfer bitte", sondern er heißt auch: „Fräulein Hermi, ich liebe Sie." Schon längst ist die Gemeinsamkeit der Gefühle beim Wandern, beim Singen, am Lagerfeuer außer Zweifel, schon längst hat ein wortloses Streicheln der Hand Klarheit geschaffen. Aber Hermi will ihr Glück bestätigt haben, will es sichergestellt bis in alle Ewigkeit.

So überredet sie Maria, mit ihr eine Wahrsagerin aufzusuchen. „Es stimmt alles aufs Wort. Der Tante hat sie die Krankheit vom Onkel vorhergesagt; die Tante schwört, daß sie sich nichts hat anmerken lassen. Es war direkt unheimlich, hat die Tante g'sagt. Und der alten Wysocki hat sie geholfen, den Ring wiederzufinden. Die Wysocki hat geglaubt, er is für immer dahin."

Träge, von keinem Luftzug verjagte Hitze eines frühen Vorstadtabends. Kopfsteinpflaster. Hundekot. Gestank aus den Kanalgittern. An einer Hausmauer vertrocknete Spuren von Erbrochenem.

Alle Fenster zur Gasse sind geöffnet. Verkümmerte Topfpflanzen, liebevoll betreut, Hoffnung der Armen. Aus einem Fenster Harmonika-Klänge: „Lustig ist das Zigeunerleben". Immer wieder, immer wieder dasselbe Danebengreifen. Eine unwirsche Männerstimme: „Wennst net sofurt was anderes spielst, Ferdl, dann kenn i mi selber nimmer."

Eine Greislerei. Welke Salatblätter, flüchtig zusammengekehrt. „Konzessionierte Kinderstupp-Erzeugung". „Anna Weinschlögl: Feine Strickwaren". „Ankauf von Verlassenschaften". Aus der weit offenen Türe eines Wirtshauses dringt Gelächter. Dünnbeinige Kinder haben mit Kreide „Himmel und Hölle" auf das Pflaster gezeichnet, spielen Tempelhupfen, schieben mit schmutzigen Zehen einen flachen Stein vor sich her.

Als Hermi und Maria den kühl-dunklen Hausflur betreten, schmiegen sie sich eng aneinander, der Mut will sie beinahe verlassen. Finden dann doch die Wohnungstüre, klingeln zaghaft. Ein Vorhang wird mißtrauisch gerafft. Hermi weiß das Losungswort, sie finden Einlaß. Dumpfer Geruch eines ungelüfteten Raumes. Knoblauchschnaps. Vertrocknete Kräuter. Herdruß und sauer gewordene Milch. Ein Katzenkistchen mit feuchten Sägespänen.

Die Mädchen bleiben starr stehen, eine Katze umschmeichelt ihre Beine, als Maria die Katze streicheln will, behält sie Haarbüschel in der Hand. „Laßt's ma den Minki in Ruh'!", läßt sich nun eine schnapsheisere Stimme vernehmen, und erst jetzt gerät die Wahrsagerin, die nach dem Öffnen der Türe sofort wieder ächzend in einem Lehnstuhl hinter ihrem Tischchen Platz genommen hat, in das Bewußtsein der Mädchen.
Die Wahrsagerin ist ein Monument von einem Menschen, wogende Fleischmassen finden kaum in dem großen Lehnsessel Platz, wabbern nach allen Richtungen. Weiße, dürftige Kinderlöckchen geben den Blick auf schmutzig-rosige Kopfhaut frei. Altersstarre Augen blicken unfreundlich und böse. Die Alte hebt mit zitternden Händen ihr Schnapsglas, wobei sie einen guten Teil der Flüssigkeit auf ihren mächtigen Busen schüttet. Durchdringender Knoblauchgeruch macht sich breit. Die Alte setzt den Schnaps ab, schaut die Mädchen an und sagt: „I mach's für Gottes Lohn. Da wird nix verraten." Als die Mädchen eifrig nikken, sagt sie: „Habt's a Geld?" Maria bemerkt, daß die Alte eine riesige Warze auf der Zunge hat, doch es ist keine Spottlust in ihr.
Hermi will als erste. Maria muß ins Kabinett nebenan. Warten. Die Luft ist fast noch schlechter als in der Küche der Wahrsagerin. Maria wagt nicht, sich auf das mächtige Polsterbett, das den Großteil des Raumes einnimmt, zu setzen. Fühlt sich schuldig, als sie sich umschaut. Heiligenbilder. Ein Kruzifix mit einem flackernden Ewigen Licht. Ein nicht entleerter Nachttopf. Eine kolorierte Photographie mit einem schmalen Seidenband: Ein stattlicher Herr in Uniform. Backenbart, randlose Brille. Edel gewelltes Haar. Der Blick gutherzig und, durch die Enge des Uniformsteh-

kragens, quellend in die Ewigkeit gerichtet. „Oscar Derber, Ritter des Ordens der Eisernen Krone III. Cl., Officier des grossh. toscan. Verdienst-Ordens, Comthur des königl. württemberg. Friedrich Ordens.“
Maria zwingt sich, den Blick taktvoll zu senken, zwingt sich auch, nicht nach nebenan zu hören.
Endlich ist sie an der Reihe. Hermi nickt ihr zu, flüstert: „Ich wart' draußen“, entschwebt. Strahlt. Froh, der unheimlichen Atmosphäre entronnen zu sein. Froher noch, weil sie nun den Kropacek verbrieft hat. Und ein glückliches Leben obendrein. Zwei Kinder. Ein Häuschen am Waldrand. Keine Sorgen, keine Krankheiten. „Solche Karten sieht ma selten, du bist a Glückskind.“
Maria setzt sich mit wankenden Knien. Die Alte schaut sie forschend an, schiebt ihr ein abgegriffenes, schmutziges Päckchen Karten hin und leiert: „Die Linke kommt vom Herzen, mit Schmerzen, Hex über'm Graben tuat die Zukunft sagen. Finger von der Rechten übers Kreuz, mit der Linken zwamal nach links abheben.“ Als Maria nicht gleich begreift, wird sie ungeduldig: „Na, was is? I hab' mei Zeit net g'stohlen.“ Maria tut nun, wie befohlen.
Die Alte besichtigt die untersten Karten der durch das Abheben entstandenen Päckchen, beutelt den Kopf hin und her, schnalzt mit der Zunge. Da sie dem Grundsatz huldigt, daß sich Gegensätze anziehen, fallen ihr die ersten Weissagungen, gemessen an der Erscheinung Marias, nicht schwer. „Der Mann deines Herzens, mein Kind, ist dunkelhaarig, hat ein schmales Gesicht und ist sehr schlank“, tönt es in bemühtem Hochdeutsch. Da die Alte bemerkt hat, daß Maria verhältnismäßig groß ist, sagt sie noch: „Er ist für einen Mann eher klein.“

Nun lösen die Geister des Knoblauchschnapses ihre Zunge: „Eine Verbindung zwischen einem kleinen Mann und einer großen Frau ist eine heikle Angelegenheit. Du wirst sehr vorsichtig sein müssen. Ich habe ein Paar gekannt, da war er sehr groß und sie sehr klein, es war schon zum Lachen, obwohl sie sehr verliebt gewesen sind. Alle Leute haben gelacht, wenn sie die beiden gesehen haben. Eine solche Verbindung bringt Probleme.“ Dann schwenkt sie aber das Herz-As triumphierend in der Luft herum. „Die wahre Liebe kennt keine Grenzen.“ Nach dieser philosophischen Abschweifung geht alles sehr schnell. Maria bekommt zwei Kinder geweissagt, ein Häuschen am Waldrand, keine Sorgen, keine Krankheiten. „Solche Karten sieht ma selten, du bist a Glückskind.“

Nun, da Maria weiß, daß sie ein glückliches Leben vor sich hat, daß sie dieses Leben offenbar mit Rudolf Angermeyer teilen wird, denn auf keinen anderen Bekannten trifft die von der Wahrsagerin angegebene Beschreibung zu, könnte sie eigentlich gehen. Den nicht gerade geringen Obulus hat sie erlegt, draußen wartet die Freundin Hermi.

Doch Maria bleibt. Die Alte, ermüdet und schnapsduselig, fragt mißtrauisch: „Is was?“ „Ich möchte gerne wissen, wer meine Eltern sind“, sagt Maria mit fester Stimme. „Marandjosef, auch das noch“, denkt die Alte und fragt abweisend: „Hast noch a Geld?“

Als Maria eifrig nickt, seufzt die Alte, steht dann umständlich auf und holt aus einem Schränkchen eine Glaskugel. Maria bekommt eine enge Kehle. Die Kugel erinnert sie an etwas, das verlorengegangen ist. Sie ist sicher, daß sie nun die Wahrheit erfahren wird. Die Alte entzündet betäuben-

des Räucherwerk in einer kleinen Pfanne, nimmt noch einen Schluck Schnaps, setzt sich ächzend, gebietet Maria mit einer Handbewegung, ganz still zu sein, und starrt in die Kugel.
Die Frage „Was sag i dem Mensch?“ quält das schnapsberauschte Gehirn der Wahrsagerin. Sie räuspert sich nach einer langen Pause und spricht: „Auf deinen Eltern lastet ein dunkles Geheimnis, mein Kind. Was Gott im Verborgenen halten will, soll der Mensch nicht erforschen.“ „Das macht sich gut“, denkt die Alte und gerät in Fahrt. „Ich sehe eine sehr schöne, vornehme Dame. Sie weint. Ja, sie weint. Ein feiner Herr tritt neben sie. Er liebt sie über alles. Die beiden halten sich eng umschlungen. Jetzt fassen sie sich bei der Hand und laufen davon. Ein Schiff. Und Wasser, sehr viel Wasser. Das Meer. Sie reisen in ein fremdes Land. Dort sind sie glücklich. Aber sie denken Tag und Nacht an ihr geliebtes Kind.“
Die Alte nimmt einen Schluck Schnaps, verschluckt sich, bekommt einen Hustenanfall, streckt die ekelhafte Zunge keuchend und um Luft ringend heraus. Dann läßt sie sich erschöpft in den Lehnsessel zurücksinken, gäbe viel darum, wenn sie ihren Rausch ausschlafen könnte. Ist sich aber bewußt, daß sie ihre Pflicht tun muß, und sagt abschließend: „Meine höheren Kräfte sind erschöpft. Deine Eltern sind zu weit weg.“ Streicht über die Kugel und sagt: „Eines kann ich deutlich sehen: In fortgeschrittenem Alter wirst du eine für hiesige Verhältnisse ungewöhnlich hohe Erbschaft machen. Ja. Ungewöhnlich hoch. Du bist a Glückskind.“ Dann läßt sie den Kopf endgültig zurückfallen und gibt augenblicklich durchdringende Schnarchtöne von sich.
Maria schleicht aus der Wohnung. Über alles

Wunderbare, das sie erfahren hat, kann sie mit der Freundin Hermi nicht reden. Sie ist sich in diesen Augenblicken seliger Gewißheit nicht darüber klar, ob sie überhaupt noch mit der Freundin Hermi reden will.

Hinweise

WENN man keinen hat, mit dem man reden kann, dann ist es sehr schwer, die Hinweise zu verstehen. Noch heute habe ich die Stimme der Wahrsagerin im Ohr. Es war keine gewöhnliche Wahrsagerin, denn selbstverständlich kommt es immer vor, daß es unter den sogenannten Hellsehern und Propheten Schwindler und Betrüger gibt. Diese Frau hatte aber eine Gabe, die sich mit dem gewöhnlichen Menschenverstand nicht erklären läßt. Sie hat mir in allen Belangen die Wahrheit gesagt. Wenn ich mit jemandem hätte darüber reden können, dann hätte ich auch die Hinweise verstanden.

Noch heute habe ich die Stimme der Wahrsagerin im Ohr, als sie mich gütig warnend anschaute und sagte: „Eine Verbindung zwischen einem kleinen Mann und einer großen Frau ist eine heikle Angelegenheit. Du wirst sehr vorsichtig sein müssen.“ Das habe ich nicht beachtet, obwohl mir die Klarsicht dieser Frau in bezug auf meine Eltern Beweis genug hätte sein müssen, daß die Wahrsagerin keine Betrügerin ist. Kein Mann kann es ertragen, wenn die Frau größer ist als er. Im übertragenen Sinn schon gar nicht.

Nein, er war kein großer Mann. Er war klein, dunkel und zartgliedrig, und seine Augen waren schmal. Ich hätte den Hinweis der Wahrsagerin verstehen müssen. Er war kleiner als ich. Ich habe mich geschämt, wenn ich an seiner Seite einen Raum betreten mußte, und ich habe es vermieden, Schuhe mit hohen Absätzen zu tragen. Ich habe mich auch geschämt, wenn er nicht imstande war, einfache Rätselfragen zu beantworten. Mir ist es immer leichtgefallen, Rätsel zu lösen. Schon oft bin ich in Versuchung gewesen, an die Zeitungen zu schreiben, daß die Rätsel viel zu leicht sind.

Ich erinnere mich gut an einen Abend mit Freunden, den wir mit dem Lösen von Scherzfragen verbrachten. Es war peinlich und beschämend für mich zu beobachten, wie er überhaupt nichts begriff, während wir anderen längst schon die Lösung gefunden hatten. Die Freunde, das konnte ich deutlich spüren, empfanden Hohn für ihn und Mitleid mit mir.

Heute hätte ich nicht mehr die Geduld, um mit einem Mann zu leben. Man hat mich oft genug gefragt, weshalb ich nicht wieder geheiratet hätte. Ich habe immer darauf geantwortet: „Ich muß nicht von allem haben."

Heute ist er ein alter Mann. Ich weiß, wie alte Männer sind. Alte Männer lieben das Kartenspiel. Wenn sie vom Krieg sprechen, dann leuchten ihre Augen und ihre verkümmerten Muskeln straffen sich. Manchmal werden sich alte Männer ihres körperlichen Verfalls bewußt. Dann weitet Angst ihre Augen, und die zotigen Witze wollen nicht mehr über ihre Lippen. Alte Männer haben tabakbraune Zähne und gelbliche Flecken an den Innenseiten ihrer Hosenbeine. Wenn alte Männer vom Pissoir zurück an den Kartentisch kommen und, weil sie keine Minute des Kartenspiels versäumen wollen, hastig, schamlos und mit ungewaschenen Händen den Reißverschluß ihrer Hose schließen, dann sind ihre Hosenbeine an der Innenfläche feucht.

Alte Männer trinken, sie schlürfen Schnaps mit gierig nach vorn gestülpter Unterlippe. Ihre Ausdünstung ist ekelerregend, ihre Augenlider sind gedunsen und ihre Gesichtszüge aufgeschwemmt. Als der Kropacek nach dem Krieg zu saufen begonnen hat, hätte ich ihm gerne gesagt:

„Nehmen Sie sich doch zusammen, Sie Schwein. Schließlich haben wir alle einen Krieg hinter uns. Sie sind nicht der einzige Leidtragende.“ Meiner Freundin Hermi hätte ich es schon damals vorhersagen können, wie es enden wird. Doch sie hätte nicht auf mich gehört.
Er war aus anderem Holz als der Kropacek, das muß man gerechterweise sagen. Er hat stets auf seine Gesundheit geachtet. Täglich machte er körperliche Übungen, die der Vervollkommnung seiner Muskeln dienten. Einmal versuchte er, im Badezimmer den Kopfstand zu machen. Er muß ausgerutscht sein, ich hörte jedenfalls im Nebenzimmer Krachen, das Splittern von Glas und seinen unterdrückten Schmerzensschrei.
Ich lief ins Badezimmer, stieß hervor: „Hast du dir weh getan.“ Er stand da, ein Zahnputzglas lag in Scherben. Sein Gesicht war schamrot, seine Augen verkniffen. Er war nackt. Er fuhr mich an: „Was willst du hier? Kann ich nicht einmal fünf Minuten allein sein?“ Ich sagte nur ironisch: „Schade, daß deine Lehrerin nicht sehen kann, wie gut du den Kopfstand kannst.“ Daraufhin wiederholte er die Übung, diesmal stürzte er nicht, er machte den Kopfstand inmitten der Glassplitter. Ich starrte auf seine dünnen, blassen, schwarzbehaarten Oberschenkel und auf sein Glied, das schlaff auf seinen Bauch herunterhing. Mich ekelte sehr.
Ich muß heute noch lachen, wenn ich daran denke, daß meine Schwiegermutter es vor der Hochzeit für nötig befunden hat, uns beide zu trennen, um alles Unerlaubte zu verhindern. Diese Frau hat eine sehr schmutzige Phantasie gehabt. So verfiel sie sogar auf den Gedanken, daß ich in den Tagen vor der Hochzeit, als sie für alle nötigen Einkäufe Mutterstelle bei mir ein-

nahm, in ihr eheliches Schlafzimmer einquartiert werden sollte. Mein Schwiegervater überließ mir bereitwillig sein Bett.
Meine Schwiegermutter war eine herrische Frau. Sie versäumte keine Gelegenheit, mich auf meinen Stand hinzuweisen. Obwohl ich Leinenzeug und Hausrat von meinen Ersparnissen bezahlte, bevormundete sie mich in allen geschmacklichen Fragen. Dennoch war diese Zeit vor der Hochzeit sehr schön für mich.
Wenn ich die Augen schließe, dann sehe ich heute noch das Nachtkästchen meiner Schwiegermutter vor mir. Es war ein altdeutsches Möbelstück mit schwerem Schnitzwerk und einer graufleckigen Marmorplatte. Vor dem Einschlafen trank meine Schwiegermutter mit Honig gesüßten Eibischtee. Dieses Getränk hinterließ klebrige Ringe auf der Marmorplatte. In der Schublade befand sich ein Fläschchen mit Riechsalz und der Rosenkranz, dessen abgegriffene Elfenbeinkugeln nach Weihrauch dufteten. In der unteren Etage des Nachtkästchens verbarg sich das Nachtgeschirr, das meine Schwiegermutter jede Nacht geräuschvoll benutzte, obwohl das Haus schon längst mit allen sanitären Einrichtungen versehen war. In der oberen Etage das Ägyptische Traumbuch, moderig vergilbt.
Es ist oft vorgekommen, daß meine Schwiegermutter mich weckte, mir einen Traum erzählte und mich bat, die entsprechende Nummer zu notieren. In allen diesen Nächten habe ich meine Schwiegermutter nie nackt gesehen. Wenn sie sich des Abends ihrer Kleider entledigte, so faltete sie Kleidungsstück für Kleidungsstück in jener peinlich genauen Reihenfolge, die es ihr ermöglichte, die Kleidungsstücke auch in der Dämmerung des nächsten Morgens wiederzufin-

den. Es war dies eine Gewohnheit, die sie aus den Tagen ihrer Klostererziehung beibehalten hatte. Bevor sie sich aber des letzten Kleidungsstückes entledigte, um nackt in ihr Nachthemd zu schlüpfen, befahl sie mir jedesmal wegzusehen.
Wenn ich meine Augen schließe, so kann ich den Geruch des Nachtkästchens meiner Schwiegermutter heraufbeschwören. Ich könnte aufstehen, mich im Dunkeln an ihr Bett tasten und sie wekken, wie sie mich so oft geweckt hat. Ich könnte bitten: „Mama, laß mich von deinem Tee trinken, meine Schmerzen werden gleich wiederkommen." Ich könnte sagen: „Mama, ich habe einen Traum gehabt: Ich wohne allein in einem alten Haus, das abgerissen werden soll. Ich bin in meinem Traum eine alte, häßliche Frau, halb blind und ohne zu begreifen." Ich könnte flüstern, damit kein anderer uns hört, doch die warme Dunkelheit und der vertraute Duft nach Weihrauch und Riechsalz würden mich trösten. Ich könnte sagen: „In meinem Traum will mich der Hausherr aus dem Haus jagen und in ein Altersheim schicken. Dort soll ich getötet werden, doch dein Sohn tut nichts, um mich zu beschützen. Lies mir aus deinem Traumbuch vor, was dieser Traum bedeutet."
Ich rieche den tröstlichen Duft. Ich denke, ich begreife.

Die Einweihung

AN einem klaren Vorfrühlingstag des Jahres 1928 strebt Risa Angermeyer in Begleitung ihrer künftigen Schwiegertochter und in zimperlichem Trippelgang, obwohl diese Gangart der Frau Regierungsrat mit den Jahren immer beschwerlicher fällt, dem Dampfbad zu.

Risa Angermeyer ist einmal siebzehn Jahre alt gewesen. Jetzt ist sie zweiundvierzig und ihr Leben ist nicht so verlaufen, daß sie zu reifer Schönheit hätte erblühen können: Tage ohne Erwartung, Nächte voll Ekel und Haß. Tägliches Glänzen der Parkettböden, tägliches Silberputzen. Beschämender Zwang, Wohlhabenheit vortäuschen zu müssen. Beschämender Kauf von billigem Zichorienkaffee und Kunstfett für die Küche. Beschämendes Umfärben und Wenden von Kleidungsstücken. Klebrige Likörträume und am nächsten Morgen schwere Schenkel und schale Gedanken.

Der Solitär, Erbstück nach einer Tante, verloren oder von Regierungsrat Angermeyer der Köchin als Liebeslohn zugesteckt. Fehlgeburten. Frucht aus dem bierfaulen Samen des Regierungsrates, ungewollt, ungeliebt, unter Qualen ausgetrieben. Beschämende Lügen, um dem alten Medizinalrat die Spuren nächtlicher Mißhandlung umzudeuten. Süßigkeiten, flüchtiger Trost der Nachmittage, im Übermaß verschlungen. Keine Neugier mehr, keine Hoffnung. Nicht einmal Bitterkeit über ein Leben, das anders hätte verlaufen können, sollen, müssen. Nur Mißmut und Verdrossenheit und niemals begreifen können, weshalb der Vater Risas, Freiherr von Lemberg, Bagatelladel zwar, aber immerhin, dem Antrag eines Bürgerlichen stattgegeben hat.

Vielleicht hatte Freiherr von Lemberg visionär eine gleichmacherische Tat setzen wollen, vielleicht hatte ihm auch nur, angesichts des schwindenden Vermögens der Familie, das Jusstudium des bürgerlichen Anwärters auf die Hand der Tochter Anlaß zur Hoffnung gegeben. Beide Rechnungen waren jedenfalls solche Fehlschläge wie die ihnen zuliebe gestiftete Ehe.
Risa Angermeyer, geborene Lemberg, verachtet ihren Mann auch heute noch wegen seiner Herkunft. Das Jusstudium ist nie beendet worden. Der junge Angermeyer hängte es bald nach vollzogener Kopulation mit der angebeteten Risa an den Nagel und teilte von da an seine Zeit zwischen Biertisch und einer Beamtenlaufbahn zweiter Klasse.
Risa Angermeyer ist ihm eine entsprechende Frau gewesen. Hat nie zu Skandalen oder Gerede Anlaß gegeben und hat es widerstandslos hingenommen, daß Zeit und Umstände sie zu einem Mitglied der Kaste der Beamtengattinnen, einer furchterregenden und in der kleinen Provinzstadt tonangebenden Spielart des weiblichen Geschlechts, gemacht haben.
Risa Angermeyer verläßt das Haus niemals ohne Hut und Handschuhe, trägt glanzloses, zu Zöpfen gewundenes Haar mit Haarnadeln hochgesteckt, hat eherne Prinzipien in bezug auf Beamtenrangordnung, Moral und Dienstbotenfrage, riecht nach Mottenkugeln, verwesender Monarchie und keuschem Urin. Sie wäre geradezu die Inkarnation der Beamtengattin, gäbe es nicht unter früh erschlafftem Fleisch die Ahnung einstmals vollkommener Linien, gäbe es nicht Krähenfüße in den Augenwinkeln, eingekerbt durch die der Dame Risa zuweilen mögliche Selbstironie, wäre da nicht hin und wieder ein rascherer Atemzug,

ein Kräuseln der Lippen, ein Aufblitzen der Augen, eine ungestüme Bewegung, die weniger an Risas adelige Abkunft als an die heitere Sinnlichkeit eines Bauernmädchens erinnert, und wäre da nicht noch immer die Sehnsucht, einmal mit nackten Beinen über nasses Gras laufen zu dürfen.

Allerdings keine dieser wenigen Liebenswürdigkeiten, dieser letzten Lebenszeichen einer langsam und qualvoll im Fischbeinkorsett von Konvention und Sitte erstickten Seele, an jenem Vorfrühlingstag des Jahres 1928.

Denn Frau Regierungsrat Angermeyer, die in Begleitung ihrer künftigen Schwiegertochter zum Dampfbad trippelt, hat Angst, einer schweren Prüfung entgegenzugehen. An diesem Vorfrühlingstag, einem Donnerstag und „Damentag" nach der Badeordnung, wird Risa Angermeyer die Person, mit der sich ihr Sohn Rudolf unverständlicherweise verloben zu müssen geglaubt hat, den „Damen" präsentieren.

Sie ist sich zwar durchaus dessen bewußt, wie man das Ereignis „Damentag" mit mürrischer Klarsicht beschreiben könnte: Wöchentliche Inbesitznahme des Bades, dieser Sammelstelle männlichen Schweißes und kleinbürgerlichen Zoten, durch die Hüterinnen des Hauses, die Geschändeten, die Dulderinnen, die Märtyrerinnen von Wochen- und Ehebett. Geflüsterte Gebärmutterlitaneien. Hängende Postoffizialsgattinnenbrüste neben quellenden Hofratsgattinnenwülsten. Tilgung männlichen Unrats vermittels Kernseife.

Schweiß. Gedunsene Häßlichkeit. Leiden. Hausbackenheit. Dampfumwölkte Entrüstung. Doch Risa liebt den Damentag trotz aller Erbärmlichkeit. Er bildet einen der wenigen Fixpunkte in ihrem Leben, vermittelt wie das ebenfalls

wöchentlich stattfindende Damenkränzchen in der ersten Konditorei der Stadt Zugehörigkeitsgefühl und Wärme, eine letzte, jämmerliche Gelegenheit, sich in Szene zu setzen, sich zu zeigen, sich zu finden. „Schließlich ist man doch wer." Risa will auf diesen Damentag nicht verzichten müssen, auf diese letzte Zuflucht, diese letzte Möglichkeit zur Begegnung.
Jeder Mensch hat das Recht auf ein wenig Geborgenheit, auch wenn man sich selbst dafür verachtet. Lange Jahre hat Risa Angermeyer, zu schwach für die Einsamkeit, sich nach einer Ebenbürtigen gesehnt, mit der sie einen Bund gegen die Beamtengattinnen hätte eingehen können. Eine Schwiegertochter hat sie sich ausgemalt, ein hochgeborenes Fräulein, ein erlesenes Geschöpf von empfindlichem Geschmack und zarter Konstitution. „Lassen wir diese Weiber, liebes Kind", hätte Risa zu der Feinen, Reinen gesagt und zärtlich stolz: „Wir beide."
Die Schwiegertochter der Wirklichkeit hingegen stellt ein neues Glied in der Kette der Demütigungen dar, welche das Leben der Risa Angermeyer zugefügt hat. Die Frau Regierungsrat muß darauf gefaßt sein, daß die Einführung dieser Person in die Runde der Damen eine Änderung der Verhältnisse zum Schlechten mit sich bringen wird, eine Beeinträchtigung ihrer eigenen vorrangigen Stellung innerhalb der Gemeinschaft, einen weiteren Schritt abwärts auf der Stufenleiter.
Gewiß, es läßt sich nicht leugnen, daß die Entblößung in der Schwitzkammer gewisse schwesterliche und gleichmacherische Gefühle mit sich bringt, daß mit den Hüllen Titel des Ehemannes und gesellschaftliche Stellung vorübergehend ohne Belang sind, daß Unaussprechbares dampfgedämpft aussprechbar wird. Sogar die Erzäh-

lung der Frau Postoffizial von jenem Postfräulein, das stockbetrunken sich im Amt die Bluse vom Leibe gerissen und die nackten Brüste auf die Paketwaage gelegt haben soll — sie wurde selbstverständlich umgehend gefeuert, meine Damen —, ist zwar mit der gebotenen Entrüstung, aber auch mit verschämtem Kichern hingenommen worden. Eine derartige Entgleisung, nahe dem unentschuldbaren Fauxpas, wäre bereits in der Konditorei nicht mehr zu dulden und ist auch im Dampfbad nur möglich, wenn man unter sich ist. Wird man aber noch unter sich sein, wenn die Schwiegertochter am Damentag teilnimmt? Wird die Schwiegermutterschaft der Risa Angermeyer genügen, um diese Person dampfbadfähig zu machen? Die Pflegetochter eines Trafikanten, ein uneheliches Kind höchstwahrscheinlich, denn das weiß man ja, was es mit den Pflegekindern solcher Leute auf sich hat!

Eine Zeitlang hat Risa mit dem Gedanken gespielt, sie könnte aus der unbestimmten Herkunft dieser Person Kapital schlagen, könnte die Schwiegertochter mit der Aura des Geheimnisvollen, der vielleicht eben doch sogar außerordentlich hohen Abkunft umgeben.

Doch die Person verfügt über keinen nennenswerten Vorzug, wenn man von halbwegs hübschen Gesichtszügen absieht, und auch diese sind keineswegs spektakulär. Spektakuläre wären Risa Angermeyer ohnehin suspekt erschienen, hätten aber den Entschluß des Rudolf Angermeyer wenigstens verständlich gemacht. Die Person ist aber nicht einmal schön. Sie ist, nun ja, nett. Appetitlich. Frisch. Kurz, sie vereinigt alle jene Eigenschaften, die man weiblichen Wesen der unteren Kategorie lobend und immer mit Wachsamkeit in bezug auf den Herrn des Hauses nachzusagen pflegt.

Zu allem Überfluß hat die Person eine deutliche Vorliebe für blütenweiße Schürzen und Blusen und verfügt über ein hieb- und stichfestes Repertoire an Regeln über menschliche Verhaltensweisen. Etwa des Inhaltes, daß Hunde immer herausfinden, ob ein Mensch gut oder böse ist, daß man Kinder lieben, alte Menschen ehren und eine gute Hand für Blumen haben muß. Keine Verworfenheit, keine verderbte Extravaganz wenigstens. Nur edle Einfalt und langweilige Bescheidenheit. Pfui Teufel.
Während Risa Angermeyer sich im Trippelgang dem Dampfbad nähert und dem Angstschweiß nicht Einhalt gebieten kann, wirft sie einen forschenden Seitenblick auf die Schwiegertochter in der uneingestandenen Hoffnung, ein gnädiges Wunder könnte in letzter Minute Wasser in Wein verwandelt haben. Doch Maria Ludwig ist die nette und brave Person geblieben und trägt die umfangreiche Badetasche, wie es sich gehört. Irgendwie stimmt der ungeschickte Gang der Person die Frau Regierungsrat versöhnlich. Aus dem gewissen Gemeinsamkeitsgefühl heraus, das ihre eigenen schmerzenden Füße und die merkwürdig uneleganten Bewegungen der Person herstellen, ist sie in Versuchung, der Schwiegertochter irgendeine Freundlichkeit zu sagen. Es fällt ihr aber nichts Passendes ein, und so findet sie lediglich in einem inneren Monolog zu einer anderen Sicht der Dinge:
„Mein Gott, wie ich schwitze, mein Rücken ist schon ganz naß. Das ist kein gesunder Schweiß. Ekelhaft. Wenn das so weitergeht, werde ich im Bad überhaupt nicht mehr schwitzen können, kein Tropfen Flüssigkeit wird mehr da sein. Zur Pediküre kann ich heute auch nicht, denn es geht wohl nicht an, die Maria mit den Weibern allein

zu lassen. Aah, wie herrlich das sein wird, wenn ich endlich die Schuhe ausziehen kann. Daß ich ausgerechnet heute den Weibern dieses Schauspiel bieten muß. Ich hätte es wissen müssen, daß der Rudi mir das antun wird. Wo soll er es auch herhaben. Er kommt ganz nach dem Angermeyer, er ist vulgär und gemein. Bürgerlich. Gerade als hätte ihn der Angermeyer mit der Köchin gemacht. Gott verzeih mir, ich habe dieses Kind nie leiden können. Aber wo steht geschrieben, daß das eine Sünde ist. Man muß Vater und Mutter ehren, das ja. Daß man die Kinder ehren muß, steht nirgends geschrieben. Merkwürdig ist es schon. Da stirbt man beinahe bei der Entbindung und bringt ein Wesen zur Welt, das man nicht lieben kann. Liebe kann man nicht erzwingen.
Mea culpa, mea maxima culpa.
Ich darf gar nicht daran denken, wie schwer dieses Kind Latein gelernt hat. Die teuren Nachhilfestunden. Er hat ein kaltes Gehirn, der Sohn dieses Angermeyer. Ein Untier ist er. Manchmal hat er mich angeschaut, daß ich direkt Angst bekommen hab'. Steht da und schaut mich an, als ob er mich hassen würde. Mich, seine leibliche Mutter. Wie viele Schritte noch bis zum Bad? Es gibt nichts Gemeineres als schmerzende Füße.
Daß ich diesen Weibern das Vergnügen bereiten muß. Wenn der Rudi nicht partout hätte studieren müssen, hätte er diese Braut nie kennengelernt. Aber nein, auf Chemie hat er sich versteift. Es war die reine Bosheit. Mit seiner minderwertigen Intelligenz. Für den Staatsdienst hätte sein Verstand ausgereicht, dafür ist der Angermeyer ein glänzendes Beispiel. Schon wieder ein Schweißausbruch! Wenn ich nur die Handschuhe ausziehen könnte, es wäre eine Erleichterung. Doch ich darf der Person kein schlechtes Beispiel geben."

Und wieder empfindet Risa Angermeyer ein gewisses Mitleid mit ihrer Schwiegertochter, und sie denkt mit dem ihr zuweilen möglichen schwarzen Humor: „Trotzdem bin ich besser dran als du, meine Liebe. Ich werde meinen Sohn Rudolf los. Du wirst ihn erst verkraften müssen", und wirft der Maria Ludwig einen Kassandra-Blick zu.
Maria Ludwig merkt nichts von alledem. Sie ist in ihre eigenen Gefühle verstrickt. Der Antrag des Untermieters Rudolf Angermeyer hat sie zwar mit atemlosem Entzücken erfüllt, doch im Grunde hat sie ihn als Bestätigung ihrer stets geahnten und nun zur Gewißheit gewordenen Zugehörigkeit zu einer höheren Gesellschaftsschicht hingenommen.
Ihr Auftreten im Elternhaus des Rudolf Angermeyer, in dem sie nach dem Wunsch ihrer zukünftigen Schwiegermutter nun schon einige Wochen lebt, ist frei, selbstverständlich, und wie sie selbst es in Gedanken bezeichnet, von „natürlichem Herzenstakt" diktiert. Unfähig, die merkwürdigen Regeln einer zugegebenermaßen besonders absurden Welt auch nur zur Kenntnis zu nehmen, verstößt sie unablässig gegen diese. Verwechselt Fisch- und Fleischmesser, kennt nicht die Grußformel, mit der alte Tanten gegrüßt zu sein haben, spricht zuweilen im Dialekt.
Maria bemerkt nicht, daß sie Anstoß erregt. Sie weiß sich frei von Schuld, ihre Schürzen und Blusen sind blütenweiß und mit Kernseife gewaschen, wenn sie kocht, dann fällt kein Haar in die Suppe, und sie hat sich einer einmalig durch Rudolf Angermeyer angestrebten vorweggenommenen Vollziehung der leiblichen Ehe mit der gebotenen Entrüstung und Keuschheit widersetzt.

Erst heute, an diesem Badetag, hat Maria das Gefühl einer dumpfen Bedrohung. Etwas Fremdes, Grauenhaftes, das sie nicht zu nennen weiß, kommt auf sie zu. Während sie neben ihrer zukünftigen Schwiegermutter dem Dampfbad entgegengeht, ist auch ihre Stirn von Schweißperlen bedeckt.
Der Vorraum des Bades ist grün gekachelt. Gedämpftes Licht fällt durch eine Glaskuppel ein, läßt das Wasser des in der Mitte des Vorraumes plätschernden Springbrunnens matt erglänzen. Der Springbrunnen wird überragt von einer steinernen Schwimmerin, die die Arme ekstasisch zum Himmel hebt. Gemildert wird die Ekstase durch die äußerst genaue und naturalistische Darstellung von Schwimmkostüm und Badekappe, für deren sorgfältige und taktvolle Kreation der Bildhauer seinerzeit viel Lob geerntet hat. Den Steinrand des Beckens ziert die Aufschrift „In aqua vita". Rechts und links von der Schwimmerin stehen zwei plüschüberzogene Ruhebänke, hinter diesen jeweils eine Zimmerpalme. Diese tropischen Gewächse sind allerdings trotz der schwülen Atmosphäre verkümmert und verstaubt.
Maria hat das Gefühl, sie müsse ersticken. Ein Schiebefenster wird energisch geöffnet, und eine ältliche, verrostete Stimme tönt devot: „'ss de Hand, Frau Regierungsrat. Wie gewöhnlich?" Und zugleich ein vernichtender Blick auf Maria. Auch Frau Risa Angermeyer registriert diesen Blick der ausgelaugten, entdampften Kassiererin.
Niemand hat soviel intuitive Menschenkenntnis wie das untergeordnete Personal an Kassenschalter, für das Geldstück keineswegs gleich Geldstück ist. Der Ton, in dem die Frau Regierungsrat sagt: „Nein, heute für zwei. Meine zukünftige

Schwiegertochter begleitet mich“, ist daher scharf, hoheitsvoll und, da die Würfel nun einmal gefallen sind, zum Äußersten bereit.
Die Kassiererin beugt sich auch sofort devot vor, so daß die Frau Risa ihren schlechten Atem riechen kann, und flüstert untertänig nach einem neuerlichen Blick auf Maria, so als wäre der erste Blick nie gewesen: „Sehr hübsch, Frau Regierungsrat. Da merkt man die Familie.“ Risa Angermeyer hat das erste Scharmützel gewonnen, sie nimmt gnädig zwei leinene Badetücher, steif gestärkt und mit Wäschetinte gekennzeichnet, entgegen und legt der Kassiererin den nötigen Betrag hin. Eine letzte Unsicherheit zeigt sich in der ungewöhnlichen Höhe des Trinkgeldes. Aber geschehen ist geschehen.
Die Frau Regierungsrat wendet sich von der Kasse ab und sagt über die Schulter in nasalem Ton: „Komm, Mia, wir gehen.“ Maria, die die Palmen betrachtet hat, reagiert zunächst nicht auf die ungewohnte Anrede „Mia“, die sie der anhaltenden Aufmerksamkeit der Kassiererin zu verdanken hat. Als sie erkennt, daß sie gemeint gewesen sein muß, folgt sie der Frau Regierungsrat zu der breiten Schwingtüre, die in das Tempel-Innere führt. Die Schwingtüre öffnet sich, und sogleich wird die schwüle Luft noch um einige Grade wärmer. Der Modergeruch, der schon in der Vorhalle spürbar war, steigert sich zur Unerträglichkeit.
Maria bekommt Knie aus Watte, sie wankt hinter der Frau Regierungsrat her wie ein Lamm zur Schlachtbank. In der Kabine entkleidet sich die Frau Regierungsrat sachlich und auf geübte Klosterschulart. Legt Kleidungsstück auf Kleidungsstück, entledigt sich der Kleider mechanisch und ohne jede physische Empfindung. Nur, als sie aus

5*

den Schuhen schlüpft, überhemmt sie körperliches Wohlgefühl, und sie gestattet sich ein brünstiges „Aaah". Hält sich aber weiter nicht auf, sondern widmet sich konzentriert dem Ausnesteln verschiedener Häkchen und Haken.

Maria steht zögernd herum. Die Luft ist heiß und schwül, Risa Angermeyer beansprucht allen Raum für sich, sich hierhin bückend, dann dorthin streckend. Endlich, als die Frau Regierungsrat die Ellbogen hebt, um den siebenten Schleier über den Kopf zu ziehen, fällt ihr Blick auf Maria, die noch immer unschlüssig herumsteht, mit zitternden Fingern an ihrem Mantel zerrt, und deren Gesicht von feinen Schweißperlen bedeckt ist. „Beeile dich, mein Kind", sagt die Dame Risa kurz. Denn nun sind ihre Gedanken voll und ganz bei dem bevorstehenden Tribunal, sie sieht die Szene bereits vor sich: Eine Schar nackter Frauen, zu einem weißlichen fahlen Teig zusammengeballt. Schreckliche Richterinnen, von grauen Schwaden umdampft, die den Daumen nach unten senken.

Risa Angermeyer will das hinter sich haben. So oder so. Sie zieht mit einem Ruck das Unterhemd über den Kopf, füllt nun mit ihrer monströsen Nacktheit vollends die ganze Kabine und sagt nochmals: „Beeil dich." Maria legt nun ihrerseits die Kleider ab, tut es unter den Augen der Schwiegermutter. Als sie sich bückt, um die Schuhbänder zu lösen, streift sie beinahe den schlaffen, von Schwangerschaftsstreifen zerdehnten Bauch.

Risa Angermeyer wirft ihr Leintuch entschlossen über die Schulter, als Maria beim letzten Kleidungsstück, einer weißen Hemdhose, angelangt ist, bemerkt mit einer gewissen Befriedigung die breiten Hüften und die gespreizt abstehenden

Schenkel der künftigen Schwiegertochter und wendet sich ungeduldig zum Gehen. „Komm schon." Maria, zur letzten Demütigung nicht fähig, behält die Hemdhose an und folgt den Schritten der Risa Angermeyer, die mit klappernden Holzsandalen lautstark die Richtung weist.
Die Damen des Tribunals starren den beiden bereits entgegen. Längst schon haben sie in Erfahrung gebracht, was Risa Angermeyer vertuschen zu können glaubt: „Sie soll die Pflegetochter eines Trafikanten sein. Merkwürdiger Gusto für einen Akademiker. Was sagen Sie dazu, meine Liebe?" — und sind daher voll freudiger Erwartung. Als sie der Maria Ludwig ansichtig werden, steigert sich diese Erwartung zu triumphaler Erkenntnis. Die Damen des Tribunals strahlen reinste Schadenfreude aus.
Das hat Risa Angermeyer doch nicht erwartet. Sie dreht sich nach der zukünftigen Schwiegertochter um, gleichsam, um sie nochmals mit den Augen der Damen zu mustern, und sieht, daß Maria Ludwig die Hemdhose anbehalten hat. Geschult in der Gedankenwelt ihrer Kaste zieht auch Risa Angermeyer den Schluß, den vor ihr die Damen des Tribunals in froher Erregung gezogen haben: Die Hemdhose behält man im Dampfbad nur an, wenn man hofft, mit ihr einen vorzeitig und illegitim gerundeten Bauch verstecken zu können.
In diesem Augenblick äußerster Peinlichkeit ist Maria Ludwig ihrerseits, ohne von den sie schmähenden Gedanken auch nur das Geringste zu ahnen, der geballten Ausstrahlung von ärarischer Perversion nicht mehr gewachsen. Der Anblick der fetten, weißen Leiber, der lüsternen Augen, der hohnlächelnden Münder ist zuviel für ihre Magennerven. Die Hand vor den Mund gepreßt, kann sie gerade noch die Schwitzkammer verlas-

sen. Während sie sich würgend in eines der Waschbecken übergibt, weiß sie nicht, daß sie damit die letzte Lücke einer unanfechtbaren Indizienkette schließt.
Diskretion ist nun nicht mehr nötig. Und wirklich sagt eine Stimme, die Risa Angermeyer in ihrer Lähmung nicht einmal zu identifizieren vermag: „Das ist aber nicht gut für das Fräulein Schwiegertochter. In dem Zustand sollte sie nicht ins Dampfbad gehen."
Auf diesen absoluten Tiefpunkt ihres Lebens niedergeschmettert, vergißt Risa Angermeyer umgehend, daß die vermeintlich nötige Überwachung der bräutlichen Tugend ihrer Schwiegertochter ihr selbst ein willkommener Anlaß gewesen ist, um wenigstens für ein paar Wochen dem Schnarchen des Herrn Regierungsrates zu entkommen, und denkt: „Und ich dumme Kuh habe diese Person in mein Schlafzimmer genommen", und dann, mit dem ihr gerade in prekären Situationen möglichen Sinn für das Praktische: „Hoffentlich darf ich nicht auch noch die Rechnung für das Stundenhotel bezahlen."

Hochzeit

KNUSPRIG gebratenes Schweinefleisch, von hurtigen Rissen zerkleinert, vermengt sich wohlig mit Speichel und rutscht in den lüstern geweiteten Schlund. Bratensaft salbt Kinn und steife Servietten. Emsige Gabeln schaufeln fettglänzenden Erdäpfelsalat. Starke Backenzähne zermalmen Knorpel. Kühl und erfrischend zischt Bier hinterher. Erbsen kollern zu Boden. Essen bedeutet vergessen.

Und eine Hochzeit ist eine Hochzeit. Auch wenn es eine Hochzeit ist, die in aller Stille stattfindet und den finanziellen Möglichkeiten des Brautvaters Ludwig, Witwer und Trafikant, entspricht. Auch wenn die Hochzeitsgesellschaft nur aus dem Brautpaar, Hochwürden, Herrn und Frau Regierungsrat Angermeyer und Herrn Ludwig besteht. Auch wenn die kühnen Hochzeitsträume nicht wahr geworden sind: Großer Auftrieb in der Stadtpfarrkirche unter Teilnahme aller Honoratioren der Stadt und, nicht zu vergessen, den hochgeborenen Verwandten der Braut. Die Braut in prächtigen Brüsseler Spitzen, die doch nicht die feinen, adeligen Züge dem entzückt raunenden Publikum vorenthalten. Regierungsrat Angermeyer im zu eng gewordenen Cut, aber doch immerhin stattlich, wenn natürlich auch bei weitem vom Brautvater, dem imponierenden Herrn in Generalsuniform, in den Schatten gestellt. Ave verum von der Empore. Orgelklänge. Schluchzen.

Risa Angermeyer in starrem, vornehmem Lila, reicht dem Brautvater die Hand zum Kuß. Er beugt sich vollendet zum Handkuß nieder und raunt: „So haben wir doch noch zueinandergefunden, Liebste."

Nein, die Wirklichkeit sieht anders aus. Risa Angermeyer ist gewillt zu vergessen. Will sich den Genuß des Augenblickes nicht durch sentimentale Gedanken verderben. Spürt zufrieden, wie der Speisenbrei ihr Inneres tröstlich füllt. Kümmert sich nicht um das Brautpaar, den bleichen Rudolf Angermeyer und die junge Frau, wohl in properem, blütenweißem Gewand, aber weit von dem Brüsseler-Spitzentum entfernt, und wieder und wieder an Köchin und Stubenmädchen erinnernd.
Hellsichtig durch reichlich genossenen Rotwein bemerkt Risa Angermeyer, wie die Oberkiefer der drei älteren Herren, Hochwürden, Regierungsrat Angermeyer und Vater Ludwig, sich im Takt bewegen. Wie die Farbe der biergeröteten Wangen, der Fettglanz der Mundwinkel im gleichen Maß sich steigern. Als ihr die sonderbare Drillingsähnlichkeit, obwohl Hochwürden keinen Schnurrbart trägt, zu Bewußtsein kommt, hat sie Mühe, ein mädchenhaftes Kichern zu unterdrücken.
Erst als die Torte serviert wird und die Mundsäfte der Risa Angermeyer nach der üppigen Schokoladefülle gieren, überfällt die Frau Regierungsrat der alte Haß auf ihren Mann. „Nicht einmal ein neues Kleid hat er mir bewilligt", denkt sie verbittert. „Nein, mit dem alten kleinen Schwarzen muß ich dasitzen, obwohl es so eng ist." Lockert dann aber mit geübtem Griff den Gürtel und gibt sich dem süßen Genuß hin.
Die Drillinge haben sich, eine Virginia lang in kultische Rauchnebel gehüllt, ein wenig von den Damen entfernt. Hochwürden winkt diskret der Kellnerin und bestellt die geheime Spezialität des Hauses: Stierhoden in Rahmsoße. Zur Abrundung des Festmahles. Teilt auch den beiden anderen

Genießern mit, welche Bewandtnis es mit dieser Speise habe, und kann, unter Männern, die Frage nicht unterdrücken, ob es nicht angezeigt sei, auch dem Bräutigam eine Stärkung davon zu geben.
Regierungsrat Angermeyer winkt vaterstolz ab. Er habe, so teilt er flüsternd mit, nichts Einschlägiges in der Erziehung versäumt. Als es an der Zeit gewesen sei, habe er den Knaben Rudolf im Puff eingeführt, nicht ohne höchstpersönlich die auserwählte Dame auf Sauberkeit, auf Erfahrung und vor allem auf Gesundheit zu überprüfen. Wohlwollend nickt an dieser Stelle Hochwürden und äußert ein salbungsvolles: „Sie sind ein pflichtbewußter Vater, Herr Regierungsrat." Auch Herr Ludwig nickt ernst und sagt: „Gesundheit ist das höchste Gut. Besonders in dieser Hinsicht."
Der Herr Regierungsrat fühlt sich in diesem Augenblick dem Herrn Ludwig erstmals brüderlich verbunden. Bis dahin war ihm die exotische Person des blinden Trafikanten, der sowohl auf Grund seiner Herkunft als auch auf Grund seiner Bresthaftigkeit wohl kaum als Tarockpartner in Frage kam, eher peinlich gewesen. Nun aber möchte er dem Herrn Ludwig gerne kameradschaftlich auf die Schulter klopfen, er möchte sagen: „Du, mein Bruder", er erinnert sich mit Hochachtung daran, daß Herr Ludwig trotz seiner Blindheit imstande gewesen ist, das Hochzeitsmahl ohne besondere Beeinträchtigung der Etikette zu sich zu nehmen. Freilich mag es daran gelegen gewesen sein, daß die junge Frau dem Pflegevater das Schnitzel rasch und taktvoll vorgeschnitten hat. „Was er wohl in Zukunft machen wird?", denkt der Herr Regierungsrat, und optimistisch „Na, wir alten Krieger haben uns noch immer zu helfen gewußt", und nochmals fast zärtlich: „Du Kriegskamerad, du".

Diesem blinden Mann, so empfindet es der Herr Regierungsrat, ist er, trotz des Standesunterschiedes, die letzte Rechenschaft schuldig. Er habe, so fährt er fort, sich als pflichtbewußter Vater nach Vollzug auch nach den Talenten seines Sohnes erkundigt. Die diesbezüglichen Auskünfte seien durchaus beruhigend gewesen. Durchaus zufriedenstellend, ja. In Anbetracht der reichen Vergleichsmöglichkeiten der betreffenden Dame sogar geradezu enthusiastisch. Da er, Regierungsrat Angermeyer, auf Grund der eher schwächlichen Konstitution seines Sohnes, denselben zuweilen nicht gerade für ein Kuckucksei, denn dergleichen sei nun wohl bei Dame Risa undenkbar, aber für eine Degenerationserscheinung, zurückzuführen auf die adelige Abstammung der Mutter, gehalten habe, sei er glücklich gewesen, Blut von seinem Blute wiederzuerkennen.

„Die deutsche Manneskraft wohnt sogar in einem welschen Körper, meine Herren", sagte der Herr Regierungsrat stolz, und bietet gleich darauf dem Herrn Ludwig das Du-Wort an. Eine Geste, die ihm noch vor wenigen Stunden so undenkbar erschienen ist, daß Frau Risa in ihren Weisungen diese gar nicht so strikte als „Das ginge denn doch zu weit" hätte ausschließen müssen.

Risa Angermeyer, die wohlig den Speisegeschmack der Luft, die ihrem Magen entweicht, nachkostet, wird durch das männlich-obszöne Gelächter aus ihrem bescheidenen Wohlbehagen gerissen. „Ich hätte es wissen müssen", denkt sie mit der ihr zuweilen zu Gebote stehenden Deutlichkeit. „Wenn eine Sau", und meint den Angermeyer damit, „den Sautrank riecht, dann wälzt sie sich umgehend mit den anderen Ferkeln." Der Herr Regierungsrat Angermeyer hat, als ob sie das nicht immer gewußt hätte, eine stärkere Affinität zu dem schlichten Mann aus dem Volke als er je zu ihr, der hochgeborenen Dame Risa, hatte haben können. Risa Angermeyer wirft einen haßerfüllten Blick auf den Sohn, der lustlos seine Torte zerkrümelt. „Und der da, dieser Bastard, kann nicht einmal das. Nicht einmal fressen kann er."

Unversöhnliche, unbändige Verachtung für alles, was männlich ist, steigt in Risa Angermeyer hoch, weckt schwesterliche, mütterliche Gefühle, weckt Zärtlichkeit für die junge, verinnerlicht dreinschauende Braut. „Ich muß sie warnen", denkt Risa. „Ich muß ihr sagen, daß ich meinen Sohn selbst nicht leiden kann. Aber wird sie mir glauben?"

Die Drillingsphäaken sind mittlerweile ernst und verantwortungsbewußt geworden. Regierungsrat Angermeyer fordert, da er sich bezüglich der Qualitäten des Sohnes so freizügig geäußert hat, von Kamerad Ludwig einen Offenbarungseid bezüglich der Herkunft der Braut. Doch der blinde Trafikant beharrt darauf, daß dies alte Geschichten seien und daß er die Maria als Kind anerkannt habe. Das müsse genügen. Auf einen Rippenstoß des Regierungsrates hin deutet er schließlich an, die Mutter der Maria sei Dienstbote gewesen, geschwängert von einem besseren Herrn. Sowohl dem Herrn Regierungsrat als auch Hochwürden ist der Umstand, daß man mit einer Köchin sexuelle Beziehungen unterhalten kann, durchaus geläufig.

Doch der Gedanke daran, daß derartige Küchensünden nachhaltigere Wirkungen zeitigen können als flüchtige physische Erleichterung, die Ahnung von tierischer Zärtlichkeit und Wärme und den peinlich beharrlichen Geruch nach gerösteten Zwiebeln und Schweineschmalz auf der

Brust, der — je nachdem — mit Weihwasser oder reichlich Peau d'Espagne getilgt werden muß, erzeugt in den beiden Herren Beklommenheit. Die Versicherung von Pflegevater Ludwig, aus der Maria sei ein ordentlicher Mensch geworden, ein braves und fleißiges Geschöpf, tugendhaft und keusch und würdig des akademischen Freiers, erfüllt daher den Regierungsrat und Hochwürden, stellvertretend bezogen auf etwaige in etwaigen Köchinnen fruchtbar gewordenen eigenen Samen, mit Erleichterung und Befriedigung.
„Na also."
Dennoch hält es Hochwürden für angezeigt, vom Thema abzulenken und die hübsche, alte Sitte des fröhlichen Rundgesanges aufzugreifen, und stimmt auch, da sich kein anderer bereit findet, höchstpersönlich und mit satter Stimme das Lied: „Ich ging einmal spazieren, na nu, na nu, na nu" an. Dröhnend fallen Regierungsrat Angermeyer und Vater Ludwig in den Refrain „Bumsdivallera" ein.
Dann ist es Zeit zum Aufbruch für das Brautpaar. Und nochmals ist Mitleid in Risa Angermeyer und der unklare Wunsch: „Ich muß sie warnen." Und weil sie von den zur Wäsche gegebenen Wäschestücken her weiß, daß der im Dampfbad entstandene Verdacht ganz und gar unrichtig war, und weil in ihr die Erinnerung an die eigene Hochzeitsnacht säuerlich und widerwärtig aufsteigt, oder ist das nur der übervolle Magen, und weil Maria keine Mutter hat, küßt Risa Angermeyer die Schwiegertochter auf die Stirn und flüstert: „Sei stark, mein Kind. Es ist das Schlimmste, das eine Frau im Leben erdulden muß. Aber es muß sein. Wegen der Kinder."
Was sagt man hingegen zum Sohn unter solchen Umständen?

Rudolf Angermeyer enthebt die Mutter dieser Sorge, denn er hat sich bereits zum Gehen gewandt, die Braut folgt ihm gehorsam, und auch die anderen könnten nun wohl die Hochzeitstafel aufheben.
Regierungsrat Angermeyer will nicht umsonst das Bartrio, eine Konzession an den vermuteten vulgären Geschmack des Herrn Ludwig, angeheuert haben. Getanzt muß sein, auch wenn das Brautpaar durch seinen überstürzten Aufbruch das Zeremoniell gestört hat. Regierungsrat Angermeyer fordert seinen neuen Freund Ludwig jovial und großmütig auf, doch mit Frau Risa eine Ehrenrunde zu walzen.
Als sich der Trafikant daraufhin gehorsam erhebt und sich , von Regierungsrat Angermeyer taktvoll geleitet, vor Frau Risa verbeugt, trinkt Risa Angermeyer ihr Glas in einem Zuge leer. „So weit hat es kommen müssen“, denkt sie erbittert. „Da sitze ich, Risa Lemberg, und mein eigener Mann treibt mich diesem Plebejer in die Arme. Bietet mich an wie ein Pferdehändler seine beste Stute, auf der jeder Bauernlümmel reiten darf, wenn er nur bezahlt dafür.“ Und denkt unlogisch: „Gott sei Dank ist er wenigstens blind.“ Dann steht sie unvermittelt auf, sagt scharf: „Kommen Sie. In Ihren Kreisen tanzt man ja besonders gut, höre ich.“
Sie zerrt den Trafikanten hinter sich her, stößt ihn beinahe auf die Tanzfläche. „Rasch hinunter in den Dreck. So weit hat es mit mir kommen müssen.“ Schließt die Augen vor den blinden Augen des Trafikanten, vor seinen feisten, schweißglänzenden Wangen, schließt die Ohren vor seinem alkoholbeschleunigten, keuchenden Atem. Eine Hochzeit ist eine Hochzeit.
Ungebrochen unbändige Bauernmädchenfüße

können dem Zauber von Rotwein und Walzertakt nicht länger widerstehen, mißachten zu enge Schuhe und die kurzatmige Würde einer alternden Frau. Risa Angermeyer spürt die Körperlichkeit des Trafikanten wie einen elektrischen Schlag, lodert, schmilzt. Eine fette Frau, mühsam gebändigtes Fleisch im zu eng gewordenen kleinen Schwarzen, und ein blinder Mann, unbeholfen und eingeschüchtert, werden eins in der Musik, bewegen sich frei, harmonisch, wunderbar, im vollkommenen Einklang der Körper.
Risa Angermeyer hat die Augen noch immer geschlossen, denkt „So muß es sein", will sich das Gesicht des Trafikanten nicht ins Gedächtnis rufen, sondern läßt sich von ihrer Phantasie das edle Antlitz eines hochadeligen Generals vorgaukeln, das sich schließlich zu den erregten Zügen eines jungen Leutnants verjüngt: „Bitte, Risa, bitte . . ."
„Mein Gott, wie blöd ich war damals. Eheliche Treue? Daß ich nicht lache. ‚Ja' hätt' ich damals sagen müssen, ‚ja, ja, ja!'" Und ist in ihre Träume und Erinnerungen so sehr verstrickt, daß sie unvermittelt laut „Ja, ja, ja!" schreit. Der gute Herr Ludwig hält es für Erschöpfung, hört erschrocken zu tanzen auf und läßt sich zurück zu seinem Platz führen.
Während sich das Gespräch der Herren nun endgültig den politischen Dingen zuwendet, auch darin ist man sich überraschend einig, denkt Risa: „Alles vorbei, verloren, vertan. Heute verfault er am Isonzo, und ich bin alt und werde nie erfahren, wie es wirklich sein könnte." Während sie in hausfraulichem Geiz nun auch noch die vom Sohn zerkrümelte Torte in sich hineinstopft, morgen wird sie es bereuen, hat sie nochmals das Gefühl, sie hätte der Schwiegertochter etwas

sagen müssen. „Wenn man sich nur ausdrücken könnte.“
Das Hochzeitspaar ist mittlerweile bereits im Stiegenhaus angelangt. Maria Angermeyer, die schweigend hinter ihrem Mann die Stufen hinaufsteigt, will sich nicht eingestehen, daß sie etwas vermißt. Sehnsucht hat. Nach einer Beruhigung. Einer Geste. Einem „Hab keine Angst“.
Aber hat sie das Recht zu fordern? Hat nicht vielmehr er das Recht, von ihr zu verlangen, daß sie sich in das Unbekannte so schickt, wie er es erwartet? „Niemand hat mir gesagt, was ich tun muß. Was ist, wenn ich es nicht kann?“ Bald wird er wissen, daß sie seiner nicht würdig ist. Sie wird die Probe nicht bestehen. Sie hat das Glück, die Glückseligkeit, nicht verdient. Es hat Augenblicke gegeben in den vergangenen Jahren, selige Minuten des Nachts, vor dem Einschlafen, in denen sie sicher war, daß das Wunder geschehen würde.
In solchen Träumen hat sie gewußt, daß eines Tages ihre Eltern kommen würden, ihre wirklichen Eltern, der wunderbare, starke Vater, die himmlisch schöne, liebevolle, sanfte Mutter. Sie würden, zwei überirdische Erscheinungen, die ärmliche, aber reinliche Wohnung Ludwig betreten, alles mit ihrem Glanz vergolden, sie würden dem treuen Knecht Ludwig auf die Schulter klopfen: „Dank dir, du Getreuer, daß du unser edles Kind, Blut aus unserem Blute, vor dem Schmutz dieser Welt bewahrt hast.“ Sie würden ihr Kind, die brave Maria Ludwig, die immer sittsam und ordentlich gewesen ist, warm in ihren starken Armen bergen und sie mit sich nehmen in andere, höhere Sphären.
Der neue Untermieter ist ein Bote aus dieser anderen Welt gewesen. Das hat Maria Ludwig

erkannt. Wenn sie seine persönlichen Habseligkeiten ordnete, wenn sie heimlich und mit dem Gefühl, etwas Unerlaubtes zu tun, die Bücher mit den unverständlichen Formeln betastete. Wenn sie das Laken seines Bettes glattstrich und das feine Linnen seines Nachthemdes und die erhabenen Fäden der gestickten Initialen R. A. fühlte. Wenn ihr Herz dabei sang: „Du Reiner, du Feiner." Wenn sie, und immer in der stillen Verwunderung darüber, daß ein solcher Mensch überhaupt Nahrung zu sich nehmen müsse, dem zarten Asketen unterschlagene Portionen Apfelstrudel zusteckte. Und nach diesen zarten Verstörtheiten die Wucht des Glücks: „Er will mich, er will mich."

Das Schicksal ist phantasievoller, erfindungsreicher gewesen als die Maria Ludwig. Das Schicksal liegt in Form des Feinen, der Reinen vor ihr auf den Knien und stammelt: „Heirate mich!" Und entführt sie in jene Regionen, in die sie dank ihrer Eltern ohnehin gehört. Weshalb also das Gefühl der Unwürdigkeit, des Nicht-genügen-Könnens?

Als Maria Angermeyer im Hochzeitsbett des Gatten harrt, friert sie. Das Leinen ist neu und steif. Die Betten häßlich. Es ist schwer zu entscheiden, ob sie dem Geschmack der Dame Risa, die alles Nötige veranlaßt hat, entsprechen oder deren Verachtung. Maria Angermeyer friert und tut ein Gelübde: „Lieber Gott, ich werd' ihm ewig dankbar sein. Ich liebe ihn, ja ich liebe ihn. Das ist die große Liebe. Ich weiß es, ich weiß es. Jeden Tag, wenn er müde von der Arbeit kommt, wird er mich finden. Ich werde fröhlich sein und verständnisvoll. Ich werde ihm leise über den Scheitel streichen, wenn er sich über mich beugt, um meine Stirn zu küssen. Ich werde liebevoll zuse-

hen, wenn er ißt und Bissen für Bissen in seinem Mund verschwindet."
Aber Gott hat kein Einsehen. Er nimmt dieses Gelübde nicht an und nimmt nicht die würgende Angst von Maria Angermeyer: „Was ist, wenn ich es nicht kann? Warum hat mir keiner gesagt, was ich tun muß?
Rudolf Angermeyer betritt das Hochzeitsgemach in einem reinseidenen Schlafrock, einem Hochzeitsgeschenk der Risa Angermeyer. Rudolf Angermeyer hat für solche Äußerlichkeiten wenig übrig, aber er hat das Empfinden, daß alles seine Ordnung haben muß. „Das Leben ist ein chemischer Vorgang", denkt er. „Alles findet sich in seine natürliche Ordnung, nichts ist zufällig, alles ist geplant, die Valenz ist entscheidend. Für einen Mann, der vorwärtskommen will, ist Ordnung lebensnotwendig. Auch die Tannhäuser-Verzückung, nicht hier, nicht heute. Später. Ich bin noch nicht reif dafür. Nur wer sein Leben plant, hat es gemeistert." Für einen Menschen, der nach Formeln lebt, ist die eheliche Verbindung vernünftiger und billiger als der wöchentliche Bordellbesuch, der immerhin etliche chemische Unsicherheiten in sich birgt. Die einzige Wollust ist die des Erkennens.
So weit hat alles seine Ordnung. Wie aber den Nachtgesichten wehren? Der dunklen Erinnerungen, die einen überfallen wie eine unvorhergesehene Übelkeit?
Rudolf Angermeyer betritt das Hochzeitsgemach. Alles verläuft nach Plan, alles hat seine Ordnung, das Leben ist nach Formeln zu meistern. Nur die Gedanken kommen nicht nach Plan, die Gedanken fügen sich keinen chemischen Gesetzen, die Gedanken gehen zurück in die Vergangenheit und halten bei einer Nacht, die Rudolf Anger-

meyer aus seinem Gedächtnis getilgt geglaubt hat.

Das Sofa ist plüschbezogen. Seine Sitzfläche unverhältnismäßig schmal, die Rückenlehne sehr hoch. Steife, gedrechselte Säulen, oben ein gedrechselter Aufsatz, Messinggegenstände. Darüber das Bild einer strengblickenden Dame. Dicke Zöpfe, Frisur à la Kaiserin Elisabeth. Dunkelblaues, strenggeschlossenes Kleid, Brüste nur angedeutet. Eine Tante der Risa Angermayer, von Adel. Selbstverständlich.

Das Sofa — bei Tag Prunkstück des Arbeitszimmers von Herrn Regierungsrat Angermeyer — bei Nacht Bett des Rudi Angermeyer. Vierzehn Jahre, kurzgeschoren, sehr stark abstehende Ohren, die schönen, schiefergrauen Augen hinter Brillen versteckt. Kniehosen. Schnürstiefel. Zu faul für Latein.

Weicher, abgewetzter Plüsch, den man betasten kann. In der Nacht Geräusche aus dem Nebenzimmer: „Sei doch ruhig, der Bub kann es hören", unterdrücktes Schluchzen, „du Schwein, du ekelst mich an, wie du wieder nach Bier riechst, geh' doch zur Köchin, geh' doch zur Köchin, du widerliches, ekelhaftes Schwein."

Herzklopfen, weicher, abgewetzter Plüsch. Wenn man sich umdreht, kommt die Wange, der ganze Körper mit dem Plüsch in Berührung. Das Nachthemd hat rotweiße Borten um den Halsausschnitt, das Monogramm R. A. ist sorgfältig gestickt. Keine Krone mehr darüber, denn Risa Angermeyer hat einen Bürgerlichen geheiratet. Einen fettleibigen, schwitzenden Bürgerlichen. Rosige Haut, blonder Schnurrbart, in der Nacht die Schnurrbartbinde, Hosenträger straff über den gewölbten Leib, Bierdunst im Atem. „Laß mich, laß mich doch, dein Keuchen ekelt mich an, der Bub kann uns hören."

Wenn man sich an den Plüsch der Rücklehne des Sofas schmiegt, ist man nicht allein. Das Gefühl auf der nackten Haut. Weich, warm. Eine Stelle ist hart, die Fasern verklebt. Er wird es am Morgen wegzuwaschen versuchen, niemand wird es bemerken, die Köchin schafft das Bettzeug fort, aber erst nach dem Mittagessen, der Vater benutzt sein Arbeitszimmer nur am Nachmittag. Oh, mein Gott, Mama, ich bin genauso schlecht wie er, das ist es doch, was er von dir will, es ist ekelhaft, ich bin genauso schlecht wie er, niedrig, gemein. Und ich könnte ihn umbringen, umbringen, das fette, rosige Schwein, das es mit der Köchin treibt, und dich, du Schöne, du Heilige, beschmutzt mit seinem Schleim. Schleim, der weiche Plüschhaare verklebt, den man nicht mehr abwaschen kann, nie mehr, die Plüschhaare bilden nie mehr eine Einheit mit der samtigen abgewetzten Weichheit.
Man kann das Weiche nur spüren, wenn es auf die nackte Haut trifft. Das Nachthemd — rotweiße Borte um den Halsausschnitt, sorgfältig gesticktes Monogramm — macht unordentliche, verschwitzte Falten um den Oberkörper. Harte Bauchdecke, im Rhythmus des Keuchens bewegt. Schamhaare. Das harte Glied. Nein, ich will es nicht mehr. Und nicht das Gefühl meiner Hände, meiner Fingerspitzen, Zittern, Umgreifen, nein, ich will nicht. Der Wiedermann sagt, man bekommt Gehirnerweichung davon und wird nie ein aufrechter, deutscher Mann sein.
Im Nebenzimmer Ächzen des Bettes, schlurfende Schritte, eine Türe fällt laut ins Schloß. Schluchzen. Jetzt geht er zur Köchin, die Hosenträger geöffnet, so daß sie hinten auf dem Boden schleifen, Schweißperlen auf der Stirn, Bierdunst im Atem.

Ich muß zu dir gehen, Mama, du Schöne, du Heilige, ich muß dich trösten, dein Schluchzen beruhigen. Aber ich kann nicht. Der Plüsch ist da, weich, samtig, ich spüre das Weiche; das Weiche mündet an einer Stelle, zieht mich in einen Strudel, ich münde, ich kann nicht los, das Weiche ist die Hölle, züngelnde Flammen, mein Gott, ich werde es nie mehr, ich bin genauso ekelhaft wie er, so schmutzig, so gemein, mein Gott, wie das, ist, wie das . . .
Auch wenn der Vater endlich zur Kur fährt, kann man nicht zur Mama ins Schlafzimmer gehen. Ein Vierzehnjähriger ist zu groß dazu, zu erwachsen, auch wenn der Vater endlich, endlich seine Koffer packt. Die Reisetasche, das Plaid, also mach 's gut, meine Liebe. Die Köchin trägt die Gepäcksstücke. Hat der Herr Regierungsrat ihr an das Hinterteil gegriffen? Er hat. Und dann der Griff an den Schnurrbart, und dann geht die Reise los. Nach Karlsbad. Es gibt noch ein Bild davon. Zwei stattliche, mittelalterliche Herren, lange, offene Trenchcoats, weiche, weite Hüte, mit beschwingten Schritten, die Hände auf dem Rücken zusammengefaltet, dahinschreitend, würdig und doch irgendwie gelöst. „Mit meinen lieben Freund Gisevius in Karlsbad."
Zur Mama ins Schlafzimmer darf man aber nicht. Auch wenn Stille in der Wohnung eingekehrt ist, die Köchin gründlichmacht und Mama sich manchmal gehen läßt, auch am Vormittag noch den Schlafrock trägt und sich der reinen, wunderbaren, kühlen Keuschheit hingibt, die nun in der Wohnung zu spüren ist.
Zwei Frauen atmen auf, weil der männliche Bierdunst verweht ist, keine offenen Hosenträger auf dem Boden schleifen, keine schlürfenden Schritte zu hören sind und keine zufallenden

Türen. Aber zur Mama ins Schlafzimmer darf man nicht.
Man ist selbst schon beinahe ein Mann, eines dieser Untiere, die die schönen, die heiligen, die wunderbar keuschen jungfrauenhaften Frauen mit ihrem Schleim, mit ihrem ekelhaften Auswurf tierisch besudeln.
Auch wenn Papa auf Kur ist, darf man nur auf dem roten Plüschsofa liegen, mit klopfendem Herzen, und denken: Nebenan liegt Mama, und sie hat endlich, endlich eine ruhige, keusche Nacht. Oder man kann denken: Mit wem redet Mama eigentlich, sie hat der Köchin Ausgang gegeben; wenn Papa zur Kur ist, nimmt man es mit dem Nachtmahl nicht so genau.
Wispern vor der Türe, ein Lichtschein fällt durch den Türspalt, der zum Vorzimmer führt. „Nein, Herr Leutnant, ich kann Sie nicht hereinbitten, mein Mann ist zur Kur, die Köchin hat Ausgang, der Bub schläft schon. Gute Nacht." Die Tür fällt ins Schloß. Und später: im Schlafzimmer Gewisper, Rascheln von seidenen Unterröcken, Säbelgeklirr.
Und schlaftrunkenes Entsetzen bis zu der Erkenntnis: Der Leutnant ist geblieben. Und dann ohnmächtige Wut, aufsteigendes Schluchzen, Kopf-unter-der-Decke-Vergraben, damit man nichts mehr hören muß, nicht das Geseufze, nicht das Gestöhne von nebenan. Und rote, wilde, ohnmächtige Wut: Das zahle ich dir heim, du Schwein, du Hure, du Fetzen. Ich hasse dich, ich hasse dich.
Rudolf Angermeyer hat nie erfahren, wie dieser einzige, klägliche, unzulängliche Versuch der Risa Angermeyer, sich weibliche Erfüllung zu verschaffen, in Wahrheit verlaufen ist. Wie hätte er wissen sollen, daß Risa Angermeyer im Dunkeln

in ihr keusches Flanellnachthemd geschlüpft ist, daß sie aller Mut verlassen hat, daß sie ihr Nachthemd wie eine Wurst unter ihren Füßen zusammengebunden und zum Leutnant gesagt hat: „Wenn Sie mich anrühren, nehme ich Ihren Säbel."

Rudolf Angermeyer hat nie erfahren, daß der junge Leutnant, halb uniformiert, wie er war, und deshalb längst nicht mehr so imposant, dennoch eine Attacke auf die keusche Flanellwurst Risa Angermeyer gewagt hat. Daß er dabei Opfer eines Vorgangs, den die Medizin ejaculatio praecox nennt, geworden ist und daß Risa Angermeyer den dadurch kurzfristig schwach Gewordenen endgültig von sich stoßen konnte. Daß Risa Angermeyer sich würdevoll und flanellen erhoben hat, Gelegenheit gefunden hat, einen Schlafrock überzuwerfen und den bedauernswerten Leutnant mit einem mahnenden :„Pschsch!" wiederum ins Vorzimmer zu drängen. Daß sie dort im Schein der Lampe nicht umhin konnte, den feuchten Fleck auf der Hose des Leutnants zu bemerken und diesen nach ihrem hausbackenen Wissensstand zu deuten: „Jetzt hat er in die Hose gemacht." Und daß die Risa Angermeyer, die in dieser Nacht mit Glück eheliche Treue und Keuschheit über die Runden gebracht hat, dabei ein mädchenhaftes Kichern kaum unterdrücken konnte.

Rdolf Angermeyer nähert sich, im reinseidenen Schlafrock, einem Geschenk der Risa Angermeyer, dem häßlichen Ehebett, in dem seine junge Frau unter neuem, steifem Leinen friert und ihm mit weit aufgerissenen Augen entgegensieht. Wilde, rote Wut fällt über ihn her, und er hört eine fremde Stimme, die kaum mehr Menschliches hat, brüllen: „Du Hure, du Schwein, das wirst du mir büßen!"

Später schläft er erschöpft und traumlos. Maria Ludwig, die nun Frau Angermeyer ist, liegt wach und denkt: „Ich werde es vergessen." Das ist alles nie gewesen. Nicht dieses tierische Brüllen, nicht der fremde Geruch des anderen Körpers, nicht das Schluchzen und Betteln: „So hilf mir, hilf mir doch."
Maria Angermeyer liegt wach und zwingt sich zur Freude. Warmes, seliges, stolzes Gefühl: Ein Kind. Ich bekomme jetzt ein Kind, und alles wird gut.

Einengung

EINE Frau, die unfruchtbar ist, ist ein dürrer Stamm. Eine Frau, die ein dürrer Stamm ist, ist nutzlos und verächtlich. Verachtung liegt in den prüfenden Blicken des Schwiegervaters, die nach einer ersten Wölbung des Leibes suchen, Verachtung in der monatlich wiederkehrenden Frage der Schwiegermutter, Verachtung in den mitleidvollen Erkundigungen der Freundin. Großmütter, die ihre Enkel auf den Knien hätscheln, Mütter, die sich mit durchwachten, leiderfüllten Nächten brüsten, Männer, die den Stammhalter loben, trächtige Hündinnen, abgemagerte Katzen, die ihre Jungen lecken, fruchtbeladene Bäume, schwellende Bäuche, schwellende Brüste, alles Leben schreit einer solchen Frau ihre Schande ins Gesicht: Du bist ein dürrer Stamm.

Einer solchen Frau bleibt die Erfüllung versagt und die Freude. Niemals lernt sie die Süße des Sieges über den Mann kennen, nie das verlegene, entzückte Lächeln des Mannes. Nicht die Anteilnahme der anderen, nicht die heiligen Schmerzen, nicht die Freude über das neue Leben, nicht den Geruch von makellos weißem Leinen nach Muttermilch und Wochenblut.

Eine Frau, die ein dürrer Stamm ist, wird niemals der Gnade teilhaftig, die den Frauen, und nur den Frauen, von der Schöpfung zugedacht ist: in den Augenblicken des Kreißens die Grenzen menschlicher Existenz überschreiten und Teil des Kosmos werden. Den Rhythmus des ewigen Lebens spüren. Mit dem eigenen Körper ein zweites Lebewesen nähren können. Selbstlose, unendliche, göttliche Liebe zu einem Wesen empfinden, das dem eigenen Leib entsprungen ist.

Eine Frau, die ein dürrer Stamm ist, ist wie ein Mann. Verdammt dazu, das Leben auf die eigene, einmalige, irdische Existenz beschränken zu müssen. Ausgestoßen aus dem ewigen Kreislauf. Ohne den Trost, lebensspendende Samen achtlos, ekelhaft, widerwärtig, nur der eigenen Lust dienend, ohne Bewußtheit von sich geifern zu können. Eine Frau, die ein dürrer Stamm ist, ist weniger als ein Mann.

Einer Frau, die ein dürrer Stamm ist, nützt es nichts, wenn sie das Schlimmste, was es für eine Frau gibt, auf sich nimmt. Weil sie ein verbautes Becken hat oder verwachsene Eierstöcke oder schlaffe Gebärmutterbänder, nützt es einer Frau nichts, wenn sie sich hinlegt und sagt: „Ich bin für dich da." Die Nächte nützen ihr nichts und nicht der fremde Schweiß und das fremde Keuchen. Und nicht das Stillhalten und nicht die Ahnung „Es muß noch etwas anderes geben", und nicht die Sehnsucht nach einer zärtlichen Geste oder nach der Dankbarkeit: „Ich danke dir, meine Geliebte."

Für eine Frau, die unfruchtbar ist, kommen bald Nächte, in denen ihr der andere Körper noch fremder ist als zuvor, und in denen sie begreift, daß diese neue Fremdheit einen Geruch hat. Einen Geruch nach billigem Parfum. Auch wenn eine unfruchtbare Frau sich denkt: „Das geht vorbei — die Männer brauchen es", Demütigung schweigend hinnimmt, nützt es ihr nichts. Denn es folgen Nächte, in denen sie allein bleibt, in denen sie nicht einschlafen kann, auf jedes Geräusch lauert, in denen sie die Decke auf dem Körper nicht ertragen kann und nach Atem ringt. Sie fühlt das Herz bis zum Hals klopfen, das Blut rauscht in ihren Ohren, Erschöpfung bringt ihr fast schon Schlaf, doch dann fährt sie wieder auf.

Sie nimmt ein Schlafmittel, aber ihre Ängste sind stärker. Sie will lesen, ihre Nachtgesichte zeigen ihr, daß der geliebte Mann einem Unglück zum Opfer gefallen ist, einer unbekannten Bedrohung, vor der sie ihn nicht beschützen kann. Sie fängt an zu beten: „Lieber Gott mach, daß er gesund heimkommt.“ Erst wenn blinder Wahnsinn über diese Frau herfällt, bekommt ihr Gebet einen Sinn, den sie nicht gewollt hat, und sie stammelt: „Ich hasse ihn, mein Gott, wie kann er mir das antun, ich hasse ihn.“ Sie beginnt zu ahnen, daß die Wahrheit schrecklicher, gemeiner, unerträglicher ist als alle Unglücksfälle, die ihre Nachtphantasie ausgemalt hat.
Auch diese Qualen nützen einer unfruchtbaren Frau nichts und nicht die rotgeweinten Augen und nicht die Vorwürfe „Du hast mir Treue geschworen“ und nicht das Betteln „Liebe mich, liebe mich wieder. Ich will alles vergessen“. Für eine Frau, die dem Mann seinen sehnlichsten Wunsch nicht erfüllen kann, kommt die Nacht, in der der Mann ihr sagt: „Mich ekelt vor einer Frau, die ein dürrer Stamm ist.“
Frauen, die Kinder haben, sind auch nicht glücklich. Ich will keine Tochter haben, die böse Hände hat und die von mir sagt: „Die Mutti begreift nichts mehr.“ Wie kann diese Frau sagen, daß ich nichts mehr begreife, ich begreife sehr gut, auch wenn man mir die Wörter wegnimmt. Ich habe schon oft Lust gehabt, zu dieser Frau zu sagen: „Sie begreifen nichts. Sie begreifen nicht, daß alte Menschen Schmerzen haben und daß man sie nicht so ungeduldig angreifen darf.
Was glauben Sie eigentlich, wer ich bin? Ich weiß sehr gut, wer Sie sind. Sie sind eine kleine Fürsorgeangestellte, und Sie werden vom Staat bezahlt, damit Sie sich um die alten Leute kümmern. Mit

so jemandem wie mit Ihnen hätte mein Vater kurzen Prozeß gemacht und mein Mann auch."
Das wäre dieser Person eine Lehre gewesen. Ich habe es trotzdem noch nie zu ihr gesagt. Im Gegenteil, ich habe alles getan, um dieser Frau zu Willen zu sein.
Es ist sehr schwer zu erfahren, welcher Wochentag ist. Früher war es leichter, als die Leute neben mir noch im Haus gewohnt haben. Sie haben mich manchmal zum Fernsehen eingeladen, und auch wenn oft auf dem Bildschirm die Verschwommenheit war, habe ich erfahren, was für ein Wochentag ist. Die Leute haben gesagt: „Heute ist Donnerstag, Frau Angermeyer. Da ist Dalli-Dalli. Das wird Ihnen gefallen."
Seit ich allein im Haus bin, ist es sehr schwer herauszubekommen, was für ein Wochentag ist. Diese Frau hat mir ins Ohr gebrüllt: „Am Mittwoch gehen wir zum Augenarzt, Mutti!" und hat von mir verlangt, daß ich unten auf der Straße auf sie warte. Sie ist zu bequem, um die vielen Stufen heraufzusteigen, das habe ich durchschaut. Obwohl sie jünger ist als ich. Ich habe mir aufgeschrieben „Mittwoch", damit ich es nicht vergesse, und bin aus Vorsicht jeden Tag hinunter auf die Straße gegangen, um nichts zu versäumen.
Trotzdem ist sie eines Tages in der Wohnung gestanden, hat mich an der Schulter gepackt, so daß es mir heute noch weh tut, und hat laut geschrien: „Frau Angermeyer, so geht das nicht, ich muß heute noch zu drei anderen. Es wird doch besser sein, wenn Sie das Angebot des Hausherrn annehmen und ins Altersheim gehen."
Auf dem Weg zum Augenarzt war sie ungeduldig, sie ist immer drei Schritte vor mir her, ich konnte kaum nachkommen, und einmal mußte

ich einem Kind mit Rollschuhen ausweichen. Da bin ich in den Rasen gestiegen, obwohl das verboten ist.
Wie soll ich einer Person, die nichts begreift, weil sie nur mit den primitiven Fürsorgepatienten Umgang hat, erklären, daß mit mir etwas vorgeht. Eine Einengung. Meine Welt wird eingeengt.
Das Verhältnis von Raum und Zeit hat sich verschoben. Die Welt besteht aus Zeit und Raum, das hat er mir einmal erkärt. Ich habe es nicht vergessen, obwohl er damals gesagt hat: „Ach, du bist und bleibst dumm.“ Er wäre sehr erstaunt, daß ich heute noch weiß, was er mir damals erklärt hat. Und er weiß es vielleicht selbst gar nicht mehr, denn ich habe immer ein besseres Gedächtnis als er gehabt. Meine Welt ist der Raum, in dem ich lebe. Dieser Raum muß sehr groß sein, denn ich benötige sehr viel Zeit, um vom Bett bis zum Gaskocher zu kommen. Manchmal habe ich das Gefühl, daß die Türglocke geläutet hat. Wenn ich zur Türe komme, dann ist niemand da, obwohl ich Angst gehabt habe, daß es der Hausherr ist oder diese Frau, die wieder ungehalten sein wird, weil ich einen Wochentag versäumt habe. Wenn ich dann zur Türe komme, ist niemand da, und ich kann nicht sagen, ob es wirklich geläutet hat oder ob das Läuten eine Erinnerung war.
Mein Raum ist mit Erinnerung eingeengt. Diese Einengung hat ein gestörtes Verhältnis zwischen Raum und Zeit zur Folge. Wie soll man das einer einfachen Person, die nicht Chemie studiert hat, erklären?
Es hat eine Zeit in meinem Leben gegeben, da war das Verhältnis von Raum und Zeit noch in Ordnung oder so, wie es alle Menschen für richtig zu halten scheinen. Heute benötige ich eine

halbe Stunde, um von meinem Bett bis zur Wohnungstüre zu gelangen, und ich kann beschwören, daß nichts an Raum und nichts an Zeit verlorengegangen ist, auch wenn keiner vor der Türe steht. Damals ist in einer halben Stunde viel geschehen:

Es ist Mittwoch: Ja, es ist Mittwoch, denn ich kenne die Wochentage genau. Den Mittwoch kenne ich am besten, denn an jedem Mittwoch-Abend trifft er sich mit seinen Freunden. Er zieht seine weißen Strümpfe an, die Lehrerin hat sie gestrickt, denn die Lehrerin ist eine Frau, die ihr Weibtum in den Dienst des hohen Zieles gestellt hat. Ich bin auch eine deutsche Frau, und er hat mir das Buch zu lesen gegeben, damit ich verstehe, worum es geht. Als ich sage, daß ich zu dumm für Politik bin, daß ich aber alles tun will, was er für richtig hält, ist er böse. Von da an fürchte ich mich vor dem Mittwoch, denn ich fühle mich ausgeschlossen, weil ich ahne, daß im Hinterzimmer des Gasthauses etwas Höheres, Heiliges vor sich geht. Ein Schulungsabend. Verbot zwingt keinen Geist.

Ich bin traurig, daß ich nicht dem geheimen Bunde angehören darf. An diesem bestimmten Mittwoch bin ich nicht traurig. Ich bin sehr voll Sorge und Angst, weil er früher heimgekommen ist, weil seine Stirn sich heiß anfühlt und seine Augen glänzen. Er hat hohes Fieber, deshalb bin ich voll Angst und Sorge. Aber ich bin nicht traurig, denn es ist eine halbe Stunde, in der ich mich bewähren kann, in der ich ihm beweisen kann, daß er mich braucht und daß ich bereit bin, alles für ihn zu tun. Er hat Schüttelfrost, ich ziehe ihn aus wie ein kleines Kind, meine große Liebe macht mich sehr glücklich.

Ich denke: „Heute bleibt er bei mir, das, was ich

für ihn zu tun bereit bin, würde keiner seiner Kameraden für ihn tun." Ich decke ihn zu, bringe ihm noch einen Polster. Ich flüstere: „Gib mir deine Krankheit, ich will sie für dich tragen."
Im Vorzimmer werfe ich den Mantel über. Ich bleibe vor dem Vorzimmerspiegel stehen, um noch einmal auf die Atemzüge aus dem Krankenzimmer zu lauschen. Da bemerke ich, daß die Träger meiner weißen Schürze unter dem Mantelkragen zu sehen sind. Ich erinnere mich, daß er es nicht mag, wenn ich wie ein Dienstmädchen herumlaufe, ich ziehe also den Mantel und die Schürze aus, ziehe den Mantel wieder an und will die Wohnung verlassen. Da ruft er von drinnen: „Bist du noch da?", und als ich schuldbewußt „Ja" antworte, sagt er: „Geh bring mir eine Zeitung mit."
Ich nicke eifrig, dann haste ich die ausgetretenen Stufen hinunter. Ich bin eine Frau, die um das Leben ihres Geliebten bangt. Heute macht es mir gar nichts aus, im Geschäft aufschreiben zu lassen, und auch der Regen macht mir nichts aus. Es regnet stark, ich hätte ein Kopftuch umbinden sollen, der Regen peitscht mein Gesicht, aber das verstärkt mein Gefühl, daß ich mich bewähren kann. Ich kann es mir leisten, nasse Haare zu bekommen, alle haben immer mein Haar bewundert.
Ich war noch nie in meinem Leben beim Friseur. Nicht so wie die Lehrerin, die jede Woche zweimal zum Friseur läuft und billiges Parfum verwendet. Alle im Alpenverein sagen, daß die Lehrerin ein schlankes, hochgewachsenes, langbeiniges Geschöpf ist. Daß ihre strahlend blauen Augen unter den feingeschwungenen Brauen ein Märchen von deutschem Frauentum erzählen.
Einmal habe ich mich nicht halten können, da

habe ich mich aufgerichtet, ganz frei und stolz, und habe gesagt: „Ich glaube, wir deutschen Frauen haben keinen Körpergeruch, den man mit billigem Parfum überdecken muß." Da haben alle gelacht. Ich weiß aber nicht, warum ich jetzt, während ich durch den Regen laufe, um frische Milch und zarten Schinken zu holen, an die Lehrerin denken muß. Warum ich denken muß: „Einmal gehe ich in die Schule, wenn du Unterricht gibst, und dann stelle ich mich vor allen Kindern hin und schreie: ‚Sie sind kein Idealbild des deutschen Frauentums, und Sie sind kein Vorbild für die Kinder. Sie sind ein dreckiges, stinkendes Weibsstück, das anderen Frauen ...'" Nein, daran will ich nicht denken.
Die Lehrerin ist schlecht, das weiß ich. Aber nicht er, nicht er. Er nimmt die Gegenwart dieses Weibsstückes auf sich um der heiligen Sache willen. Die Lehrerin ist schlecht, und es macht ihr nichts aus, anderen Frauen den Mann wegzunehmen. Doch sie wäre niemals dazu bereit, das zu tun, wozu mich meine Liebe befähigt: Durch den Regen zu laufen und mich nicht vor der Demütigung zu fürchten, wenn man die Milchfrau wieder darum bitten muß, aufzuschreiben. Ist es nicht der Ausdruck wahrer Liebe, wenn ein Mann sich dann, wenn er schwach und krank ist, einer Frau anvertraut?
Die Milchfrau ist eine dicke Frau, sie hat eine Haut wie Milch, ihre dunklen Haare sind straff zurückgekämmt, nur einzelne Haare kräuseln sich an diesem regnerischen Tag über der glatten Frisur. Im Geschäft riecht es säuerlich. Dieser Geruch haftet an den Kleidern, an den Haaren, an der Haut.
Die Milchfrau benutzt sicher kein Parfum. Sie schaut mich mit dunklem Blick an und sagt:

„Grüß Gott, Frau Doktor. Wie immer?“ Was meint sie mit „Wie immer?“ Sie meint: Wirst du wieder nicht bezahlen können, die Milch von heute nicht und nicht die Rückstände der letzten Wochen? Soll ich dir sagen, warum du nicht bezahlen kannst? Weil dein Mann sich herumtreibt, weil er untüchtig ist, weil er jeden Mittwoch im Hinterzimmer des Gasthauses verschwindet. So einen behält keine Firma. Glaubst du, ich weiß nicht, daß er schon wieder seinen Posten verloren hat? Aber er ist nicht deshalb gekündigt worden, weil jetzt eine allgemeine Arbeitslosigkeit herrscht. Er ist gekündigt worden, weil er faul ist und untüchtig.

Meint die Milchfrau das mit „Wie immer?“ Sie wendet sich zum Milchbottich, und so kann sie die Röte, die meine Wangen färbt und der ich nicht wehren kann, nicht sehen. Sie nimmt ein Meßgefäß, taucht es in den großen Bottich, füllt meine Milchkanne und gibt mir die Milchkanne über den Ladentisch zurück. Wenn meine Wangen feucht sind, dann kommt das vom Regen. Ich schaue der Milchfrau stolz und aufrecht ins Gesicht und sage: „Nein. Nicht wie immer. Ich brauche frische Eier. Mein Mann ist sehr krank.“

Die Milchfrau gibt mir die Eier, sie nickt gleichmütig und sagt: „Ja, ja, die Grippe geht um. Meine Kinder sind auch krank.“ Dann befeuchtet sie mit der Zunge die Spitze ihres Bleistiftes und schreibt meine Schulden in das Buch. Ich nicke und verlasse das Geschäft, und die Milchfrau schreit hinter mir her: „Gute Besserung.“

Auf dem Heimweg wärmt mich meine große Liebe, ich kaufe Blumen, obwohl wir uns das nicht leisten können, aber für einen Kranken ist es wichtig, daß er eine Atmosphäre hat. Als ich wieder in die Wohnung komme, schläft er. Ich fühle eine große Zärtlichkeit und ein großes Glück. Ich setze mich zu ihm auf das Bett, ich lege meine Wange ganz nahe an seine, und ich atme seinen Fieberdunst. Halb im Fieberschlaf sagt er: „Laß das, du wirst dich anstecken." Er sagt es nicht unwillig, sondern so besorgt, daß ich vor Freude weinen muß.

Auch jetzt, wenn ich daran zurückdenke, fühle ich diese große Freude und muß weinen.

Auch jetzt schäme ich mich, daß mein Mißtrauen die Freude beinahe zerstört hätte. Daß es mir so vorgekommen ist, als hätte er gar nicht geschlafen, als ich heimkam, sondern in einem seiner Bücher gelesen. Daß mir das so vorkam, als ich die Blumen auf sein Nachtkästchen stellte, und daß er sich erst schlafend stellte, als ich meine Wange an seine Wange legen wollte.

Auch jetzt noch, wenn ich daran denke, steigt Scham in mir hoch. Mir wird heiß, mein Herz klopft bis zum Hals, und ich kann immer noch nicht sagen, ob es Scham über die Zurückweisung ist, die mir widerfahren ist, oder Scham darüber, daß mich mein Mißtrauen Dinge sehen läßt, die ich nicht sehen will. Ich hätte jemanden gebraucht, der mir gesagt hätte, ob er mich wirklich liebt. Deshalb ist es gut, wenn es an der Türe läutet. Sogar wenn es nur der Hausherr ist oder diese Frau, ist es gut. Ich kann sie fragen, ob er mich wirklich geliebt hat. Wenn sie ja sagen, dann wird alles gut sein. Und wenn sie nein sagen, dann will ich dem Haß in meinem Herzen Raum geben. Jedenfalls ist es gut, wenn eine klare Entscheidung fällt.

Ich stehe vom Bett auf und will zur Türe gehen. Es ist gut, daß jemand zu mir kommt, den ich fragen kann. Deshalb macht es nichts aus, daß der Aufseher den Schemel vor das Bett gestellt hat, so daß ich darüber stolpere. Es macht nichts aus, daß ich einen brennenden Schmerz am Schienbein spüre und eine warme Flüssigkeit, die mein Bein herunterrinnt. Es macht auch nichts aus, daß ich hinfalle. Ich will nur eine kurze Zeit liegenbleiben, denn es ist sehr mühsam für mich, wieder aufzustehen. Das kann nur ein anderer alter Mensch nachfühlen, der Kreuzschmerzen hat so wie ich, wie schwer es ist, wieder aufzustehen. Deshalb will ich noch eine kurze Zeit liegenbleiben und warten, bis ich wieder Kraft genug habe. Ich liege ganz ruhig da und sehe unter mein Bett. Es liegt Schmutz darunter, wolkiger Staub und gebrauchte Papiertaschentücher. Auch das macht mir nichts aus, ich werde diesen Unrat beseitigen, wenn ich wieder Kräfte gesammelt habe.

Es tut gut, so dazuliegen. Es macht mir auch nichts aus, daß es vielleicht nicht wirklich geläutet hat, sondern daß es ein Läuten aus der Erinnerung war. Doch das kann nicht sein, denn in der Erinnerung war ich mit wenigen Schritten an der Türe, wenn es geläutet hat.

Ich bin sogar schon hinter der Türe gestanden, weil ich sie durch das Stiegenhaus habe kommen hören, ihre schweren Schuhe waren auf den knarrenden Stufen deutlich zu hören. Sie waren dumm, sie dämpften ihre Stimmen, aber sie hatten nicht damit gerechnet, daß ich ein feines Gehör habe und daß die Angst und die ständige Bereitschaft das Gehör schärft.

Ich stehe hinter der Türe, ich warte, bis sich die gedämpften Stimmen und die knarrenden Tritte der Türe nähern, ich bin ganz angespannt, gleich wird das schrille Klingeln meine Spannung zerreißen. Ich denke: „Was soll ich ihnen sagen?" Es ist Mittwoch, ich weiß es, ich kenne die Wochentage genau. Ich kenne den Mittwoch-Abend am besten, dann an diesem Abend bin ich allein, und er trifft sich mit seinen Kameraden. Ich stehe hinter der Türe, aber sie läuten nicht, sie stoßen mit den Schuhen gegen die Türfüllung.

Ich öffne und sage: „Was fällt Ihnen ein, wissen Sie denn nicht, wer ich bin?“ Sie schieben mich beiseite, gehen an mir vorbei und fragen über die Schulter: „Ist er da?“ Ich antworte: „Nein. Er ist nicht daheim. Ich weiß nicht, wo er ist.“ Sie werfen noch einen Blick ins Schlafzimmer, dann gehen sie wieder. Ich warte, bis ihre Schritte sich entfernt haben, dann laufe ich, so schnell ich kann. Ich muß ihn warnen, ich muß alle warnen. Ich laufe durch die nachtdunklen Straßen, einmal ist es mir so, als sagte jemand „Guten Abend, Frau Doktor“ und starrte mich verwundert an.

Ich kann mich nicht darum kümmern, ich muß weiter, es ist meine Pflicht, ich muß alle warnen. In dieser Zeit der Unterdrückung müssen die Männer sich auf die Treue und den Mut der deutschen Frauen verlassen können. Ich keuche, als ich beim Gasthaus anlange. Die Tür des Gasthauses ist weit geöffnet, heller Lichtschein fällt auf die Straße. Man kann das Grölen der Betrunkenen hören, Lachen und Gläsergeklirr.

Ich bin klug, ich weiß, was ich tun muß. Ich gebe acht, daß ich nicht in den Lichtschein der geöffneten Tür komme, ich schaue mich um, ob mir niemand gefolgt ist. Dann schleiche ich durch die Toreinfahrt und den dunklen Hof zum Fenster des Hinterzimmers. Ich klopfe an die Scheibe, lange Zeit rührt sich nichts, dann wird endlich das Fenster geöffnet, dunkle Umrisse eines Mannes zeichnen sich im Fenster ab, ich erkenne ihn, es ist der Major Pacher, ein angesehener älterer Mann.

Er sagt: „Ja?“ und dann: „Sie?“ Ich flüstere meine

Warnung, und er dreht sich um und sagt etwas zu den anderen, es klingt so wie „Den Mythos weg", aber das ergibt keinen Sinn.
Ich flüstere: „Herr Major, am besten ist es, wenn mein Mann gleich mit mir kommt", und er sagt: „Sind Sie sicher, daß Ihnen niemand gefolgt ist? Ihr Mann ist übrigens gar nicht da."
Ich bettle: „Um Gottes willen, sagen Sie mir die Wahrheit. Sie haben ihn schon geholt?" Und er: „So seien Sie doch leise, Sie werden uns endgültig verraten. Nein, sie haben ihn nicht geholt, er ist nur nicht da. Er ist . . ." Er bricht ab, und dann sagt er etwas, das ich nicht verstehe: „Frau Angermeyer, in diesen Zeiten geht die große, gemeinsame Sache über persönliche Interessen. Haben Sie mich verstanden?"
Ich sage: „Ja, natürlich, was glauben Sie denn, wer ich bin?"
Und er: „Ihr Mann ist Schulungsmaterial holen gegangen."
Und ich: „Wo? Ich muß ihn doch warnen, verstehen Sie denn nicht?"
Und er: „Ich bin nicht befugt, Ihnen das zu sagen. Es ist zu gefährlich."
Und ich: „Verwaltet vielleicht die Lehrerin das Schulungsmaterial?"
Und er: „Ich habe nichts dergleichen gesagt. Gehen Sie, gehen Sie schon endlich." Er schließt das Fenster, ich stehe allein in dem dunklen Hof, ich bin nicht mehr so sicher, ob ich Rudolf warnen muß. Doch dann gehe ich doch weiter, ich gehe zum Haus, in dem die Lehrerin wohnt, ich zögere vor der Türe, dann denke ich aber, daß ich hinein muß, ich rüttle an der Türschnalle.
Es ist schon spät, die Türe ist versperrt, ich rüttle an der Türschnalle, dann fällt mir ein, daß mich einer der anderen Bewohner des Hauses hören

könnte. Ich will wieder gehen, weiß nicht so recht, wohin, bleibe zögernd stehen, da höre ich im Stiegenhaus Schritte, Flüstern und das Sperren eines Schlüssels.

Ich drücke mich an die Hausmauer und beobachte, daß er das Haus verläßt. Obwohl ich nicht sehen kann, ob die Person, die ihn begleitet hat, die Lehrerin ist, und obwohl ich nicht sehen kann, ob er diese Person zärtlich und leidenschaftlich umarmt, bin ich ganz erstarrt.

Erst als die Haustüre von innen geschlossen wird, tue ich einen Schritt nach vor und stelle mich ihm in den Weg. Er schaut mich an und sagt: „Bist du verrückt? Was machst du da?“ Und dann, nach einem Blick auf meine Schürze, denn ich bin ohne Mantel weggelaufen: „Mein Gott, wie du ausschaust.“ Er geht einfach weiter, ich laufe neben ihm, hinter ihm her und erzähle flüsternd, was geschehen ist.

Er dreht nicht einmal das Gesicht zu mir, doch plötzlich bleibt er unvermittelt stehen und sagt: „Wenn deine bodenlose Dummheit Folgen hat für mich und die Kameraden, dann kannst du was erleben.“ Er geht weiter, kümmert sich nicht um mich, ich stolpere hinter ihm, neben ihm her, einmal stammle ich: „Bitte . . .“, aber von ihm geht nur Kälte und Verachtung aus.

Später, in der Wohnung, geschieht mir etwas, dessen ich mich heute noch schäme. Ich verliere die Fassung, ich bin außer mir, ich bin eine fremde Frau, die sich schamlos benimmt, die würdelos vor ihm auf dem Boden kriecht, die seine Knie umklammert und mit einer fremden Stimme bettelt: „Verzeih mir, verzeih mir, ich habe es nur gut gemeint. Sag, daß du nur mir gehörst. Was hat sie denn, was ich nicht habe? Ich will alles tun, ich will alles tun.“ Als er nicht ant-

wortet, sondern mich von sich stößt und sich im Schlafzimmer einschließt, liege ich auf dem Boden und möchte nie mehr aufstehen müssen.
Während ich jetzt auf dem Boden liege, weil ich gestolpert bin, weil es mühsam ist aufzustehen und weil ich noch etwas liegen bleiben möchte, obwohl es an der Türe geläutet hat, denke ich: Das muß ich gelesen haben, und es muß ein Buch gewesen sein, das die Frauen verächtlich macht. So benimmt sich keine Frau. Eine Frau darf nicht um Liebe betteln. Das ist eines stolzen Weibes nicht würdig.
Eine Frau, der das zustößt, was mir zugestoßen ist, muß schreien: „Du Schwein, du gemeines Schwein, wie es mich vor dir ekelt. Wenn ich das billige Parfum der Lehrerin an dir rieche, könnte ich schon kotzen. Aah, wie schlecht du bist, wie gemein, du Sau, du Sau . ."
Oder nein: Eine Frau muß dem Mann den Rücken zukehren. Stolz und kalt. Sie muß den Mann verlassen ohne ein weiteres Wort. Schweigen und gehen.
Wohin hätte ich gehen sollen?
Trotzdem darf eine Frau nicht auf dem Boden liegen und denken, daß sie sterben muß. Man stirbt nicht an der Liebe. Einmal hat es einen Schlager gegeben, den hat die Zarah Leander gesungen: „Wer wird denn weinen, wenn man auseinandergeht, wenn an der nächsten Ecke schon ein andrer steht". So muß eine Frau denken. Man stirbt nur, wenn man auf dem Boden liegen bleibt. Man muß aufstehen und zur Türe gehen, wenn es läutet.
Ich werde aufstehen, langsam, zuerst auf die Knie, das ist nicht so schwer, dann kann ich mich am Bett festhalten. Gut, daß mich keiner sieht. Es hängt sehr viel davon ab, wie man sich bewegt.

Das habe ich einmal gelesen. Wenn man sich gut bewegt, hat man eine Ausstrahlung. Man kann nicht wissen, was für ein Wochentag ist. Es ist sehr leicht möglich, daß nicht der Hausherr an der Türe läutet und nicht diese Frau mit den starken Händen. Einmal im Monat kommt der Briefträger zu mir herauf, weil er die Rente bringt.
Ich kann den Briefträger gut leiden. Er viel mitgemacht im Leben. Er hat Magengeschwüre, das kommt davon, weil er nie regelmäßig essen kann. Einmal hat er sich einen Zahn ausgebrochen, einen oberen Schneidezahn. Trotz der Zahnlücke war das Lächeln des Briefträgers freundlich. Wenn er die Rente bringt, lacht er immer und sagt: „Heute besuche ich wieder alle meine Lainzer Girls." Ich verstehe das nicht, aber weil er immer lacht, wenn er das sagt, lache ich auch. Ich lache gerne, und ich mag die Geschichten des Briefträgers.

Glück auf Raten

KARRIERE und Spitzenverdienst" ist in dem Inserat gestanden. Genau das ist es, was sich ein junger Mensch vom Leben erwartet. Ohne Karriere und Spitzenverdienst ist der Mensch eine Null, ein Nichts. Ein Mensch, der nicht Karriere macht, kann sich nichts leisten. Einmal im Monat einen Rausch bestenfalls, und das Fernsehen natürlich, aber was soll das für ein Vergnügen sein, wenn die häßliche Alte neben dir sitzt und womöglich erlaubt sie dir nicht einmal, daß du rauchst. Dabei sind es ohnehin die billigsten Zigaretten. Man braucht sie sich nur anzuschauen, die alten Trotteln im Gemeindebau. Grau sind sie und kahlköpfig, hinter den Fingernägeln sitzt noch der Wochentagsdreck, unter den Acrylpullovern hängt der Bauch. Schlaff und fett. Alles ist schlaff an ihnen. Kein Wunder, wenn man ihre Frauen anschaut, ist da nichts von Luxus und Prominenz und exotischer Schönheit zu merken.

Schlaff sind auch die Gedanken dieser Versager, ab vierzig haben sie gar keine mehr, keinen Wunsch mehr, keine Sehnsucht — Urlaub auf den Malediven oder so —, da ist bestenfalls Kirchberg am Wechsel drinnen oder Caorle im Abonnement. Wenn sie am Samstag ihre Gebrauchtwagen waschen oder wenn sie den Kanari füttern, dann denken sie nur daran, wo sie das Geld hernehmen sollen für die Ratenzahlungen.

Wenn ein junger Mensch diese Zukunftsaussichten sähe, dann könnte er sich am besten gleich aufhängen, denn ein junger Mensch will einen Porsche oder einen Alfa und eine Superfrau. Ein junger Mensch will etwas haben vom Leben und die Welt kennenlernen.

Ein junger Mensch will nach oben. Er hat auch alle Möglichkeiten dazu, sofern der Leistungswille vorhanden ist. Wer eine Leistung erbringt, der bleibt nicht auf der Strecke, der braucht nicht am Samstag mit seiner Alten den Rudi Carell anschauen im Gemeindebau. Wer den Leistungswillen hat, kann sich ein Fertighaus kaufen mit Sauna und Swimmingpool, der säuft Champagner und hat die besten Weiber. Wer den Leistungswillen hat, der fährt im Winter nach Kitzbühel, hat ein kantiges, braungebranntes G'sicht und ist mit allen Stars per du.

Was ist eine Leistung? Eine Leistung ist, einer Frau einen Staubsauger anzudrehen. 220 Volt Wechselstrom, Anschlußteile aus hellgrauem Plastik, das neueste Design, gnä' Frau, Wegwerfbeutel. Geräuscharm, frißt den Staub und nicht den Teppich. Eine Gratisvorführung. Lieferung frei Haus. Barzahlung. Oder Anzahlung und der Rest in zwei gleichen Raten.

Der Staubsaugervertreter hat heute noch keine Leistung erbracht. Er ist müde und hungrig, seine Füße schmerzen, morgen wird er sich das Fußbadesalz kaufen, das sie in der Werbung immer zeigen, aber heute will er nur mehr seine Ruhe haben. Er hat genug von den Frauenstimmen, die nichts als Abweisung zetern können, auch wenn die Formulierung von „Danke schön, ich brauche nichts“ bis zu „Schleich di“ variiert. Er hat genug von den dunklen, dumpfen Stiegenhäusern, und er kann es nicht ertragen, noch einmal durch den geöffneten Türspion stumm von einem unbekannten Auge angestarrt zu werden. Und dann nichts mehr.

Das Haustor ist mit einem Brett quer vernagelt, der Staubsaugervertreter weiß nicht, ob er sich bücken soll, um durchzukriechen, oder ob er, ich

bin stark und jung, die Beine über das Brett schwingen soll. Kriecht dann doch unter dem Brett durch, gesplittertes Holz will ihn zurückhalten, richtet sich auf, atmet tief ein, kühler Modergeruch füllt seine Lungen. Das gelbe Blech der Briefkästen ist umgebogen. Geöffnete, nutzlose Konservendosen. In einer Ecke Unrat. Daneben ein Stapel bunter Prospekte, fünfzigmal „Einmalige Gelegenheit“ in knallroter Schrift. Erbsen in Dosen zum Sonderpreis.
Der Staubsaugervertreter begreift: Dies ist das Ende der Welt. Hier werden nicht einmal die Prospektverteiler kontrolliert. Dennoch geht er, von seinem Leistungswillen getrieben, weiter. Verbietet seiner Haut, unter der kalten Zugluft, die durch zerschlagenes Jugendstilglas strömt, zu frösteln, verbietet seinen Ohren, die Stille des Hauses wahrzunehmen. Das Schild „Betteln und Hausiren verboten“ gilt nicht mehr. Hausieren schreibt man schon lange mit „e“. Der Staubsaugervertreter steigt Stiegen hoch, das Geländer ist aus glattem Holz, in Abständen große Metallknöpfe, damit die Kinder nicht übermütig werden.
In diesem Haus gibt es keine Kinder. Parterre, Hochparterre, Mezzanin, erster Stock, zweiter Stock. Angenehmere Stufen haben sie damals gebaut, das muß man ihnen lassen. Dennoch gerät der Staubsaugervetreter ins Keuchen. Eigentlich ist es schon der vierte Stock. Das Stiegengeländer ist weniger vornehm geworden, die Kälte und der Modergeruch haben sich verstärkt. Der Staubsaugervertreter geht zielstrebig auf eine Türe zu, geradeso als wäre es eine gesuchte, und klingelt. Dreimal, wie man es ihm beigebracht hat. Es könnte schließlich lieber Besuch kommen.

Der Staubsaugervertreter klingelt an der Tür mit dem Namensschild und wartet. Er wartet lange, sein Atem findet Zeit zu verflachen, sein Herz schlägt ruhiger. Noch wehrt sich das Bewußtsein gegen die Erkenntnis, daß alles vergebens war und daß das Gefühl, das ihn zu dieser bestimmten Türe getrieben hat, nur Täuschung war.
„Verdammt“, denkt der Staubsaugervertreter, „verdammt, in dem Haus wohnt kein Schwein mehr. Nicht einmal Türken oder Jugoslawen. Ich bin verrückt, daß ich in einer solchen Bruchbude bis zum Juchhe hinaufsteige.“ Und will schon gehen, da vernimmt sein geschultes Ohr schlurfende Schritte, schwere Atemzüge, ein Räuspern.
Er klingelt nochmals, wartet. Da wird die Türe geöffnet, einen Spalt nur, die Sicherheitskette bleibt eingehängt, und eine brüchige Stimme sagt: „Ja, bitte?“ „Entschuldigen Sie, gnädige Frau“, sagt der Staubsaugervertreter, so wie man es ihm beigebracht hat, „ich soll Ihren Staubsauger kontrollieren. Ob er noch den elektrischen Vorschriften entspricht.“
Nun wird die Türe vollends geöffnet, eine alte Frau erscheint im Türrahmen. Unter einem Kopftuch hängt ihr schmutzig-weißes Haar wirr in die Stirne. Blaue Porzellanaugen starren blicklos. In tiefen Runzeln sitzt grauer Schmutz.
Die Alte trägt einen grauen, schäbigen Mantel. An den Füßen abgetragene Hausschuhe aus Filz. Die Kappen der Hausschuhe sind ausgeschnitten, der Kragen des Mantels ist mit Speiseresten beschmutzt, auf der breiten Brust der Alten haften auf den Noppen des Mantelstoffes Brotkrumen. „Das ist aber sehr aufmerksam“, sagt die Alte, „kommen Sie nur weiter.“ Während der Staubsaugervertreter denkt, daß alles ein großer Fehler war und eine verlorene Zeit, geht er gehorsam hinter der Alten her.

Der Raum, offenbar Küche und Schlafraum zugleich, ist sehr klein. Der Boden ist mit gemasertem Linoleum bedeckt, das spröd-brüchige Risse hat. In einer Ecke ein ungemachtes Bett, vor dem Bett ein abgetretener Läufer aus Kokos, unter dem Bett Unrat. In einer anderen Ecke ein zweiflammiger Gaskocher. Er steht auf einer kleinen Stellage, die mit einem Plastikvorhang, der an einer dünnen Messingstange befestigt ist, verhängt ist.
Der Plastikvorhang, durchsichtig-weiß mit blauen Blumen, ist dick mit erstarrten Resten von übergekochten Speisen bedeckt und an einer Stelle heruntergerissen. Dahinter ist abgeschlagenes Geschirr gestapelt. Daneben ein weißer Plastiksack mit rotem Aufdruck „Altkleidersammlung", der mit Unrat gefüllt ist. Zahlreiche Pappkartons — Siegendorfer Zuckerfabrik, Alberto Aiello Figli — enthalten irgendwelche Habseligkeiten der Alten. Einige Kartons sind mit Spagat verschnürt, aus manchen quillt der Inhalt zwischen Schachtel und Deckel hervor.
Auf einem niedrigen Kasten stapeln sich Zeitschriften, gelbstichig, ausgelesen, abgegriffen — Neue Post und Grünes Blatt, von einem Deckblatt lächelt Kaiserin Soraya. Neben dem Bett ein schmales, hohes Nachtkästchen, verfärbte Messingstangen, darauf eine Waschgarnitur aus billigem Steingut, Risse unter der Glasur, Blumenmuster — stilisierte Margariten. Den größten Teil des Raumes beansprucht ein übergroßer altdeutscher Eßtisch, bedeckt von einer pompösen grünen Samtdecke mit Fransen und Quasten, das dunkle Grün verschossen ins Bräunliche spielend.
Der Staubsaugervertreter gehorcht einem Wink der Alten, nimmt auf einem der altdeutschen Stühle Platz, lehnt sich vorsichtig gegen die

Lehne aus gepreßtem Leder, das ein fratzenhaftes Göttergesicht darstellt, hat das Gefühl, in eine Falle geraten zu sein, und kann sich so gegen seine Erschöpfung nicht wehren. Die verbrauchte Luft raubt ihm das letzte Selbstgefühl. Obwohl die Alte das einzige Fenster des Raumes mit Lappen und Zeitungspapier fast bis zur Lichtundurchlässigkeit verstopft hat, ist es sehr kühl.
Der Staubsaugervertreter starrt auf das grüne Tischtuch, er spürt keine kaufmännische Munterkeit und keinen Leistungswillen mehr, seine Blicke haften an matten Flecken, die den Glanz der Samtdecke trüben und die Fasern klebrig-ekelhaft versteifen. „Wie wenn jemand hingspieb'n hätt'", denkt sich der Staubsaugervertreter, und als ihm einfällt, daß seine Vermutung wahr sein könnte, springt er mit der letzten ihm verliehenen Kraft auf.
„Es ist kalt", sagt die Alte da freundlich. „Ich drehe die Heizung höher. Für mich allein zahlt es sich nicht aus." Sie geht zu einem kleinen Gasofen, den der Staubsaugervertreter erst jetzt bemerkt, dreht an einem Hahn, und kleine, dunkelblau aufgereihte Flämmchen züngeln zischend empor. „Für wen sammeln Sie?"
„Ich sammle nicht", sagt der Staubsaugervertreter.
„Das ist gut", meint die Alte. „Das ist gut. Ich gebe nämlich nichts. Sie brauchen nicht glauben, daß mir die Armen nicht leid tun, natürlich tun sie mir leid. Nur, das kennt man ja, daß die Bedürftigen nie etwas bekommen, da kann einer spenden und spenden und spenden. Die Armen bekommen nichts. Irgend so ein Neger kauft sich eine goldene Badewanne darum, oder er treibt es mit den Weibern. Wenn ich so einen einmal unter die Finger bekomme, dem würde ich meine Meinung sagen. Die würde er sich nicht hinter den Spiegel stecken. Habe ich nicht recht?"

Der Staubsaugervertreter kommt nicht dazu, etwas Zustimmendes zu sagen, obwohl es ihm im konkreten Fall sogar leicht fiele, aber die Alte läßt ihn nicht zu Wort kommen, drückt ihn vielmehr auf den Sessel zurück und redet unaufhaltsam weiter. „Im Krieg, oder nein, das war schon nach dem Krieg, haben die Amerikaner Pakete geschickt, mit Kleidern. Obwohl die Leute nur ihre alten Lumpen hergeschenkt haben, und auch das ist keine echte Wohltätigkeit, habe ich nicht recht, hätten wir die Sachen dringend gebraucht. Sie sind noch jung, Sie wissen nicht, wie das damals war. Bei uns sind die Kleider vom Pfarramt verteilt worden. Und wissen Sie, was passiert ist? Die Pfarrersköchin war auf eimal herausgeputzt wie eine Dame, gerade, daß sie nicht drei Pelzmäntel übereinander angezogen hat. Und wissen Sie, was ich bekommen habe . . ?! Ein Ballkleid. Ein Ballkleid aus weinroter Seide. Rund um den Kragen waren diese glänzenden Blättchen aufgenäht . . . wie heißen die schon . . . ich . . .“
Die Alte bricht ihren Redeschwall ab und flüstert beinahe: „Sie glänzen so . . . um den Hals . . . helfen Sie mir . . . wie heißen . . .“ Der Staubsaugervertreter gibt keine Auskunft, doch es ist nicht Rache für den Redeschwall, dem er hilflos und unvorbereitet ausgeliefert gewesen ist. Er weiß es wirklich nicht. Die Alte schaut den Staubsaugervertreter an, sie gibt einen Laut von sich, der wie ein Schluchzen klingt, und sagt: „Wissen Sie, was das Schlimmste ist? Daß man sich nicht ausdrükken kann.“ Der Staubsaugervertreter denkt, daß sie gleich weinen wird, und er denkt „Um Gottes willen“, und er denkt „Nichts wie fort!“ „Jetzt ist es schon sehr warm“, sagt da die Alte mit gelassener Stimme, als wäre nichts gewesen. „Spüren Sie es?“ Und zieht den Mantel aus.

Sie steht da in einem geblümten Kattunkleid. Das Kleid ist zum Unterschied vom Mantel sehr kurz, eine Art Hauskleid, das von billigen Ramschgeschäften im Sonderangebot für sehr starke Damen feilgehalten wird; kein Winterkleid jedenfalls und sehr schmutzig. Über dem riesenhaft aufgeblähten Bauch der Alten klafft der Stoff, gibt rosa Charmeuse preis, zwei Knöpfe fehlen. Aus kurzen Ärmeln quellen Alterswülste, die doch die schlaffe, fleckige Haut nicht ausfüllen können.
Nun hastet die Alte zu der Stellage, holt hinter dem schmutzigen Plastikvorhang zwei Likörgläser hervor und eine Flasche mit einer gelblichen, öligen Flüssigkeit, sagt freundlich: „Ich bekomme sehr selten Besuch, wissen Sie" und hebt das Kleid, um die Gläser damit auszuwischen. Der Staubsaugervertreter glaubt die Entblößung nicht ertragen zu können, nicht die wollene Unterhose, die bis zu den Knien reicht, nicht das kurze rosa Charmeuse-Unterkleid, das an den Oberschenkeln endet. Tierische Wut überfällt ihn, er denkt: „Das zahl ich dir heim, du alte Runzelfut, du Sau, du gemeine, alte Drecksau", und er senkt aus Selbsterhaltungstrieb die Augen.
Da sieht er am rechten Schienbein der Alten verkrustetes Blut auf dem wollenen Strumpf und fragt: „Haben Sie sich verletzt?" Die Alte fragt „Wo?", setzt sich, als der Staubsaugervertreter auf die Stelle zeigt, hin, langt wahrhaftig unter die Unterhose, löst das Strumpfband, wo sie das nur her hat, heutzutage gibt's doch nur mehr Strumpfhosen, und entblößt ein dickes, weißes, von wulstig-blauen Adern durchzogenes Bein. Sie rollt den Strumpf hinunter, die Wolle ist in die Wunde hineinverkrustet; als sie nun an dem Strumpf zieht, beginnt die Wunde wieder zu bluten. Der

Staubsaugervertreter begreift seinen Ekel nicht mehr. Dieses häßliche, unmenschliche, blutende Bein weckt Erbarmen in ihm. Er möchte etwas tun, helfen, trösten.
Er fragt: „Soll ich die Wunde waschen?" Die Alte deutet auf das Nachtkästchen, der Staubsaugervertreter findet auch tatsächlich in der Schublade ein Kopftuch, gießt aus dem Krug Wasser in die Waschschüssel, befeuchtet das Tuch und wäscht der Alten die Wunde aus. Als er so vor ihr auf dem Boden kniet, streckt sie plötzlich die Hand aus und streicht ihm über den Kopf. Augenblicklich kehrt der Ekel zurück.
Der Staubsaugervertreter denkt: „Wenn du mir unsittlich kommst, dann bringe ich dich um, du alte Sau." Da sagt die Alte: „Ich habe nie einen Sohn gehabt." Und nach einer Pause, und diesmal klingt es wieder so, als wollte sie anfangen zu weinen: „Nicht wahr, ich bin keine Belästigung?" Der Staubsaugervertreter schüttelt heftig den Kopf, er nimmt das blutige Tuch, legt es in die Waschschüssel, kaltes Wasser entfernt Blutflecken, das hat man ihm beigebracht, und wirklich holt das Wasser das Blut aus dem Tuch. Blaßrote Schlieren ziehen durch das Wasser und färben die Margariten am Grunde der Schüssel rosig. Der Staubsaugervertreter ist nun zu allem bereit, er setzt sich wieder, nimmt den Eierlikör an, den die Alte inzwischen eingeschenkt hat, nimmt willenlos hin, daß die klebrige Flüssigkeit seinen Magen ausfüllt.
Die Alte hat sich Brillen geholt, es ist eine Brille mit einer modischen Fassung, die dazu bestimmt ist, schöne, junge Modedamen über ihre Kurzsichtigkeit hinwegzutrösten. Die Fassung muß sehr teuer gewesen sein. Hinter den dicken Gläsern erscheinen die Augen der Alten riesengroß.

Sie sagt: „Ich muß sehen, wie Sie aussehen. Ja, Sie könnten mein Sohn sein. Sie sind nicht schön. In meiner Jugend waren die schönen Männer blond und stramm. Wenn Sie mein Sohn wären, dann wären Sie nach meinem Mann geraten. Er war auch eher klein und zart, nicht schön. Irgendwie war er doch ein guter Mensch. Trotzdem sollte ich ihn klagen. Er zahlt mir nichts, dabei hat er doch die Treue gebrochen. Heute ist er ein reicher Mann. Es ist nicht gerecht, daß er reich ist und mir nichts zahlt. Ich habe ihm alles geopfert. Finden Sie nicht auch, daß man den Prozeß noch einmal aufrollen muß? Ich habe gerade heute die alten Papiere zusammengesucht, wollen Sie sie sehen?"
Der Staubsaugervertreter trinkt sein drittes Gläschen Likör, er sagt vage: „Ja, ja, auf dem Gebiet gibt es viel Ungerechtigkeit." Die Alte hört aber nicht auf ihn, sondern fährt unbeirrt fort: „Ich hasse ihn nicht mehr, müssen Sie wissen, obwohl er mir viel angetan hat. Ich glaube, das Geld hat ihn verdorben. Das Geld und der Krieg."
Der Staubsaugervertreter denkt verzweifelt: „Wie komme ich da wieder weg?", ist aber durch den Redefluß der Alten wie gelähmt. „Er war kein schlechter Mensch, müssen Sie wissen. Ein guter Mensch war er und ein gescheiter Mensch. Seine Eltern haben kein Verständnis für ihn gehabt, obwohl er schnell und brav studiert hat. Niemand weiß das besser als ich, denn er hat bei uns in Untermiete gewohnt. Und dann? Nach dem Studium? Da hat es keine Arbeit gegeben für einen Chemiker. Er hat zuerst bei einer Farbenfabrik einen Posten bekommen und später bei einer kosmetischen Firma. Wenn eine allgemeine Arbeitslosigkeit herrscht, dann brauchen die Leute keine Farben und keine Hautcremen. Der Chemiker bekommt die Kündigung."

Sie kommt nun ganz nahe an den Staubsaugervertreter heran und flüstert: „Manche haben gesagt, daß er deshalb gekündigt worden ist, weil er sich herumgetrieben hat. Bei den Illegalen. Das glaube ich nicht. Glauben Sie das?"
Der Staubsaugervertreter schüttelt heftig den Kopf, damit die Alte wieder weiter weggeht. „Ich glaube es auch nicht", sagt die Alte. „Ich habe mehr Hausverstand gehabt als er. Ich habe schneller gedacht. Aber in seinem Fach war er unglaublich tüchtig. Der Krieg hat ihn mir weggenommen".
Sie beginnt zu weinen. Um Interesse zu bekunden, fragt der Staubsaugervertreter lahm: „Ist er gefallen?" Die Alte gibt wirklich eine passende Antwort: „Nein, er ist nicht gefallen. Ich habe Ihnen gesagt, daß er reich ist. Er war gar nicht an der Front. Er war etwas in der Verwaltung. Aber eine Uniform hat er gehabt. Ich habe gar nicht gewußt, daß er ein so hohes Tier ist, ich war immer ganz erstaunt, wenn die anderen vor ihm salutiert haben."
Die Alte ahmt einen militärischen Gruß nach, sie steht da, in Filzhausschuhen, ein dickes, blaugeädertes Bein entblößt, der Saum ihres Kattunkleides ist heruntergerissen. So steht sie da und schlägt die Haken zusammen. Doch der Staubsaugervertreter findet das nicht lächerlich, er spürt nun beinahe so etwas wie Angst.
„Er ist dann nach Prag", fährt die Alte fort. „Dort ist er während des ganzen Krieges geblieben. Er hat mir geschrieben, ich soll ihm die Freiheit geben, weil er das Glück seines Lebens gefunden. Irgendeine Hure, der die Uniform gefallen hat.
Ich habe zurückgeschrieben, daß ich ihn nicht freigebe. Da hat er die Scheidung eingereicht

und gesagt, daß ich ein dürrer Stamm bin. Er aber möchte dem Führer viele Kinder schenken." Die Alte steht auf, sie schlurft zu ihrem Bett, der Staubsaugervertreter denkt, daß sie vielleicht zuviel Likör getrunken hat und nun einschlafen wird, so daß er sich davonschleichen kann. Aber die Alte bückt sich nur, hebt eines der schmutzigen Papiertaschentücher auf, die unter dem Bett liegen, und trägt es zu dem Plastiksack mit der Aufschrift „Altkleidersammlung", der als Abfallkübel dient.

„Da", sagt sie verbittert und zeigt auf den Sack. „Das schicken sie mir ins Haus. Als ob ich Kleider zu verschenken hätte. Und wenn ich welche hätte, dann würde ich nichts hergeben. Die Bedürftigen gehen immer leer aus bei solchen Sammlungen. Der Pfarrer hat sie verteilt. Mein Gott, mein halbes Leben hätte ich gegeben für einen warmen Mantel. Und wissen Sie, was ich bekommen habe?" Nach dieser mit Entrüstung vorgebrachten Frage hält die Alte inne, schaut hilflos durchs Zimmer, setzt sich und stammelt: „Ich . . . ich . . . ich vergesse so viel, wie ist denn das möglich?"

Sie schaut den Staubsaugervertreter hilfeflehend an. Der fühlt tiefes Erbarmen und sagt: „Ein rotes Abendkleid haben Sie bekommen." Die Alte sagt: „Ja. Das stimmt." Und nach einer Pause: „Ich kann mich gar nicht erinnern, daß mir jemals im Leben jemand so gut zugehört hat wie Sie. Sie können es noch nicht wissen, wie das ist, wenn einem keiner zuhört. Sie könnten mein Sohn sein. Ich möchte etwas für Sie tun. Ich erwarte eine sehr, sehr hohe Erbschaft, müssen Sie wissen. Für österreichische Verhältnisse ungewöhnlich hoch. Ich werde bald sterben. Der Staat soll nichts davon bekommen und mein geschiedener Mann auch nicht. Ich werde Sie als Erben einsetzen."

Der Staubsaugervertreter denkt, daß bei solchen alten Vetteln alles möglich ist, manchmal finden die Leichenträger unter halbverfaulten, urinverstunkenen Matratzen hohe Summen Geldes, wenn sie verstorbene Pensionisten wegtragen, doch dann denkt er, daß der Spatz in der Hand besser ist als die Taube auf dem Dach, und so sagt er: „Wenn Sie etwas für mich tun wollen, gnädige Frau, dann kaufen Sie mir einen Staubsauger ab. Ich verkaufe Staubsauger. Das ist meine Arbeit."
Die Alte schaut den Staubsaugervertreter lange an. Er denkt, daß sie natürlich nichts verstanden hat, doch sie sagt: „Das gefällt mir. Ja, Sie könnten mein Sohn sein. Wenn ich einen Sohn hätte, er wäre so wie Sie. Stolz. Aufrichtig. Einer, der nichts geschenkt haben will, der von seiner Hände Arbeit lebt." Ihr Tonfall wird nun leichtfertig, ja nahezu frivol, sie setzt sich, schlägt die Beine, diese armen, unappetitlichen Beine, kokett übereinander. „Ein Staubsauger, warum nicht? Es ist nicht einzusehen, daß mein Geschiedener in Saus und Braus lebt und daß ich nicht die geringste Freude habe. Wenn einem niemand eine Freude macht, muß man sich selbst eine machen. Auch so ein altes Weib wie ich hat Anspruch auf eine Freude."
Sie stößt den Staubsaugervertreter anzüglich mit dem Ellbogen in die Seite. Doch der hat keine Zeit, sich zu ekeln, der ist jetzt in seinem Element und ganz und gar vom Leistungswillen ergriffen. Der Staubsaugervertreter kramt Papiere aus seinem Aktenkoffer. Prospekte, Verträge, sehr viel Kleingedrucktes und alles mit vielen Durchschlägen. „Das hier ist unser Luxusmodell, gnädige Frau," sagt er, „doch dazu ist der Raum hier vielleicht ein wenig zu klein." Darauf die Alte prompt

und aufsässig: „Wieso denn? Wenn schon, denn schon." Und will schon unterschreiben, will haben, will kaufen, will mit zitternder alter Frauenhand und wahrhaftig noch in Kurrentschrift ihr „Maria Angermeyer" auf Originale setzen, so daß es blau und schmierig auf allen Kopien zu lesen ist.

Der Staubsaugervertreter ermahnt sie ordnungsgemäß, sie möge das Kleingedruckte ordentlich lesen. Die Alte winkt ab. Sagt aber in unvermutet störrischem Ton: „Achtzehn Monatsraten. Ich will achtzehn Monatsraten. Das gibt es. Ich habe es gehört. Ich habe immer gut rechnen können."

Der Staubsaugervertreter denkt: „Ja, du altes Heft. Gerade noch hast du mich als Erben einsetzen wollen. Zahl nur schön auf drei Raten. So lange wirst du schon noch leben, so Gott will. Den Betrag wirst du schon aufbringen, obwohl er zugegebenermaßen recht hoch ist."

Er schreibt den Vertrag aus und schreibt bei „Zahlungsbedingungen: In drei gleichen Teilbeträgen." Dann hat er es eilig. Er läuft durch das modrig-kühle Stiegenhaus. Er läuft frei und leicht wie ein Mann, der eine Leistung vollbracht und den Finger auf dem Pulsschlag der Zeit hat. Er fühlt sich als freier Mann.

Die Alte bleibt allein zurück. In ihrem Herzen ist große Freude. Sie sitzt da und streichelt die Abbildung des Staubsaugers auf dem Prospekt und sagt mit lauter, deutlicher Stimme: „Nur das, was man selbst tut, geschieht. Man muß sich nur aufraffen, dann kann man ein Fest feiern." Das Gesicht der Alten ist in diesem Augenblick faltenlos und jung, ihre Haut rosig, ihre Augen strahlen. Sie geht zu ihrem Waschtisch, auf dem ein kleines Spiegelchen liegt, schaut lange hinein und erkennt darin das Gesicht, das man einstmals

als das „entzückende Biedemeiergesichtel der Maria“ genannt hat. Ein Wunder. Vom Himmel hoch, da komm ich her. „Ein Fest“, sagt die Alte, „es ist ein Fest.“
Mit junger, klarer Stimme beginnt sie zu singen:
„Von a-allen blauen Hügeln
reitet der Tag ins Land.
Er rei-eitet mit wehenden . . .“
Als die Alte bei der schwierigen Stelle „Zü-ü-ügeln“ angelangt ist, gelingt ihr die Passage hell, klar und mühelos.

Ein Familienfest

WAS sind acht Jahre Ehe? Acht Jahre Ehe sind acht Jahre Hoffnung, acht Jahre Warten, acht Jahre Demut.

Sich nichts zuschulden kommen lassen. Sich keiner Schuld bewußt sein. Am Abend des Waschtages schon wieder gebügelte Wäsche haben. Nie unfrisiert sein, niemals zerrissene Strümpfe tragen. Eigenhändig Monogramme in Taschentücher sticken. Dem Körper keine Trägheit gönnen und der Seele keine Lust. Nach Rezept kochen und anderen keine Abweichungen von den Rezepten nachsehen. Auf Lob und Anerkennung warten. Den Frühstückstisch mit Blumen schmücken, Nachtmahl mit Kerzenbeleuchtung zum Fest gestalten und einsam bis spät in die Nacht warten. Fragen stellen und keine Antwort bekommen. Sich keiner Schuld bewußt sein.

Acht Jahre Ehe sind: Ein Abonnement in der Leihbücherei. „Keine liest so schnell wie Sie, Frau Doktor." Wortlose Verzweiflung am Wochenbett der Freundin Hermi: „Du mußt ihn dir dann von der Schwester zeigen lassen, Maria. Nicht zu verwechseln. Schaut aus wie der Kropacek." Verzweiflung, die nach Vanille und Erdbeeren schmeckt: ,,Vielleicht hat er hier auch Eis gegessen — mit ihr." In den Spiegel schauen und denken: „Ich habe ein entzückendes Biedermeiergesicht." Sich hübsch machen. Im Bad nur mehr im Schatten liegen und nicht mehr schwimmen. „Mein Herz." Tausendmal Baldriantropfen auf Zucker vor dem Einschlafen. Das Fläschchen mit den Baldriantropfen auf dem Nachtkästchen stehen lassen. Nicht zu übersehender Vorwurf. Sich an die Verzweiflung gewöhnen und die Verzweif-

lung lieben. Die Lippen zusammenpressen und auf die Frage „Was ist denn jetzt schon wieder?“ den Kopf schütteln.
Sich keiner Schuld bewußt sein. Seine Wäsche waschen, seine Socken stopfen. Tapferes Verständnis für sein Versagen haben. „Mir ist es ganz gleichgültig, daß du arbeitslos bist. Hauptsache, wir halten fest zusammen“, und nach der Antwort: „Mußt du immer daherreden wie in deinen Schundromanen?“ in Tränen ausbrechen. Die Entfernung nicht erkennen wollen.
Tausendmal fragen: „Wie war dein Tag?“ und keine Antwort bekommen. Tausendmal sagen: „Du hast wohl die Sprache verloren“ und sich um einen neckischen Unterton bemühen. Die Hand ausstrecken und ins Leere greifen.
Die Verweigerung in Gedanken proben: „Mich ekelt vor dir. Wenn du das willst, dann geh' doch zu deiner Hure.“
Nicht einmal zur Verweigerung aufgefordert werden und sich selbst belügen: „Wenn ein Mann verzweifelt ist, muß er noch tiefer in den Dreck. Die Männer brauchen es. Alle Männer sind Schweine. Ich bin eine anständige Frau.“
Sich nichts zuschulden kommen lassen und sich keiner Schuld bewußt sein.
Zu jedem Opfer bereit sein — „Weißt du denn nicht, wie sehr ich dich liebe? Ich würde sterben für dich“ — und nie darum gebeten werden.
Mit niemandem darüber reden wollen.
Mit niemandem darüber reden können.
Acht Jahre Ehe sind eine unaufhörliche Zurückweisung.
Acht Jahre Ehe sind ein unaufhörlicher Niedergang der Gefühle.
Sie sind auch ein unaufhörlicher Niedergang der Lebensumstände. Rudolf Angermeyer, Jahr-

gangsbester auf der Universität und Chemiker mit Zukunft, ist beruflich glücklos.
Nicht durch eigene Schuld. Anderen geht es nicht viel besser. Der Dentist Heinrich Kropacek — „Mein Gott, jetzt wirft sie micht mit diesem plattfüßigen Proleten in einen Topf" — kann die Familie überhaupt nur deshalb durchfüttern, weil die Freundin Hermi als Assistentin bei einem besser beschäftigten Zahnarzt arbeitet.
Maria ist sofort bereit zu ähnlicher Aufopferung. Und erntet Hohngelächter. „Du willst arbeiten? Was? Du hast nichts gelernt. Nicht einmal ich als Akademiker bekomme eine Stellung." Maria steckt auch diese Kränkung ein.
Teilt tapfer sein Leben, das immer weiter bergab geht. Will weiterhin fest zusammenhalten. Nimmt ohne zu klagen — „Mit dir will ich auch in einer Hütte leben" — die letzte Demütigung hin, als das Ehepaar Rudolf Angermeyer, nach Pfändung der Möbel und außerstande, die Miete zu bezahlen, bei Herrn und Frau Regierungsrat Unterschlupf suchen muß. Findet Trost darin, daß sie nun den Sohn gegen die Vorwürfe der Mutter in Schutz nehmen kann, und findet festen Boden, Ermunterung, Erlösung, als sie im Nebenzimmer Ohrenzeugin eines Gespräches zwischen Mutter und Sohn wird.
„Daß du faul und eifersüchtig bist, war mir immer klar. Oder wie sonst willst du mir erklären, daß du beruflich versagst?" „Mein Gott, Mutter, die Zeiten sind schwer. Vater ist Beamter, das ist etwas ganz anderes. Du hast keine Vergleiche." „Ich habe nie etwas von dir gehalten, Rudi. Daß ich ein halbes Vermögen für deine Nachhilfestunden ausgegeben habe, kann ich mir heute noch nicht verzeihen. Gut, wo sollst du es herhaben, du bist nach deinem Vater, der ist auch kein

Kirchenlicht. Man berichtet mir aber, daß du dich herumtreibst, verbotene Versammlungen besuchst und so weiter."
„Das verstehst du nicht, Mutter. Hier geht es um Ideale."
Und darauf die Risa Angermeyer, ahnungslos, daß ihre Schwiegertochter Maria im Nebenzimmer mithört, oder vielleicht eben gerade nicht ahnungslos, mit der härtesten Schärfe, die sie zur Verfügung hat: „Ideale, Ideale. Wenn man Ideale haben will, muß man finanziell unabhängig sein. Da hättest du eine andere Frau heiraten müssen und nicht dieses Fräulein Binnichts und Habenichts. Nicht einmal ein Kind hat sie dir geboren, und das hätte man von ihrem breiten Becken wahrhaftig erwarten können. Soll ich dir sagen, wo dein Geld hinkommt? Ich bin ziemlich sicher, daß diese Person ihre Eltern, nicht den guten Ludwig, sondern ihre leiblichen Eltern unterstützt. Ich habe es aus ziemlich sicherer Quelle. Der Vater ist ein heruntergekommener Säufer, ein Stromer, der an die Türen klopft und um Essen bettelt."
Rudolf Angermeyer sagt nichts dafür und nichts dagegen. Die dummen Phantasien seiner Mutter interessieren ihn nicht. Daß seine Ehe ein Irrtum war, weiß er schon lange. Er wird diese Verbindung lösen, wenn es an der Zeit ist.
Rudolf Angermeyer hatte die Heirat mit Maria als Punkt in einen fest errechneten Lebensplan eingebaut gehabt. Für einen Mann, der Karriere machen will, ist die häusliche Versorgung und einmal wöchentliches Abrotzen eine hygienische Maßnahme. Störfaktoren in Form von vagen Gefühlen und emotionellen Belästigungen wären lediglich ein Hemmschuh für das Vorwärtsstreben im Idealen gewesen. Ein Mann mit hohen Zielen tut gut daran, Alltäglichkeiten, wie

Essen, Trinken, Geschlechtsverkehr, geputzte Schuhe und gebügelte Hemden, zu regeln. Vernachlässigung in der körperlichen Alltäglichkeit kann sich hemmend auf das Vorwärtsstreben des Geistes auswirken.
Leider hat sich die Ehe mit Maria Angermeyer als Fehlschlag erwiesen. Ein mißlungenes Experiment, ein mißglückter Versuch. Das Element „Maria“ hat Eigenschaften entwickelt, die nicht errechenbar waren und sich zur Unerträglichkeit gesteigert haben. Unerträglich ihr Verhalten im Bett, Gefasel, Gerede und Betteln um Zärtlichkeit vorher und nachher, dazwischen erstarrtes Ungeschick und verächtliche Abweisung. Unter diesen Umständen kann sogar eine Maßnahme, die aus Gesundheitsgründen einzuplanen gewesen wäre, nicht vorgenommen werden. „Ebensogut könnte ich mich von einem Eisblock aufgeilen lassen.“ Obendrein hat sich erwiesen, daß Maria unfruchtbar ist. Das alles wäre noch zu ertragen, eine Gelegenheit, sich den Schleim herauszuschwitzen, ergibt sich wohl hin und wieder. Doch auch alles andere hat sich unvorhersehbar unerträglich entwickelt: Ihr Besitz anspruch, du gehörst mir, du bist mein Mann, wir gehören zusammen, ihre Sucht, seine Seele aufsaugen zu wollen, was denkst du jetzt, bist du glücklich, bis du unglücklich, das Herunterziehen seiner Gedanken in die Niederungen ihrer spießigen Hausbackenheit. Die Belästigung, daß er, wenn er in die eigenen vier Wände zurückkehren will, dem widerlichen Baldriangestank und Herzanfällen ausgesetzt ist. Jede ihrer Handlungen, das Abstauben seiner Bücher, das Zurechtrücken seiner Krawatte, Aufdringlichkeit, winselndes, hündisches Betteln um Liebe und tränenreicher Vorwurf zugleich. „Schau, wie gut ich bin, und wie bist du?“

Die Verbindung mit Maria Ludwig war ein Irrtum oder eher keine Verbindung. Die Unvereinbarkeit zweier Elemente. Rudolf Angermeyer ist übrigens froh über dieses mißglückte Experiment, denn es erhärtet seine Überzeugung, daß er selbst aus reinstem Stoff ist, ein edles Element, das die Verbindung mit anderen Elementen ablehnt. Aus seiner mißglückten Ehe wird er sich, wenn die Zeit gekommen sein wird, befreien.
Er sagt nichts für nichts gegen die Bosheiten seiner Mutter, die die Schwiegertochter nach Kräften schlecht macht. Nur als die Risa Angermeyer hämisch die hoffnungslose Feststellung „Eine Scheidung kommt natürlich nicht in Frage, so etwas ist in unserer Familie unmöglich“ tut, gibt er ihr in Gedanken Antwort: „Ja, nicht wahr, du Hündin. Und deshalb hat mein Vater unter dem Leutnant leiden müssen, weil du einerseits keine Scheidung willst und andererseits die Treue mit Füßen getreten hast. Dieses arme Wrack, das mein Vater ist, hätte vielleicht mit der Köchin noch ein paar schöne Jahre haben können.“
In seinem chemisch-logischen Gehirn hat Rudolf Angermeyer schon längst seinen Vater, die Köchin und Maria in die Kategorie jener Elemente eingereiht, die unedel und gewöhnlich genug sind, um Verbindungen zu brauchen. Bei seiner Mutter ist er nicht so sicher, aber auch das interessiert ihn nicht mehr, denn die gedankliche Beschäftigung mit Dingen dieses Genres ist ihm nichts als Belästigung.
Er sieht nicht den geringsten Anlaß, seiner Mutter mitzuteilen, daß er für seine spätere Zukunft alles geplant hat, daß er von anderen Frauen weiß, hohen, hehren, Walküren aus dem Göttergeschlecht der Asen. Mit einer solchen lichten, ebenbürtigen Göttin, Brünhild, sich niemals dem

Manne beugend, sondern ihm frei an die Seite tretend, wird er sich vermählen, wenn die Zeit gekommen ist. Im Augenblick sagt er nichts für und nichts gegen das Altweibergeschwätz seiner Mutter.
Maria Angermeyer, die im Nebenzimmer ungewollt Zeugin des Gesprächs zwischen Mutter und Sohn geworden ist, fällt es wie Schuppen von den Augen. Wilder Haß gegen die Schwiegermutter, welche die Scheidung verlangt hat, flammt auf, liebende, mütterliche Zärtlichkeit für den geliebten Mann erneuert sich. Seine Kälte, seine Zurückweisungen sind, das begreift Maria jetzt, die Folge der fortwährenden Intrigen ihrer Schwiegermutter gewesen. Wie schwer muß es für den geliebten Mann gewesen sein, der Mutter den schuldigen Gehorsam zu verweigern, wie schwer, mit Maria niemals über diesen Konflikt reden zu können.
Maria weiß, was sie nun zu tun hat. Sie muß der Schwiegermutter beweisen, daß reine Liebe mehr gilt als Geld. Sie muß die Zuneigung der Schwiegermutter erobern, muß dieser bösen und hartherzigen Frau, die nur an Geld denken kann, begreiflich machen, daß sie mit der Zerstörung der Ehe auch das Glück des Sohnes zerstört.
Seit Maria erkannt, hat, daß Rudolf zweifach gelitten haben muß: unter den ständigen Einflüsterungen der Mutter und unter Marias haltlosen Vorwürfen, verdoppelt sie ihre Bemühungen um ihren Mann. Und ahnt nicht, daß sie damit die Belästigung verdoppelt. Auch die kränkende Beziehung zur Lehrerin erscheint nun in einem anderen Licht. Mußte er denn nicht bei der Lehrerin Liebe und Geborgenheit suchen, wenn ihn die Mutter aus den Armen der liebenden Ehefrau treibt?
Geschwisterlich fühlt sie sich in diesen Tagen

dem zweiten Opfer der Risa Angermeyer, dem Regierungsrat Angermeyer verbunden. Die niedrigen Handreichungen, die in der Betreuung des Herrn Regierungsrates neuerdings nötig sind, führt sie willig und ohne Ekel aus und denkt, wenn der Regierungsrat wieder einmal unter sich gelassen hat und sie seine ausgemergelten, schon nicht mehr menschlichen Schenkel und sein altes, fetziges Gehänge wäscht: „Wir beide. Die Ausgestoßenen." Stärker aber noch ist ihre Hoffnung: „Wie sehr wird er mich lieben, da ich mich für seinen Vater opfere."

Mit dem Herrn Regierungsrat sind Veränderungen vor sich gegangen in diesen acht Jahren. Wann beginnt die Abkehr eines Menschen von der Welt? Wann die Einengung des Gehirns, wann der Verlust aller Beziehungen zur Wirklichkeit? Freunde des Herrn Regierungsrates sind gegangen. Ein Gehirnschlag, eine Lungenentzündung, ein Magenkrebs. Eine eingeschworene Tarockrunde braucht einen neuen dritten Mann. Ein Platz am Stammtisch ist leer, und am ersten Abend nach dem Begräbnis werden keine Zoten erzählt. Langsam, in dunklem Anzug, hinter dem Sarg gehen. Die Witwe dicht verschleiert. An das offene Grab treten, Erde nachschaufeln, dem Freund nachdenken. Nein, nicht dem Freund nachdenken, der Freund ist schon nicht mehr da, sondern nur denken: „Werde ich der nächste sein?"

Irgendwann unterbleibt der geregelte Besuch im Puff zum ersten Mal, irgendwann genügt eine geringere Menge Wein, um berauscht zu sein. Haare fallen aus, stramm-feistes Bauchfett ist dahingeschmolzen, dralle Waden, prall-rosige Oberschenkel sind nie gewesen. Tagesinformation und Politik interessieren nicht mehr. Eines

Tages beschränkt sich das Gehirn auf die Frage „Was für ein Tag ist heute?" und später auf die Frage „Wie spät ist es?" Hundertmal am Tage gestellt, manchmal gefolgt von der Feststellung „Es wird Zeit für das Frühstück". Geblieben ist die Sucht nach jenen Tabletten, die die Schmerzen lindern. Sonst nichts. Oder doch?

Absurd und fremd ist das Erscheinungsbild des Herrn Regierungsrates geworden. Alle Kleidungsstücke, deren er habhaft werden kann, benutzt er, um seinen ausgezehrten Körper zu bedecken. Wirft sich einmal die Diwandecke über und dann wieder den japanischen Schlafrock der Frau Risa. Weckt die Lachlust der Gassenkinder, als er, den Hut seiner Schwiegertochter auf dem kahlen Kopf, den Schleier mit den Samtpünktchen tief über die Nase gezogen, verzweifelt versucht, die Türe seines Hauses nach einem Spaziergang wiederzufinden.

Zuweilen kommt er unvermutet aus seinem Arbeitszimmer, eine Spielkarte zwischen den Lippen oder ein Zeitungsblatt. Einmal trägt er gar einen Briefbeschwerer im Mund, eine Kugel aus dickem Glas, darin ein Bauernhaus eingeschlossen: wenn man sie neigt und wieder aufrichtet, dann schneit es, „Gruß aus Maria Zell". „Wie ein Hund", denkt die Risa Angermeyer, „wie ein Hund, der apportiert." Und kann Ekel und Grauen kaum unterdrücken.

Ohne Mühe und ohne Aufsehen hat der Herr Regierungsrat eine Gedankenwelt verlassen, in die er sich einstmals mühsam und mit viel Fleiß einlernen mußte. Nichts ist mehr wichtig für dieses Gehirn, das sich schon weit von der wirklichen Welt entfernt hat. Wieviel ist zwei mal zwei? Die Beistrichregeln. Umlaute und scharfes „ß". Nichts davon zählt mehr, nichts davon ist mehr wichtig.

Mein Gott, all die Mühe, um einstmals das Gehirn mit griechischer Mythologie, den lateinischen ut-Regeln, den französischen Präpositionen, den Gedanken der großen Philosophen auszustatten! Und keine Spuren mehr von der Ordnung der Welt in dem alten, verkalkten Gehirn. Keine Regeln mehr, keine Anstandsregeln, keine Bekleidungsvorschriften und nicht die Kenntnis, welchen Wein man zu welcher Speise servieren muß.

Unbeantwortete Fragen bleiben unbeantwortet, werden nicht mehr gestellt. Die Frage, weshalb der Herr Rgierungsrat auf der Beamtenleiter nicht weiter hochgekommen, sondern in Pension geschickt worden ist. Die Frage, weshalb der einzige Sohn eines noch immer kaisertreu fühlenden Beamten ein illegaler Nazi geworden ist, sich diesen geistig ungewaschenen, dummen, widerwärtigen Lümmeln angeschlossen hat. Und auch die Frage, weshalb es nicht möglich war, zu dem einzigen Menschen, mit dem man ständig zusammengelebt hat, den man geliebt und begehrt hat, dessen Dame-Risa-Schönheit man bewundert hat, in diesen langen Jahren zu finden. Gestellt wird nur mehr die Frage: „Wie spät ist es?", erhoben wird nur mehr die Forderung: „Kann ich meine Tabletten haben!"

Risa Angermeyer ist durch die neue, niemals erahnte Erscheinungsform des Herrn Regierungsrates in tiefes Elend geraten. Sie hat es immer gewußt, daß ihr Leben ein einziger unaufhaltsamer Abstieg war, eine ständige Verschlechterung. Doch dieser letzte Vertrauensbruch, dieses letzte Versagen eines Mannes, dem sie trotz allem gefügig und untertan gewesen ist, den sie, wenn auch immer im Bewußtsein, daß sie Anspruch auf Größeres gehabt hätte, als ihren Gebieter anerkannt hat, trifft Risa Angermeyer unvorbereitet, ungewappnet, wehrlos. Sterben? Doch nicht so. Ein Mann stirbt auf dem Schlachtfeld, in Erfüllung seiner Pflicht. Aufrecht, furchtlos, und hinterläßt im Herzen der Witwe Trauer und Stolz. Die erbärmliche und lächerliche Art, wie sich Regierungsrat Angermeyer langsam aus der Welt stiehlt, ist eine letzte Schmach, die er Risa zufügt.

An diesen Mann war ihr Leben gekettet, sein Erfolg, seine Würde waren ihr Erfolg und ihre Würde. Es war wenig genug, was dieser Mann ihr geboten hat. Ihr, der Dame Risa, der es zugestanden wäre, die Königin der Redouten zu sein, die erste Dame der Turniere, die huldvolle Generalin bei Paraden, die freigiebige Trösterin der Armen. Es war wenig genug, aber immerhin. Ein Rang, eine Stellung, ein Titel. Dafür, und wie sonst hätte sie auch ihr Leben in die Hand nehmen können, hat Risa demütig alles ertragen, hat sich in die Rolle der Frau geschickt, hat sich im weiblichen Gehorsam keine Verfehlung zuschulden kommen lassen. Und nun ist mit einem Schlag die Ernte ihres langen, duldenden Ehelebens auf ein greinendes, sterbendes Etwas reduziert.

Ein Haufen Knochen und schwindendes Fleisch, das kotzt, furzt und unter sich läßt, raubt ihr die letzten Früchte ihres Lebens, den bescheidensten Genuß ihrer späten Tage. Eine ehemals hochherrschaftliche Wohnung, durch den Einzug von Sohn und Schwiegertochter ohnehin nicht mehr für Gesellschaften geeignet, ist nun beherrscht von den Fragen: „Wie spät ist es?“ und „Wo sind meine Tabletten?“ und gestattet nicht einmal mehr das unschuldige Vergnügen, bei Tee und englischen Cakes ein wenig hofzuhalten.

Nach außen bewahrt Risa Haltung. Beantwortet geduldig die hundertmal gestellte Frage nach der

Uhrzeit ein hundertstes Mal, bringt willfährig Tabletten. „Mama, er hat doch gerade erst vor zwanzig Minuten... Es wird ihm schaden!" „Misch dich nicht ein. Es hat zu geschehen, was dein Schwiegervater anordnet."
Doch es geschieht immer häufiger, daß sie dem Herrn Regierungsrat, wenn er sinnlos in Risas Sachen kramt, hart auf die Finger schlägt. Und wenn er sich wieder einmal beschmutzt, dann bricht der Haß in Risa Angermeyer auf, und sie gibt die Schläge, die sie einstmals bezogen hat, zurück oder prügelt sich die Enttäuschung über den Zusammenbruch ihres Lebens von der Seele.
Rudolf Angermeyer vermeidet die Wohnung in dieser Zeit nach Tunlichkeit. „Aber versteh doch, Mama, wie kann er es ertragen, den eigenen Vater so zu sehen." Maria verrichtet alle nötigen niedrigen Arbeiten und denkt: „Dafür, daß ich das an seinem Vater tue, wird er mich wieder lieben." Und ist glücklich.
Auch der Herr Regierungsrat ist wohl nicht wirklich unglücklich. Er hat eine Wanderung in die Kindheit angetreten, nennt Risa und Maria abwechselnd „Mutter", begibt sich auch einmal leibhaftig auf die Suche, wird nach ein paar Stunden im Kohlenkeller des Nachbarhauses gefunden und erzählt, vom Kohlenstaub beschmutzt, er komme gerade von einer Geburtstagsfeier mit seinen Geschwistern. Zuweilen freilich fällt er des Nachts aus dem Bett und reißt alle durch sein kindliches Wimmern „Mutter, Mutter!" aus dem Schlaf.
Es geschieht auch anderes; Schreckliches, Unerhörtes. Wie schon so oft, hat es Maria übernommen — „Ich kann nicht, Maria, ich kann das nicht" —, den Herrn Regierungsrat zu reinigen. Kniet vor ihm, taucht den Schwamm in eine Schüssel

mit Seifenwasser, reinigt die armen, dünnen Oberschenkel. Da hält ihr der Herr Regierungsrat seine erregte Männlichkeit vor das Gesicht, langt ihr an die Brust und flüstert: „Komm schon, ich zeig dir, was ein Mann ist."
Maria weiß nicht, wie sie aus dem Zimmer kommt. Stolpert davon, kämpft gegen Übelkeit, und in ihrem Gehirn hämmert die Erkenntnis: „Das darf ich niemandem sagen. Es ist ein Gebot der Barmherzigkeit, einen Meschen nicht in dieser schrecklichen Niedrigkeit und Widerwärtigkeit bloßzustellen." Beim Mittagessen sitzt sie starr da, mit zusammengepreßten Lippen, nimmt keinen Bissen zu sich. Als aber weder Risa noch Rudolf Angermeyer ihre Appetitlosigkeit zur Kenntnis nehmen, sagt sie: „Es ist etwas geschehen, das ich nicht erzählen kann." Und berichtet den Vorfall.
Risa Angermeyer beginnt zu schluchzen, kann nicht aufhören, weint stoßweise in die Serviette, so daß Rudolf schließlich sagt: „Gott, Mama, wie kannst du das so ernst nehmen. Dergleichen ist nicht mehr als ein Reflex. So etwas kommt vor."
Wie kann Risa Angermeyer da noch sagen, daß ihr Weinen etwas anderes meint. Daß sie in diesem Augenblick ihren Mann gefunden hat, daß sie von Mitleid, von Liebe überwältigt ist, daß sie denken muß: „Nicht einmal das. Nicht einmal das. Nur Sehnsucht, nur Verlangen, nur Begehren. Keine Erfüllung. Ach, wir armen Menschen." Und wenn man sich doch ausdrücken könnte.
Am nächsten Tag schickt Risa Angermeyer nach der Köchin, die, einstmals so oft Bettgefährtin des Regierungsrates Angermeyer, nun schon lange auf dem Lande bei ihren Angehörigen lebt. Die Köchin kommt. Doch wie sollte der Herr Regierungsrat in der verwitterten alten Frau, die

in Sonntagskleid und Kopftuch angereist gekommen ist und nun unendlich verlegen im Salon sitzt, den Herrn Regierungsrat scheu von der Seite anschaut, „Mein Gott, der gnä Herr, hätt ma des glaubt, so a starker Mann, er versteht's eh nimma, wenn ma über ihn redet", wie hätte der Regierungsrat jenes dralle Stück Küchendunst und verschwitzte Herdmüdigkeit erkennen können, das ihm die Dame Risa dereinst als Ersatz offeriert hat. Er benimmt sich als Kavalier, sagt: „Nehmen Sie Tee, Gnädigste?" und „Gnädigste sind wohl eine Jugendfreundin meiner lieben Frau?", wird aber wenig später unruhig und verlangt nach seinen Tabletten.

Risa Angermeyer besteht darauf, daß der Herr Regierungsrat am nächsten Tag wenigstens die von der Köchin als Geschenk überbrachten Speisen kostet, füttert ihn eigenhändig mit fetten Würsten und Bauerngeselchtem, läßt sich durch kein „Es kann ihm doch schaden, Mama" von ihrem Liebeswerk abbringen.

Danach erkrankt der Herr Regierungsrat ernsthaft. Nichts Lächerliches und nichts Abstoßendes ist mehr an ihm, nichts Fremdes und nichts Unverständliches. Er bleibt ans Bett gefesselt, sein Gesicht, gelblich-durchsichtig, hebt sich kaum von den Kissen ab, seine Züge haben die Größe und den Ernst eines Menschen, der sich auf eine Prüfung vorbereitet.

Risa Angermeyer weicht nun kaum mehr von seiner Seite, schläft neben ihm, läßt ihn auch tagsüber kaum allein. Hält seine Hand, kühlt seine Stirn, flößt ihm ein Getränk ein und flüstert wieder und wieder: „Verlaß micht nicht. Ich brauche dich doch." Und meint es.

Wochenlang dauert dieses schöne Sterben des Regierungsrates Angermeyer. Risa Angermeyer

harrt bei ihm aus, sitzt Stunde um Stunde an seinem Bett im abgedunkelten Zimmer, läßt kein Licht und keine Luft herein, obwohl die erste Märzsonne schon wärmt, und teilt seine Wartezeit.
„Ich bin beinahe schon so wächsern im Gesicht wie dein Vater", sagt Maria Angermeyer und hofft, daß Rudolf endlich ihre Aufopferung zur Kenntnis nehmen wird. „Ja, du bist blaß", sagt Rudolf gleichgültig. Seine Gedanken sind anderswo. Nicht der sterbende Vater, nicht die versteinerte Mutter und nicht die Krankenschwesterblässe seiner Frau kann den Triumph dämpfen, der sein Herz erwärmt. Ein errechneter chemischer Prozeß hat stattgefunden.
Der Anschluß Österreichs ist erfolgt. Ah, wie gut das tut, wenn man endlich die Stellung einnimmt, die einem von jeher zugekommen ist. Diese satten Bürger, die ihm, dem Rudolf Angermeyer, durch ein Abstauben ihrer makellosen Winterröcke, durch das Im-Mund-Behalten der Zigarre, durch um Sekunden zu langes Zögern, wenn sie ihm für den Gruß dankten, ihre Verachtung gezeigt haben. Diese Philister, die es nur darauf abgesehen hatten, seine Existenz zu vernichten. „Sie müssen verstehen, Doktor Angermeyer. Gerne, und besonders dem Herrn Papa zuliebe. Aber die Zeiten sind schwer, es ist kaum möglich, das angestammte Personal zu halten. Und bei Ihnen scheint doch eine gewisse Interesselosigkeit ..." Wie sie nun buckeln, wie sie schon immer dafür gewesen sind, wie sie, feige und kriecherisch, die Überlegenheit des Rudolf Angermeyer anerkennen. Wie sie ihm nun, da sich die Zeiten geändert haben, Stellung und Gehalt in ihren Firmen anbieten.
Dennoch wird er, Rudolf Angermeyer, dieser Ent-

schluß steht schon fest, seine Kräfte dem deutschen Mutterland zur Verfügung stellen. Österreich, das Land der geistig Ungewaschenen, wird er so rasch als möglich verlassen. Aber noch gilt es, den Sieg auszukosten. „Wenn du dich schlecht fühlst, dann geh' spazieren", sagt Rudolf Angermeyer. „Es ist durchaus unnötig, daß sich zwei Frauen für einen Sterbenden zugrunde richten."
Maria starrt ihn an, strahlt tiefste Kränkung aus. „Was hat sie denn jetzt schon wieder? Mehr kann ich doch wirklich nicht tun?"
Im übrigen hat Rudolf keine Zeit, den Baldriangeruch und das unausbleibliche „Mir ist gar nicht gut" abzuwarten. Es gilt, sich dem großen Aufmarsch, dem Jubelzug, dem großen Fest anzuschließen.
Maria beobachtet das Fest vom verdunkelten Zimmer aus. Kinder mit Blumen, johlende Männer, Fanfaren, hysterisch schluchzende Frauen. „Ein Volk, ein Reich, ein Führer." So viele Fahnen, so viele Uniformen. Warum hat niemand gewußt, daß die Bewegung so groß, so allumfassend ist. Allumfassend? Und warum nicht ich? Warum hat er mich nicht mitgenommen, weshalb bin ich ausgeschlossen? Wäre nicht gerade heute mein Platz an seiner Seite?
Und Baldrian-Bitterkeit erfüllt ihr Herz.
Am Tag darauf kommt das Glück zu Maria Angermeyer. Es kommt in Gestalt des Major Pacher — wo er nur die neue, schmucke Uniform herhat —, redet aus Pietät wegen des Zustandes des Herrn Regierungsrat Angermeyer mit gedämpfter Stimme, spricht dem eilfertig angebotenen Bier eifrig zu. „Wir planen eine kleine, schlichte Feier. Gedichte. Musik. Edles Wort und edler Klang. Wer wäre wohl geeigneter als Sie, liebe Frau Angermeyer. Vom Stimmaterial und von der

Gesinnung her. Wer so lange einem unserer Treuesten zur Seite gestanden ist. Wäre es wohl möglich, diese Lieder... Bis morgen...?" Wünscht „Gute Besserung" und „Eine Empfehlung an die Frau Regierungsrat", knallt die Absätze zusammen und „Heil Hitler!".
Ich? Wirklich ich? Selbstverständlich ich. Ich werde ein schlichtes Dirndlkleid anziehen, ich werde dieser Person zeigen, was deutsches Frauentum ist. Hoffentlich versteht die Mama. Doch es ist schließlich unser aller Pflicht.
Als sie am nächsten Tag den Gasthaussaal betritt — der ehemals österreichische Wirtshausgeruch nach kaltem Zigarrenrauch und abgestandenem Bier wird sieghaft von der Ausdünstung der schwitzenden Uniformträger übertönt —, zittert sie vor Erregung. Einen Schlag in die Magengrube versetzt der Auftritt der Lehrerin in einer brandneuen, maßgeschneiderten BDM-Uniform. Die Lehrerin — „du Hure, du dreckiges Weibsstück" — riecht noch immer nach billigem Parfum. Sie geht strammen Schrittes auf Maria zu, schüttelt ihr kräftig die Hand: „Ich danke Ihnen, Frau Angermeyer, daß sie eingesprungen sind. Wir deutschen Frauen müssen fest zusammenhalten. Ich habe beim Aufmarsch so gejubelt, daß meine Stimme weg ist. Einfach weg."
Dann steht Maria auf dem Podium, die Buben des Major Pacher blasen die Fanfare und schlagen die Trommel. Maria singt, die ersten Töne zittern, dann wird ihre Stimme klar und jubelnd.
„Es geht eine helle Flöte,
der Frühling ist über dem Land . . ."
Seligkeit. Das bin ich. Ich verkünde die neue, die herrliche Zeit. Alles wird gut, alles wird gut.
Donnernder Applaus. Heil-Rufe. Maria kann Rudolf nicht erkennen, doch auch er muß Zeuge ihres Sieges sein.

Der Lärm verebbt, Stille tritt ein, und Maria singt:
„Von allen blauen Hügeln,
reitet der Tag ins Land,
er reitet mit wehenden Zü-ü-ü- . . .“
und wird jäh von Risa Angermeyer unterbrochen, die die Türe des Gasthaussaales aufgerissen hat, die die Weihestunde stört und schreit:
„Er stirbt, er stirbt!“
Die Beisetzung von Regierungsrat Angermeyer findet im kleinsten Kreise statt. Rudolf Angermeyer, schmal, düster, im Promotionsanzug, führt seine Mutter. Maria folgt im rasch eingefärbten guten Kostüm. Riecht es nicht noch nach Essig? Die Damen und Herren der Beamtenschaft. „Aufrichtiges Beileid. So rasch, so unvermutet.“ Als ob sein verkalkter und lächerlicher Zustand nicht zwei Jahre lang Gesprächsthema am Stammtisch und bei Kaffeekränzchen gewesen wäre.
Tante Antonie Lemberg, an die neunzig, lang, dürr, vertrocknet. Knistern ihre Knochen oder die starre schwarze Seide? Kuß auf die Stirn: „So kommt man auseinander, mein gutes Kind.“ Der alte Bürodiener, ein winziges, devotes Männchen. Herr Ludwig, unpäßlich und der Reise nicht gewachsen. Schickt ein Telegramm: „Zutiefst erschüttert“. Schlagfüßiges, blau-rotes Hundertkilo-Keuchen des besten Freundes Gisevius am offenen Grab. Er wird doch nicht? Und ausgerechnet am Friedhof!
Leicht wiegen die sterblichen Überreste des Herrn Regierungsrat Angermeyer. „Tausende Liter Wein, Tausende Kilo Salami haben nicht mehr erzeugt als ein Häufchen Vogelknochen und eine Handvoll vertrocknete Haut“, denkt Risa Angermeyer.
Leicht wiegt auch das, was vom Herrn Regie-

rungsrat bleiben wird. Verweht sind ein paar korrekte Beamtengedanken, verweht die markigen Biertischsprüche und das zotige Männerlachen. Verweht die schmerzliche Sehnsucht nach der unerreichbaren Dame Risa und die ohnehin als ungehörig empfundene Lust der Köchin „Was machen S' denn, Herr Regierungsrat, die Gnädige wird uns hören." Was bleibt, ist die magere Witwenpension, ein schwarzes Band um ein braunstichiges Photo und ein immer fremd gebliebener Sohn, zu dem sich nicht einmal die übliche männliche Pissoir-Verbundenheit eingestellt hat. Risa Angermeyer, Klosterschülerin und Rosenkranz-Besitzerin, sucht krampfhaft in Gedanken die Worte des Vaterunser, kann sie nicht finden und denkt: „Drüben rechnet man wohl ganz anders. Wir zählen falsch. Das muß es sein."
Dann geschieht etwas Merkwürdiges. Zwei SA-Männer, wo die wohl alle die Uniformen her haben, treten mit ruhig-festem Schritt an das offene Grab, legen einen riesigen, viel zu großen Kranz nieder.
Schon intoniert ein dumpfer SA-Chor: „Ich hatt' einen Kameraden ...", senkt eine Männerfaust die Hakenkreuzfahne. Risa Angermeyer glaubt kurze Zeit, daß diese Darbietung der geschmacklose, aber gut gemeinte Ausdruck einer verspäteten Zuneigung ihres Sohnes Rudolf ist. Doch dann ist die Verwirrung der SA-Mannen augenscheinlich. Eine Verwechslung hat stattgefunden, zu viele Helden der Bewegung gilt es in diesen Tagen zu ehren.
Als Risa Angermeyer begreift, daß der Herr Regierungsrat durch einen teuflischen Irrtum zu pseudomilitaristischen Trauerbezeugungen gekommen ist, überfällt sie unbändige Lachlust, sie zuckt hysterisch unter dem dichten, schwar-

zen Schleier, schnappt keuchend nach Luft, ihr Zwerchfell verkrampft sich, sie ist dem Gelächter hilflos ausgeliefert. Ihr exaltiertes Betragen wird von allen Anwesenden als fassungsloser Schmerz ausgelegt und bildet noch lange danach ein mit Hochachtung behandeltes Gesprächsthema.
Risa hat den Arm ihres Sohnes schon lange losgelassen, sucht nun, lachtränenblind, Stütze bei der Schwiegertochter und flüstert: „Rasch, führ' mich weg. Ich glaub', ich hab' in die Hose gemacht."
Maria Angermeyer begreift nichts, legt einmal mehr ihr keusches, jungfräuliches Maßband an und denkt: „Diese Frau ist ein abscheuliches Untier."

Essen und Trinken

Es gibt Regeln, die man unter allen Umständen beachten muß. Das sagt einem der gesunde Menschenverstand. Ein Friedhof ist nicht der Ort, an dem man lachen darf. Es ist verboten, an einem offenen Grab zu lachen, auch wenn einem danach zumute sein sollte.

Meine Schwiegermutter hat sich immer mit ihrer guten Erziehung gebrüstet. Sie war stolz darauf, daß sie die Regeln des Rosenkranzes kannte. Dennoch hat sie am offenen Grab meines Schwiegervaters gelacht. Ich habe damals gute Lust gehabt, sie darauf aufmerksam zu machen, daß sie gegen die gute Sitte verstoßen hat. Das hätte dieser Frau gebührt. Ich habe immer gewußt, was an dem einen Ort schicklich ist und was an dem anderen. Das sagt einem der gesunde Menschenverstand.

Selbstverständlich merkt es der Tote nicht mehr, wenn an seinem Grab gelacht wird. Dennoch ist es ein Akt der Pietätlosigkeit. Ich bin froh darüber, daß ich allein bin. Denn es wird niemanden geben, der an meinem Grab lachen könnte.

Mein Schwiegervater hat seinen Tod selbst verschuldet. Er hätte begreifen müssen, daß ihm die schwere Kost, die meine Schwiegermutter ihm gegeben hat, um ihn zu ermorden, nicht bekommen wird. Doch er hat sich von seiner Gier leiten lassen. Gier ist eine sehr niedrige menschliche Eigenschaft. Ich bin nie gierig gewesen. Ich habe immer gewußt, daß man sich um die Freude und den sinnlichen Genuß bringt, wenn man der niedrigen Gier nachgibt.

Es gibt Menschen, die sogar in der äußersten Einsamkeit den Tisch hübsch decken. Sie arrangieren edles Porzellan und Silbergerät, sie schmük-

ken ihre Tafel mit Blumen, bevor sie ihr Mahl einnehmen. Solche Menschen sind in den Büchern beschrieben. Sie bewahren unter allen Umständen Haltung, und es kann nie geschehen, daß ein anderer Mensch ihre Gier benutzt, um sie umzubringen.
Durch Selbstbeherrschung unterscheidet sich der Mensch vom Tier. Das sagt einem schon der gesunde Hausverstand. Es genügt aber nicht, sich zu beherrschen. Man muß auch die Hinweise verstehen. Seit ich nicht mehr gezwungen bin, mein Gehirn in den Raster ihrer waagrechten und senkrechten Gedanken zu pressen, sehe ich klarer und verstehe die Hinweise besser. Die schamlose Art, wie meine Schwiegermutter unter dem Deckmantel des weiblichen Gehorsams und der Nächstenliebe und Wohltätigkeit meinen Schwiegervater ermordet hat, ist ein Hinweis.
Ich weiß, daß es klug und richtig ist, das Essen, das mir die Frau mit den bösen und starken Händen bringt, nicht zu mir zu nehmen. Manchmal kommt diese Frau und bringt in einem Blechgeschirr lieblos zubereitete und lauwarme Speisen. Sie öffnet den Deckel, der mit zwei Blechspangen am Napf befestigt ist. Der Speisengeruch bereitet mir Übelkeit. Die Frau packt mit ihren starken Händen den Löffel. Es ist ein dünner Löffel mit scharfen Kanten, so daß er die Lippen verletzen kann, wenn man sich weigert, den Mund zu öffnen, und wenn diese Frau mit aller ihr zur Verfügung stehenden Kraft den Löffel gegen die Lippen preßt.
Ich widerstehe der Verlockung des Blechgefäßes, dessen Glanz mich an eine ungemein kostbare Kugel erinnert, die ich als Kind besessen habe. Ich widerstehe den Befehlen der Stimme, die zu mir sagt: „Kommen Sie, Frau Angermeyer, wir

müssen essen." Und herrisch: „Mach schon endlich den Mund auf, Mutti. Ich muß heute noch viele Mäuler stopfen!" Ich deute den widerwärtigen Geruch der Speisen richtig und den harten Griff einer bösen Hand, die mich an der Schulter packt, und die Schmerzen, die der scharfkantige Löffel meinen Lippen zufügen will. Ich verstehe die Hinweise, und ich begreife, daß man sich nicht immer einem fremden Willen fügen muß. Ich würde gerne noch sagen: „Was erlauben Sie sich! Wissen Sie denn nicht, wer ich bin?" Aber ich begreife, daß diese Person den Augenblick, in dem ich die Lippen öffnete, um zu reden, nützen würde, um mich zu ermorden.

Manchen Zwängen muß man sich dennoch fügen: Wenn eine alte Frau ihr Einkaufsnetz viele Stufen bis zu ihrer Wohnung tragen muß, dann ist diese alte Frau so erschöpft, daß sie die verbrauchten Energien umgehend ersetzen muß. Diese alte Frau kann sich daher nicht mehr die Zeit nehmen, um die eingekauften Lebensmittel ordentlich auszupacken. Sie kann nicht mehr den Tisch decken und Kultur zeigen, indem sie edles Tafelgeschirr, Silbergerät und Blumen gefällig ordnet. Diese alte Frau ißt Brot und Wurst im Stehen. Gierig aus dem Pergamentpapier. Sie stützt sich gegen den Tisch, auf den sie das Einkaufsnetz gelegt hat, achtlos, obwohl sie das schöne Grün der Samtdecke liebt.

Die alte Frau will aus der Nahrung Kraft schöpfen. Ihre Zähne kauen mühsam die resche Rinde des Brotes. Der Geschmack der Wurst tröstet die alte Frau, er setzt ihren Verdauungsapparat in Gang, so daß Speichel ihre Mundwinkel glänzt. Die alte Frau bemerkt nicht, daß ein Teil der gekauten Speisen Zähne und Gaumenplatte des Gebisses verklebt. Sie bemerkt nicht, daß Speisereste den Kragen ihres Mantels beschmutzen, obwohl diese alte Frau sorgfältig auf ihr Äußeres bedacht ist und Wert auf eine gepflegte Erscheinung legt. Der Zwang, die verlorenen Kräfte mit Hilfe der Nahrungsaufnahme ersetzen zu müssen, trübt die Aufnahmsfähigkeit dieser alten Frau für Vorgänge innerhalb ihrer Umgebung. Das ist eine Demütigung für diese alte Frau.

Schlimmer noch ist die Demütigung, die der Körper kurz nach der Nahrungsaufnahme der alten Frau zufügt. Die Eingeweide wollen die gierig und unter entwürdigenden Umständen aufgenommene Nahrung nicht behalten. Die alte Frau muß sehr rasch die Toilette aufsuchen. Schmerzen zerschneiden den Leib der alten Frau, sie findet nicht mehr Zeit, den Mantel abzulegen, ihre Entleerungen sind dünn und farblos. Danach hat die alte Frau Angst.

Es ist auch eine Entwürdigung, daß die Toilette außerhalb meiner Wohnung liegt und ich genötigt bin, in den kalten Winternächten meine Wohnung zu verlassen. Es ist eine Entwürdigung, daß meine klammen Finger den Lichtschalter nicht finden können. Es ist eine Entwürdigung, daß mir der kalte Nachtwind, der durch die zerbrochenen Fensterscheiben streicht, Furcht einflößt. Es ist eine Entwürdigung, daß ich, wenn ich mich in der Toilette eingeschlossen habe, angstvoll nach draußen hören muß, ob sich nicht währenddessen fremde Schritte meiner Wohnungstüre nähern.

Deshalb muß man begreifen, daß man sich nicht immer einem fremden Willen unterordnen muß, und man muß die Hinweise deuten können.

Heute habe ich einen neuen Hinweis bekommen. Seit langer Zeit kaufe ich schon in ein und demselben Geschäft ein. Ich habe immer Wert

auf gute Bedienung und achtungsvolle Behandlung gelegt. Man ist es seiner Selbstachtung schuldig, daß jene Menschen, bei denen man kauft, einen mit der gebührenden Achtung behandeln. Schließlich habe ich immer bar bezahlt und bin nie etwas schuldig geblieben. Dafür darf man erhöhte Aufmerksamkeit erwarten. Und kleine Annehmlichkeiten. Mein Kaufmann hat mich immer davon in Kenntnis gesetzt, wenn er besondere Qualität anzubieten hatte.
Er hat meine Neigungen und meine Vorlieben gekannt. Auch sein Umgangston ließ nichts zu wünschen übrig. So pflegte er zu sagen: „Diese Wurst ist nichts für Sie, gnädige Frau. Die unmäßige Verwendung von Knoblauch läßt diese Wurst als ungeeignet für eine Dame erscheinen." Solche Empfehlungen waren immer frei von irgendwelchen frivolen Anspielungen, denen man leider als alleinstehende Frau nicht immer entgehen kann, sondern sie waren getragen von äußerster Hochachtung.
Es ist sehr wichtig, daß einem jemand sagt, was gut und was nicht gut ist.
Zwischen dem Kaufmann und mir ist eine Beziehung entstanden. Manche Waren, die er seinerzeit auf Lager hatte und die sich für mich als unbekömmlich erwiesen haben, hat der Kaufmann nicht mehr geführt. Es war so, daß der Kaufmann sein Warensortiment nur mehr auf meine Wünsche abgestimmt hat. Es war so, als wäre ich die einzige Kundin des Kaufmannes.
Er war diskret und taktvoll genug, niemals unsere beiderseitige Abhängigkeit zu erwähnen. Im Gegenteil. Er verfiel sogar darauf, immer häufiger zu erwähnen, daß er sein Geschäft schließen wolle und deshalb einzelne Waren auslaufen lasse. Ich habe durchschaut, daß er das nur

macht, um mir nicht ins Gesicht sagen zu müssen, daß Kaffee oder Erdbeermarmelade nicht mehr gut für mich sei. So sagte er nur: „Erdbeermarmelade führe ich nicht mehr. Ich habe sie auslaufen lassen."
Ich pflege meine Besorgungen einmal wöchentlich zu machen. Das hat sich als vernünftig erwiesen. Ich war immer vernünftig. Vernünftiger als mein Mann, der oft nicht einmal gewußt hat, was er ißt, weil sein Gehirn mit chemischen Formeln übersättigt war. Als ich vorige Woche den Kaufmann aufsuchte, schaute er mich streng und zugleich gütig an und sagte: „Morgen mache ich endgültig zu, gnädige Frau. Dann werden Sie im Supermarkt einkaufen müssen."
Da zwischen dem Kaufmann und mir immer ein stummes Einverständnis bestanden hat, wußte ich sofort, daß er das nicht ernst meinte. Ich habe einmal ein Buch gelesen, in dem beschrieben wurde, wie eine alte Frau im Supermarkt einkauft.
Der Supermarkt liegt auf der anderen Straßenseite. Wenn man zum Supermarkt gelangen will, muß man die Straße überqueren. Es ist verboten, die Straße zu überqueren. Die alte Frau ist eine dumme alte Frau. Das Alter hat sie taub und unempfindlich für die Hinweise gemacht. Die alte Frau ist eine störrische alte Frau, die die Verbote mißachtet und deshalb eine Belästigung für die Umwelt ist.
Obwohl die Aufseher unablässig mit schnellen und starken Wagen die Straße auf und ab fahren, um das verbotene Überqueren der Straße zu verhindern, gelingt es der alten Frau, auf die andere Straßenseite zu gelangen. Sie entkommt den Autos, die Jagd auf sie machen, sie überhört das mahnende Hupen der Aufseher und das Aufheu-

len der Motoren. Weil die Aufseher die Atemluft mit giftigem Gas verpesten, hält die alte Frau den Atem an.
Geschickt wie ein Hase entkommt sie den Wächtern. Als sie sich, sie ist schon fast auf der gegenüberliegenden Straßenseite angelangt, durch eine heftige Bewegung vor den Jägern in Sicherheit bringen muß, übertritt sie ein zweites Verbot: Sie steigt in den Rasen, obwohl das streng untersagt ist. Die alte Frau ist erschöpft, sie ringt nach Luft, sie hält keuchend inne. Es ist ihr nicht mehr möglich, ihren Körper unter Kontrolle zu haben. Sie verlagert ihr gesamtes Körpergewicht auf jenes Bein, mit dem sie den Rasen betreten hat. Dabei sinkt ihr Fuß tief in das Erdreich. Der Schuh der alten Frau wird beschmutzt. Die ungewollte Körperhaltung macht die Schmerzen in den Hüften, unter denen die alte Frau zu leiden hat, frei. Als sich die alte Frau bückt, um ihren Schuh zu reinigen, spürt sie Schmerzen an der Schulter. Der Träger ihres Unterhemdes schneidet in das schlaffe, müde Fleisch, das gerade dort Druckstellen von einer bösen, starken Hand hat. Die Schmerzen sind noch nicht die Strafe für die Übertretung des Gesetzes. Als die alte Frau den Supermarkt betritt, dröhnt Musik in ihre Ohren. Die alte Frau begreift, daß diese Musik für alle anderen Menschen einschmeichelnd und süß klingt, während sie ihr als Höllenlärm erscheint. Dennoch versucht die Alte, einen drahtgeflochtenen Einkaufskorb zu erobern. Doch schon an der Drehtüre aus Stahl wird sie immer wieder zurückgestoßen. Menschen, für die andere Gesetze gelten, drängen an der alten Frau vorbei.
Endlich schlüpft die Alte durch eine Lücke, steht vor Regalen, die von Waren überquellen. Es sind Waren aus fremden Ländern, die der Alten unbe-

kannt sind. Das Buch, in dem beschrieben wurde, wie die Alte versuchte, zu Nahrungsmitteln zu gelangen, muß ein sehr gutes Buch gewesen sein.

Der Schriftsteller hat es verstanden, durch sorgfältige Wahl der Worte die Gefühle der alten Frau plastisch zu schildern. Ich erinnere mich besonders deutlich an jene Passage, in der beschrieben wird, wie die Alte vor dem Obststand steht. Die Alte weiß, daß Obst gesund ist und vitaminreich. Sie hat das in der Schule gelernt und immer wieder gehört. So versucht sie, an den Obststand des Supermarktes heranzukommen, weil sie etwas für ihre Gesundheit tun will.

Auch hier wird sie von anderen Einkäufern zurückgedrängt. Mütter mit kleinen Kindern stoßen sich an der alten Frau vorbei. Die Kinder sitzen auf einem geflochtenen Drahtsitz, der sich mit einem Handgriff aufklappen läßt und eine kundenfreundliche Vorrichtung an den Einkaufswagen darstellt. Die Mütter drücken den kleinen Kindern Bananen in die Hand, zerteilen die makellos gelbe Schale am oberen Ende und schälen die Frucht.

Die Kleinen stopfen das weiche Fruchtfleisch in ihre gierigen Münder. Sie bewältigen die dargebotene Fülle kaum, der süße Brei verschmiert die rosigen Mundwinkel und wird bräunlich und ekelhaft. Zuweilen bricht auch ein Stück Banane ab, fällt zu Boden, bleibt dort liegen, wird aber, bevor sich die alte Frau danach bücken kann, von tadellosen, jungen, harten Schuhen zermalmt.

Die alte Frau steht da, sie ist dem süßen Geruch der Früchte hilflos ausgeliefert, sie kann die Gier ihres Körpers nicht beherrschen, ihre Nüstern weiten sich und nehmen den Duft auf, und Speichel glänzt ihre Mundwinkel. Obwohl die alte

Frau die Süchte ihres Körpers stillen möchte, ist sie dankbar, daß immer wieder andere Käufer an ihr vorbeidrängen und sie zurückstoßen. Denn die alte Frau weiß, daß sie, käme sie an die Reihe, die Namen der Früchte nicht zu nennen wüßte.
In den Regalen sind Obstsorten gestapelt, die der alten Frau unbekannt sind. Tiefe Scham darüber, daß sie es versäumt hat, sich über die Namen der Früchte aus fremden Ländern zu informieren, erfüllt die alte Frau. Manche Früchte kommen ihr bekannt vor. Sie glaubt, Erdbeeren oder blaue Trauben zu erkennen. Doch die alte Frau, die noch vor wenigen Augenblicken in Hast und Angst über die Straße geeilt ist und dabei beobachtet hat, wie ihr Atem durch die Kälte sichtbar geworden war, begreift, daß sie einer Täuschung erliegen soll. Sie ahnt, daß der Früchtestand nicht wirklich ist, sondern daß man ihr ein Paradies vorgaukeln will, das es zu dieser Jahreszeit nicht geben kann.
Während ich an dieses Buch zurückdenke, habe ich die Farbenpracht des Obststandes noch deutlich vor Augen. Ich sehe die verschwenderische Fülle vor mir, ich bin von dem makellosen Glanz der Früchte wie geblendet. Die prallen, kraftvollen Farben dringen durch meine weitgeöffneten Augen in mein Gehirn und ergreifen von meinem Körper Besitz. Manche Früchte ähneln solchen, die ich gekannt habe: saftig-süße Orangen, Zitronen von leuchtendem Gelb, lackrote, glänzende Kirschen, tiefblaue Weintrauben mit silbernem Glanz, hellgelbe Birnen, üppig flammende Pfirsiche und purpurne Erdbeeren. Dazwischen Nüsse von ungeahnter Größe, deren harte, makellose Schale poliert ist, und Früchte, die ich nicht benennen kann. Bizarre, unbekannte Formen, Ahnung von nie gekostetem

Wohlgeschmack. Die ganze Schönheit dieser Erde liegt vor dem Betrachter ausgebreitet, verschwenderisch geordnet, absichtsvolle Überfülle, als habe ein Gott die hungernden Menschen beschenken wollen.
Während ich dies alles deutlich vor Augen habe, hasse ich meinen Körper, weil er sich von einem Trugbild narren läßt, weil mein Gaumen nach dem Wohlgeschmack der Früchte verlangt, weil meine Mundhöhle und mein ganzes Inneres sich nach dem süßen Brei sehnt und weil mein Mund speichelt wie das Maul eines Tieres.
Während ich dies alles deutlich vor Augen habe, denke ich, daß ich die Beschreibung, wie eine alte Frau im Supermarkt einkaufen will, vielleicht doch nicht gelesen habe. Ich muß einen Film darüber gesehen haben. Oder kann man Farben lesen?
Es sollte verboten sein, solche Filme zu machen. Ein Film soll die Würde der Menschen nicht verletzen. In jenem Film, den ich gesehen habe, wurde die Würde der alten Frau verletzt.
Die alte Frau stand lange vor dem Obststand und war so betäubt von der Schönheit und dem Duft der Früchte, daß ihr Atem, der auf der Flucht vor den Wächtern hastig und stoßweise gekommen war, sich beruhigte, und daß sie die Stöße, die ihr die anderen Menschen mit den Einkaufswagen versetzten, nicht spürte. Dann aber ließ sich der Körper der alten Frau von dem Trugbild narren.
Die Alte, von Gier überwältigt, wagte sich näher an den Obststand heran. Ihre Augen waren so von den Farben geblendet, daß sie das Schild „Hier keine Selbstbedienung“ übersah. Auch zweifelte die Alte, der Sehnsucht ihres Körpers zum Trotz, noch immer, ob sie wirkliche Früchte vor sich habe. Deshalb streckte sie zaghaft eine

Hand aus und betastete eine Frucht, die sie an die Äpfel ihrer Kindheit erinnerte.
Die Hand der Alten war sehr häßlich, die Finger gichtverkrümmt, die Fingernägel schwarzumrändert, die Haut faltig und fleckig. In dem Augenblick, als die Alte die Frucht berührte, erschrak sie selbst über den Gegensatz zwischen der häßlichen Hand und der ausgesucht schönen Frucht. Es hätte der schrillen Stimme nicht mehr bedurft, um der Alten bewußt zu machen, daß sie etwas Verbotenes getan habe.
Die schrille Stimme schrie: „Ekelhaft, das ist ekelhaft! Soll man vielleicht für Ware sein gutes Geld hinlegen, die so eine angegriffen hat?! Womöglich werden die Kinder noch krank davon!" Alle Leute schauten daraufhin die alte Frau an, wie sie so dastand und mit ihren häßlichen, alten Händen die Frucht berührte.
Dann wies die Verkäuferin die alte Frau zurecht, packte sie an der Schulter, dort wo der Griff einer bösen, harten Hand sehr schmerzt, und schob die alte Frau, die nichts zu begreifen schien, weit weg von den verbotenen Früchten.
Dieser Film ist ein Hinweis gewesen. Dennoch dürfte man solche Filme nicht zeigen, um die Würde der Menschen nicht zu verletzen.
Ich selbst verstehe die Hinweise, weil ich einen raschen Verstand habe. Ich würde mir aber wünschen, daß alle Menschen diese Hinweise verstehen. Niemand könnte mehr die Gier und den Hunger benützen, um ein niedriges und gemeines Spiel mit den Menschen zu treiben.
Gleich nach Kriegsbeginn hat sich der Kropacek, obwohl er Dentist war, an einer Fleischhauerei beteiligt. „Fleisch ist die einzige krisenfeste Währung", hat er erklärt. Angeblich hat er Ärzte mit Fleisch bestochen, daß sie die Leute untauglich

schreiben sollen. Wie ich das erfahren habe, habe ich mich vor ihn hingestellt und nur ganz kalt und arrogant gesagt: „Wir alle müssen hungern, doch es ist für eine große Sache. Im Hinterland ist es schlimmer als an der Front. Alle sagen das."

Auch mein Mann hat das gesagt. Als er zur Rüstungsindustrie ging, er war natürlich UK gestellt, schaute er mich an und sagte: „Ich vertraue dir meine Mutter an. Ich weiß, daß ich mich auf dich verlassen kann." Damals war ich sehr glücklich.

Alles wäre anders gekommen, wenn wir den Krieg gewonnen hätten.

Der Krieg hat meine Ehe zerstört.

Mein Mann ist stolz auf mich gewesen. Ein Mann hat auch das Recht, auf seine Mutter stolz zu sein.

Meine Schwiegermutter hat nur Angst gehabt. Sie hat sich würdelos benommen, und ich hatte oft gute Lust, ihr zu sagen: „Warum hast ausgerechnet d u Angst vor dem Sterben. Du kennst den Rosenkranz, du könntest dich darauf freuen, ins Paradies zu kommen."

Jede Nacht mußte ich mit ihr zu dem großen Gemeinschaftsbunker rennen, weil sie den Keller unseres Hauses für zu wenig sicher hielt. Ich bin nie mit in den Bunker. Ich wollte unter freiem Himmel sein, wenn ich sterben muß. Ich hätte mich geschämt, mich so vor dem Feind zu verkriechen. Wie der Bunker bei dem letzten Angriff eingestürzt ist, waren alle Menschen darin tot.

Ich habe schon damals mein Leben selbst in die Hand genommen. Man muß sein Leben selbst in die Hand nehmen, und man muß die Hinweise verstehen.

Ich fühle mich leicht und frei. Mein Körper ist nicht mehr belästigt durch die Mühe der Nah-

rungsaufnahme. Die Beschämung und Demütigung des Verdauungsprozesses wird mir nicht mehr zustoßen. Mein Körper ist leicht, auch die Druckstellen auf der Schulter schmerzen nicht mehr. Sie sind belanglos.
Ich glaube, daß die Zeit zu Ende geht. Weder die böse Frau noch der Aufseher noch der Hausherr werden wiederkommen.
Ich gehe in meiner Wohnung auf und ab. Meine Wohnung gehört mir, ich darf mich an den schönen Gegenständen darin erfreuen.
Der Kropacek und meine Schwiegermutter haben versagt.
Ich habe mir einen Staubsauger gekauft. Wenn man sich das Leben erleichtern will, muß man selbst etwas dazu tun.
Ein neuer Lebensabschnitt hat begonnen.
Ich bin stolz auf mich, und ich weiß, daß ich mit Recht stolz auf mich bin.
Ich habe mein Leben selbst in die Hand genommen.

It Never Happens Again

MAN muß sein Leben selbst in die Hand nehmen", sagt Hermi Kropacek. Es ist der einzige Satz, der ihr aussprechenswert erscheint. Hagebuttentee gesüßt mit Kandisin. Ausgeschlagene Teetassen, die die Erschütterungen der Bombenangriffe überstanden haben. Schmalzbrote. Dünn bestreichen, Schmalz wieder herunterschaben. Die Kinder sind ewig hungrig. Tee mit Kandisin und Schmalzbrote und der Satz: „Man muß sein Leben selbst in die Hand nehmen." Das ist nicht Trost genug für Maria Angermeyer. Risa Angermeyer liegt tot im eingestürzten Bunker. Tot ist der blinde Herr Ludwig, tot seine sauberkeitsbesessene Lebensgefährtin Dora. Schutt in der kleinen Provinzstadt, Schutt in der Stadt von Maria Angermeyers Kindheit.

Maria Angermeyer ist heimgekehrt. Verstoßen. Geschieden. Sitzt der Freundin Hermi gegenüber. Röhrt, schreit, schluchzt, stößt stammelnde, unmenschliche Laute aus, kann sich vor den Kindern nicht beherrschen. Eine Scheidungsverhandlung. Wer das nicht erlebt hat, weiß nichts vom Leben.

Wer das nicht gespürt hat: Die Kälte, die kühle Geschäftsmäßigkeit. Gefühle, abgehandelt in unverständlicher Sprache. Paragraphen. Geld. „Und ich habe doch geglaubt, daß er mich jetzt brauchen wird.

Er ist am Ende, es geht ihm schlecht. Er war eingesperrt so wie alle Nazi. Sein ganzes Vermögen ist beschlagnahmt. Er muß von vorne anfangen. Warum nicht mit mir? Warum läßt er sich scheiden? Ausgerechnet jetzt? Verstehst du das?"

Hermi Kropacek hat dünnen Tee und dünne Schmalzbrote für die Freundin und den Satz:

„Man muß sein Leben selbst in die Hand nehmen."
Hermi möchte gerne andere Sätze sagen: „Sei doch froh, daß du endlich diesen furchtbaren Menschen los bist. Ich habe nie verstanden, wie du bei ihm bleiben konntest, wieso du dich benommen hast wie ein geprügelter Hund, der noch die prügelnde Hand leckt. Du bist gut daran, er wird dir Alimente zahlen. Nicht viel, aber du kannst leben davon. Hat er dir wirklich etwas angetan? Er hat dir angetan, daß er so ist, wie er ist. Dafür wirst du Geld bekommen, und du wirst würdelos genug sein, dieses Geld zu nehmen. Die Huren, die du immer verachtet hast, geben kurze Lust und nehmen Geld dafür. Du wirst lebenslangen Haß geben, monatlich sich erneuernden Haß, bemessen in einer Summe Geld. Haß, zu jedem Monatsersten abgebucht von einem Konto und niemals tilgbar. Daß du dich nicht schämst."
Hermi erschrickt über ihre eigenen Gedanken: „Wie hart ich geworden bin." Sie sitzt der schreienden Verzweiflung Maria Angermeyers hilflos gegenüber. „Dieses Schwein, dieses gemeine Schwein. Ist das seine Dankbarkeit? Ich habe seine Eltern gepflegt. Seinem Vater den Hintern geputzt, seine Mutter in den Bunker gezerrt, Nacht für Nacht. Und er? Er hat herumgehurt. Ich habe ihn verloren. Diese Schlampe hat ihn mir gestohlen. Ich habe ihn verloren. Verloren."
„Verloren", denkt Hermi Kropacek. „Wie kannst du etwas verloren haben, das nie dir gehört hat. Was weißt du schon davon, was es heißt, einen Menschen zu verlieren."
Irgendwo in Rußland vermodert der Dentist Heinrich Kropacek. Eingezogen in letzter Minute

zu einer Strafkompanie. Seine hagere, ungeschickte Körperlichkeit. Seine dunkeläugigige Güte. Seine leberfleckiges Gesicht beschmiert mit Schützengrabendreck und jetzt verfaulend, verwesend. Nur nicht daran denken. Und doch nichts anderes denken können.
Nicht mehr wissen, wie er ausgesehen hat: Ein Bild mit bändergeschmückter Gitarre. „Wandervögel fröhlich singen." „Mein Gott, Hermi, das geht einen Weg, den keiner von uns gewollt hat."
Die Wärme der Gemeinsamkeit. Glück.
„Hast du gedacht, Geliebte, daß ein so winziges Kind schon niesen kann?" Lachen. Seine Bärbeißigkeit am Morgen.
„Verdammt, der Kaffee ist schon wieder zu heiß. Wenn ich an den Weisheitszahn denke, den ich heute ziehen muß, ist mir jetzt schon schlecht."
Ein Sommerabend beim Wein. „Müssen die Fratzen so laut sein?" „Ich liebe dich. Nach all den Jahren. Ich liebe dich."
Die Fassungslosigkeit.
„Man muß gegen den Wahnsinn ankämpfen. Mit allen Mitteln. Fleisch ist die stabilste Währung. Auch Ärzte müssen fressen."
Seine hagere, ungeschickte Körperlichkeit verfault irgendwo in Rußland. Und vorher Drill, Dreck, Verlust der Menschenwürde, gemeinste Schändung einer edlen Seele, Soldat sein müssen, kämpfen, töten. Ob er gefroren hat in den Nächten? Nur nicht daran denken, nur nicht daran denken. Und schon nicht mehr wissen, wie er ausgesehen hat.
„Man muß sein Leben selbst in die Hand nehmen", sagt Hermi Kropacek. Und meint sich selbst damit.
Mit einer bittenden Handbewegung scheucht sie die Kinder, die voll Interesse die unbeherrschte

Fassungslosigkeit der Maria Angermeyer mitangeschaut haben, ins Nebenzimmer. Sie gibt ihnen die Schmalzbrote mit, diese Kostbarkeit, nach der sich die ewig hungrigen Mägen der Kinder gesehnt haben und die von Maria Angermeyer mit schmutzigen, abgebrochenen Fingernägeln achtlos zerstört worden sind.

„Morgen", sagt Hermi Kropacek, „bin ich zu einer Tanzveranstaltung eingeladen. Da nehme ich dich mit."

Maria macht einen letzten Versuch, sich in die Verzweiflung zu flüchten. Gekonnte Bitterkeit, Arroganz des Leidens. „Du weißt nicht, wovon du redest. Eine Tanzveranstaltung. Nach dem, was ich durchgemacht habe." Und doch keimt neue Hoffnung in ihr, als sie begreift, daß sie weiterleben wird. „Jetzt verstehe ich. Ja, ich verstehe. Er hat sich nur scheiden lassen, um mir die unendliche Erniedrigung, die er durchleben muß, zu ersparen. Er wollte mich nicht mit in den Dreck ziehen. Das waren seine wahren Motive. Das der Grund für seine Kälte, der Grund dafür, daß er mich im Gerichtssaal nicht ein einziges Mal angesehen hat, daß er seine Blicke hinter blitzenden Brillengläsern versteckt hat, daß er sechzehn Jahre Gemeinsamkeit mit Hilfe seines Anwaltes und mit Hilfe von Paragraphen, die ich nicht verstehe, getilgt hat, als wären sie nie gewesen. Er konnte mit mir nicht mehr reden, er mußte die Barriere der Fremdheit zwischen uns errichten. Ich verstehe, ich verstehe."

Als sie sich nun an diesen Strohhalm klammert, kommt die unvermeidliche Feststellung: „Ich kann nirgends hingehen. Schau mich doch an, wie ich aussehe. Nicht in diesem Zustand zu einer Tanzveranstaltung."

Hermi kühlt verschwollene Augenlider, befiehlt

Maria wie einem Kind, sie möge sich die Fingernägel bürsten. Hermi hat, und das ist außergewöhnlich, sogar Lippenstift und Seidenstrümpfe. Und ein Kleid.
„Da“, sagt Hermi und zieht aus einem Schrank ein rotseidenes Kleid mit glänzenden Metallplättchen. Maria streicht über das Kleid. „Mein Gott, das war in unserer Jugend modern. Wie heißen die . . .?“ „Pailetten“, sagt Hermi. „Du wirst es nicht glauben, aber das Kleid war in einem Care-Paket aus Amerika. Wissen möchte ich, was sich die Spenderin dabei gedacht hat.“
Am nächsten Tag ist Maria wie vor den Kopf geschlagen, als sie hört, daß es sich bei der Tanzveranstaltung um eine Party mit Besatzungssoldaten handelt. Tonlose Entrüstung, Zerren an dem rotseidenen Kleid: „Nein, das nicht. Ich, eine deutsche Frau. Weißt du denn, was du aus mir machen willst? Eine Engländer-Hure!“ „Ja“, sagt Hermi und denkt: Wie soll ich dir erklären, daß mein Körper noch jung ist, daß mein Körper vergessen will, daß mein Körper tanzen will, die Wärme eines anderen Menschen spüren, daß meine Kehle lachen will und daß meine Hände Trost brauchen? Was mit dem Heinrich Kropacek war, das verfault irgendwo in Rußland. Das wird nie mehr sein. Nicht seine dunkeläugige Güte, nicht seine hagere Körperlichkeit. Das wird nie mehr sein. Nur nicht daran denken. Und nichts anderes denken können. Sein leberfleckiges Gesicht, besudelt vom Schützengrabendreck. Ob er gefroren hat in den Nächten?
„Ja. Und?!“, sagt Hermi. „Die Kinder bekommen Schokolade. Cadbury. Die Kinder haben vorher noch nie Schokolade gegessen. Bin ich halt eine Engländer-Hure.“ Sie zerrt Maria hinter sich her. Maria in rotseidenem Kleid mit glänzenden Pail-

letten. Maria mit stark geschminkten Lippen. „Eine deutsche Frau schminkt sich nicht. Und überhaupt bekomme ich Fieberblasen davon." Maria, die denkt: „Ich muß hinunter in den ärgsten Dreck. Auch er ist gedemütigt, auch er ist ganz unten. In der Erniedrigung werden wir uns wiederfinden."
Maria, die schon von Erregung ergriffen ist. Ob einer mit mir tanzen wird? Ob ich Ballkönigin sein werde? Ich war einmal das hübscheste Mädchen vom ganzen Bezirk. Was ist, wenn ich die Tanzschritte nicht kann?
Eine lärmerfüllte Baracke. Rauchschwaden. Chesterfield und Lucky Strike. Kakhi-bekleidete Männlichkeit. Dosenbier. Whisky aus flachen Flaschen in der Hosentasche. Weiße Gamaschen über dicksohligen Lederschuhen. Käppis mit Federbüschen. Alte Wirtshaussessel an den Wänden aufgestellt, die Wände mit hygienischer Ölfarbe beschmiert. Kaugummi, Schokolade. Ein Grammophon. Donkey-Serenade. „There's a song in the air, but the sweet senorita . . ." Das Kratzen der Schuhnägel auf dem rauhen Bretterboden.
Um Maria kümmert sich keiner. Sie sitzt verkrampft in eine Ecke gedrückt. Glaubt zu spüren, daß alle jungen Frauen schuldbewußt sind, einander nicht in die Augen sehen können. Einer kommt und fordert Maria auf. Marias Körper wehrt sich, sie stolpert steif, kann den Rhythmus nicht finden. Zurück zum Sessel. Haken zusammenschlagen, Verbeugung. Ringsum Gelächter. Befreites Stampfen im Rhythmus. Aneinanderschmiegen. Nicht mehr ans Sterben denken, nicht mehr ans Töten. Ungeschickte Versuche, Englisch zu sprechen. „Cor bly me guv — that means in Cockney ‚God make me blind'. Say it, try it. You must say it to a taxi-driver, when you come to London." Lachen.

Es kommt einer mit Sommersprossen und roten Locken. „Come on, baby, have a drink." Zieht die Whiskyflasche aus der Tasche, öffnet den Schraubverschluß, fährt mit dem Handrücken über die Öffnung. Lacht. Maria macht einen Schluck. Wärme, die den Magen ausfüllt. Steht auf, läßt sich von mageren Armen umfassen. Langsamer Rhythmus. „Again, that never happens again . . ." Hagere Arme ziehen Maria näher. „Come on, baby. Cheek to cheek." Schweiß. Ein unbekanntes Rasierwasser. „It happens once in a lifetime . . ."
„Ich bin geschieden", denkt Maria. „Wie soll ich die Schande überleben?" „Come on, baby, have a drink." Whisky-Wärme füllt den Magen und macht den Körper bereit für den Rhythmus der Musik.
Als der Abend zu Ende geht und Lale Andersen „Vor der Kaserne" singt, haben alle Tränen in den Augen.
„Come on, baby." Maria läßt sich willenlos ins Freie führen, spürt einen hageren Arm um ihre Schultern, läßt sich durch die kratzige Wärme der Uniformjacke vor der Nachtkälte schützen.
„Hallo, Jonny, du haben cigarettes for me?", sagt der Nachtportier in der kleinen, dreckigen Absteige. Sommersprossiges Grinsen. Ein Päckchen Chesterfield fliegt über den Tisch.
„Here, that's for you." „Thank you, General", sagt der Portier und salutiert. „Heut hast dir gar a Rotseidene aufzwickt."
„Nein", schreit Maria, „nein. Ich bin eine deutsche Frau, du verstehen. Ich kann nicht, ich will nicht." Wehrt sich, das Rotseidene reißt, Pailletten liegen auf dem Boden.
„Don't be silly, baby. Come on, have another drink."

Keuchen, Stöhnen, hagere, harte, sommersprossige Oberschenkel.
„Alle Männer sind Schweine, da ist kein Unterschied, es ist ekelhaft, ekelhaft ..." Weinen. Unbeholfenes Streicheln.
„Darling, sweetheart." Rothaarige Erschöpfung. Flüchtiges Zusammenraffen der Kleider. Ein Kuß auf die Wange.
„I see you again, baby."
Daheim nicht schlafen können. Das Dröhnen im Kopf. „Again, it never happens again ... Mein Gott, was habe ich getan?" Hat man überhaupt etwas getan, wenn niemand davon weiß? Kann man ein Ereignis nicht sogar aus dem eigenen Gedächtnis tilgen, wenn man die Mitwisser einer Tat nie mehr im Leben sieht?
Lügen und Ausflüchte, um der Freundin Hermi aus dem Weg zu gehen. Panische Angst, noch einmal einem rothaarigen, sommersprossigen, hageren Soldaten in Kakhi-Uniform begegnen zu müssen. Übelkeit und Schweißausbrüche in der örtlichen Nähe des schmutzigen Stundenhotels. Unendliche Mühsal, anderswo in der zerbombten und von Besatzung zerrissenen Stadt eine Bleibe zu finden.
Darüber läßt sich sogar der eigentliche Anhaltspunkt von Marias Leiden vergessen: Ich bin geschieden. Ich bin verstoßen. Wie soll ich die Schande überleben?
Ein altes Haus inmitten einer Häuserfront, der die Bomben nur vereinzelt Lücken geschlagen haben. Nur das Nachbarhaus ist noch vornehmer. Kleine Putten umgeben den Torbogen, recken fette Kinderärmchen prahlerisch zum Himmel, als würden sie das stattliche Haus tragen. Doch auch das Haus, in dem Maria wohnen wird, macht etwas her. Stille Kühle des Stiegenhauses.

Ein Schild „Betteln und Hausieren verboten“ verwehrt profanen Besuchern den Zutritt. Angenehmere Stufen haben sie damals gebaut. Flach, zu sanftem, allmählichem Emporsteigen einladend, so daß man nicht außer Atem gerät. Auch wenn man erstmals eine merkwürdige Starre, eine nur andeutungsweise vorhandene Unbeholfenheit der Hüften zu ahnen glaubt.

Sanftes, fließendes Emporgleiten, obwohl der Aufzug hinter dem Metallgitter außer Betrieb ist. Das Stiegengeländer ist aus glattem Holz und schon wieder poliert, als gäbe es in dieser Stadt nichts anderes aufzuräumen. Auch die großen Metallknöpfe, die das Geländer in Abständen zieren, glänzen. Bunte Jugendstilscheiben, denen der Krieg nichts hat anhaben können, sind geputzt und gepflegt.

Erst im zweiten Stock wird das Stiegengeländer weniger vornehm, wird der Atem Marias rascher.

Der Raum ist sehr klein. Wasser am Gang, Toilette am Gang. Der Schlüssel hängt an einem Haken neben der Toilette-Tür. Ein vergittertes Fenster zum Gang, es wird durch einen Vorhang abgedeckt werden müssen. Ein Fenster in einen düsteren Lichthof.

Der Raum ist sehr klein. Die wenigen Möbel, die Maria nach der Scheidungsverhandlung geblieben sind, finden kaum Platz. Das Bett und ein schmales, hohes Nachtkästchen. Messingstangen verbinden Lade und Etagere. Auf das Nachtkästchen kann man die Waschgarnitur aus billigem Steingut stellen. Maria hat das Blumenmuster, stilisierte Margeriten, immer geliebt. „Du hast einen plebejischen Geschmack“, hat Risa Angermeyer gesagt, als Maria diese Gegenstände erstanden hat. Der riesige altdeutsche Eßtisch. Die dazu gehörenden Stühle. Lehnen aus gepreßtem

Leder, fratzenhafte Göttergesichter darstellend. Eine Samtdecke, pompös-dunkles Grün mit Fransen und Quasten.
Der Raum ist sehr klein. Dennoch kann man in dieser Enge jene häßlichen Möbelstücke vergessen, die einstmals Risa Angermeyer ausgesucht hat, mit Taktgefühl, mit Verachtung oder mit angeborenem Hang zur Häßlichkeit, und die in der kleinen Provinzstadt geblieben sind. Man kann vergessen, daß diese Möbel jetzt schon von einer anderen benützt werden, von einer, derzuliebe sich Rudolf Angermeyer hat scheiden lassen. Man kann sich vielmehr in den Traum hineinsteigern, man habe durch den Krieg alles verloren.
„Der Krieg. Die Bomben", denkt Maria. „Ich habe alles verloren. Eine Wohnung, eingerichtet mit erlesenen Möbeln, die Parkettböden bedeckt mit schwellenden Perserteppichen. Familiensilber, kostbares Porzellan. So wie die Wohnung von Frau Niehaus."
Frau Niehaus heißt die Hausbesitzerin. Eine Dame. Sechzig Jahre alt. Eine wirkliche Dame, nicht im Grunde ihres Herzens ein ordinäres, gewöhnliches Bauernmädchen wie die Risa Angermeyer. Frau Niehaus bewohnt eine vornehme, gepflegte Wohnung im Hochparterre. Erlesene Möbel. Familiensilber. Kostbares Porzellan. Auch ein dienstbarer Geist hat den Krieg überlebt. Kommt viermal wöchentlich. Frau Niehaus lebt allein.
„Sie leben auch allein, meine Liebe?" Maria ahnt eine Möglichkeit, in die Rolle der Kriegerwitwe zu schlüpfen. „Es ist nicht gelogen, ich habe noch nie in meinem Leben gelogen. Der Krieg hat ihn mir genommen." Doch Frau Niehaus stellt schon fest: „Auch geschieden, wie ich Ihren Papieren entnommen habe." Was soll das „auch"?

„Wie alt sind Sie?“, fragt Frau Niehaus, und Maria antwortet gehorsam wie in der Schule: „Zweiundvierzig.“ „Ja“, sagt Frau Niehaus. „So alt war ich auch. Damals. Sie tun mir leid. Eine Scheidung ist ein Todesurteil für eine Frau. Verurteilt zum langsamen Sterben. Gemieden von allen Freunden und Bekannten. Sterben als Aussätzige. Eine Schande, für die man nichts kann. Die einem zugefügt wird . . . zugefügt wird . . .“ Verzweifeltes Aufweinen. Mühsame Beherrschung. „Entschuldigen Sie, meine Liebe. Wir müssen uns einmal so richtig ausreden.“
Eine neue Ordnung ergibt sich: Jeden Mittag, wenn das Gas funktioniert, Suppe auf dem kleinen Kocher zu wärmen. Ohne Hunger, ohne Lust und ohne Aufmerksamkeit die Mahlzeit in sich hineinlöffeln. Ein Geschirrtuch auf der pompösen grünen Samtdecke, damit diese nicht beschmutzt wird. Tief niederbeugen. Vor sich ein Buch. Schlürfen. Es hört keiner. Wer hat gesagt, daß man auch für sich selbst den Tisch decken soll? Blumen, Servietten, kristallenes Wasserglas? Wie dumm solche Ratschläge sind.
Alle Gedanken werden von den Büchern aus der Leihbücherei festgehalten. Die Hand führt den Löffel zum Mund, die Gedanken sind bei wunderbaren Geschichten. Sauberen, anständigen Ehegeschichten. Endlose Leiden von edlen Frauen. Lächelndes Verständnis, sanfte, himmlische Liebe für düstere, unbegreifliche, edle Männer. Erst auf den letzten Seiten legen die finsteren, leidenden Männer den Kopf in den Schoß der geliebten Dulderin: „Verzeih mir, verzeih mir.“ Alles wird gut. Blondlockige Kinder jauchzen in blühenden Gärten.
Solche Geschichten geben neue Hoffnung.
Jeden Nachmittag eine Partie Rommè mit Frau

Niehaus. Gepflegte Kühle einer erlesenen möblierten Wohnung. Tiefe Kummer-Kerben im Gesicht einer Sechzigjährigen. Der Joker zählt soviel Punkte wie die Karte, für die er eingesetzt ist. Tränen trüben die Unterscheidungsfähigkeit für Herz und Karo.
Wir Geschiedenen müssen fest zusammenhalten. Was wissen denn Sie, meine Liebe. Sie hätten gehen können. Aber ich? Ich mußte bleiben. Den Kindern zuliebe. Und wie lohnen mir die Kinder mein Martyrium? Zweimal monatlich ein Besuch, wenn es hochkommt. Den Karo-König kann man an den Herz-König anlegen. Ach, Sie Ärmste, wie gut ich das kenne. Diese Nächte, in denen man Gewißheit hat und doch noch hofft, jawohl hofft, er möge einen Unfall gehabt haben und nicht in den Armen der Nebenbuhlerin liegen. Die guten Ratschläge der Freundinnen, man solle sich pflegen. Ein neues Kleid, eine andere Frisur. Lachen. Charmant sein. Und die Gewißheit in den Nächten, daß jede Minute schlaflosen Herzklopfens ein Stück Schönheit zerstört. Wie kann man charmant sein, wenn der Magen keine Nahrung mehr behalten will, wenn Messer das Herz zerschneiden. Diese Nächte, diese Qualen.
Bei mir liegt das länger zurück als bei Ihnen, meine Liebe, und ist doch ewig frisch und neu. Drei oder mehr im Wert aufeinanderfolgende Karten derselben Farbe ergeben eine Sequenz. Jeden Nachmittag eine Partie Rommè mit Frau Niehaus. Jeden Nachmittag zweistimmiges, tröstliches, einendes Selbstmitleid. Ich habe ein Hand-Rommè, meine Liebe, Sie hätten besser aufpassen müssen.
Jeden Nachmittag unerschöpflicher, sich selbst erneuernder Haß: Was, so wenig? Ihr Anwalt, meine Liebe, verzeihen Sie den harten Ausdruck,

muß ein Trottel gewesen sein. Oder eben ein Mann. In Scheidungsangelegenheiten halten die Männer zusammen. Schließlich rechnet jeder damit, daß auch er in eine ähnliche Lage kommen könnte.
Sein Vermögen ist beschlagnahmt, weil er Nationalsozialist war? Lächerlich. In dieser Sache ist das letzte Wort noch nicht gesprochen, glauben Sie mir. Außerdem hat er natürlich verschleiert. Das machen doch alle. Wollen Sie denn später tatenlos zusehen, wie er die Früchte von Ihrer beider Arbeit erntet? Oder haben Sie etwa nicht treu zu ihm gehalten, haben Sie etwa nicht seine Eltern gepflegt? Sie müssen den Prozeß nochmals aufrollen.
Ihr Leben ist verpfuscht.
Auf finanzielle Sicherstellung haben Sie wenigstens Anspruch.
Jeden Nachmittag unerschöpflicher, sich selbst erneuernder Haß: Soll er nur zahlen. Er ist der Ehebrecher.
Jeden Morgen Schwindelanfälle und Übelkeit. Kein Wunder bei der schlechten Ernährung, kein Wunder bei den Haßgedanken, die Herz und Magen belasten: Soll er nur zahlen. Mein Leben ist verpfuscht. Was habe ich falsch gemacht?
Daß die monatliche Blutung ausbleibt, nimmt Maria Angermeyer kaum wahr. Schiebt es auf die Aufregung, auf den Wohnungswechsel, auf die mangelhafte Ernährung. So etwas kommt vor. Schiebt es dann auf das vielleicht doch schon nahende Klimakterium. Jeden Morgen Schwindelanfälle und Übelkeit. Schmerzende Brüste. Bin ich krank?
Frau Niehaus weiß Bescheid: Machen Sie mir nichts vor, meine Liebe. Ich habe selbst zwei Kinder geboren. Ich habe es schon lange gewußt, an

ihrem veränderten Gesichtsausdruck, an ihrer Haut, an ihren Augen abgelesen. Sind Ihre Fußsohlen heiß? Na also. Ich bin eine anständige Frau, aber ich nehme mir nicht das Recht, andere abzuurteilen. Auch wenn man glaubt, man ist unfruchtbar, ist herumhuren eine Sünde. Doch jeder muß wissen, was er tun darf und was nicht. Eine abschließende Bemerkung nehmen Sie mir wohl nicht übel: Sie haben mich belogen. Zwischen Ihrer Scheidung und meiner Scheidung besteht doch wohl ein gewaltiger Unterschied. Ihr Mann tut mir leid.

Von nun an unterbleiben die Rommè-Partien. Doch Frau Niehaus läßt Maria nicht im Stich. Schickt ihren dienstbaren Geist mit einem gallbitteren Gebräu und guten Ratschlägen: „Die Füaß müssen S' in heißes Wasser halten, fast kochend, wurscht ob's weh tut. Schad', daß das Dampfbad außer Betrieb ist. Das hat immer g'holfen."

Wasser in der Teekanne wärmen. Dampf steigt aus der Keramikschüssel mit dem Blumenmuster auf. Brandblasen an den Füßen, schmerzendrote Haut. Vom Bett springen, viele Male, bis Schweiß aus allen Poren dringt, und die Bewohner im unteren Stockwerk mit dem Besen an die Decke klopfen. Mit den Fäusten gegen den Bauch schlagen. Und immer der Gedanke: Das ist nicht wahr, das ist nicht wahr. Ich bin ein dürrer Stamm, ich bin unfruchtbar.

Die Frucht, die aus dem Samen eines rothaarigen, sommersprossigen Jonny — don't be silly, baby — gekommen ist, will in Maria wachsen, will ihre Schande und ihr Elend endgültig machen.

Frau Niehaus ist eine anständige Frau, eine wirkliche Dame. Sie läßt eine Geschlechtsgenossin nicht im Sich: Es gibt genug Ärzte, die aus politischen Gründen Praxisverbot haben. Sie verste-

hen. Ich kenne da einen, ein hochanständiger, gebildeter Mann. Unter normalen Umständen würde er sich selbstverständlich niemals die Hände schmutzig machen. Der Mann ist verbittert. Kein Wunder, bei dem, was er mitgemacht hat. Wenn Sie dem erzählen, daß es der Bastard eines Engländers ist, macht er es sogar umsonst.
Der Herr Doktor bewohnt eine Villa. Sie ist schwer zu finden. Ringsum Bombenkrater, von Brennesseln überwucherte Trümmer. Als Maria nach dem Weg fragen muß, sagt ihr das schäbige Grinsen, daß die Befragten Bescheid wissen.
Ein düsteres Zimmer. Bretter vor den Fensterhöhlen. Geöltes Pergament läßt Licht einfallen. Als Wandschmuck gekreuzte Säbel, Fechtmasken. Ein Burschenkäppi. Dort, wo der Filz durchstochen ist, liebevoll von Frauenhand mit Goldfäden gesticktes Eichenlaub. „Burschen, Füchse der Teutonia, voller Kraft!" Ein winziges Eisenöfchen. „Friedland" steht verschnörkelt auf dem Aschentürchen. Um dem gebogenen Ofenrohr ins Freie zu verhelfen, ist die Mauer durchbrochen worden.
„Ja, da schaust du, Angermeyerlein. Das haben sie können, die feinen Herren, die sich jetzt in Nürnberg als Weltrichter aufspielen. Alles zerstört, alles vernichtet. Menschenunwürdig."
Der Herr Doktor scheut nicht die Mühe, an den langen Namen Angermayer ein zärtliches „lein" anzuhängen. Schafft damit Vertrauen und Geborgenheit. Ein deutscher Mann ehrt und schützt die Frauen.
Der Herr Doktor ist ein abgemagerter Fettwanst. Armselig schlottert die alte Uniformhose dort, wo sich einstmals stattliches Bauchfleisch gewölbt haben muß. Schäbige Hosenträger bewahren die Mannesehre. Das graue, teigige Gesicht ist von Schmissen durchfurcht.

„Meine alte Freundin Niehaus hat mir erzählt, wie dir mitgespielt worden ist, Angermeyerlein. Wie die Tiere sind sie, wie die Tiere. Schweine. Schweine.“ Er schlägt die Haken zusammen. „Ich werde dir helfen.“ Ein graustählerner Blick in die Richtung, wo der Eid des Hippokrates, ein billiger, vergilbter Druck, an der Wand hängt. „Und wenn es nur geschähe, um die Mannesehre eines Kameraden wiederherzustellen. Dein Mann ist auch Akademiker, wie ich höre.“
„Stuhl hab ich natürlich keinen.“
Der Herr Doktor meint natürlich einen gynäkologischen Stuhl. Die gesamte Ordinationseinrichtung von Bomben zerstört, von Plünderern weggeschleppt. Werte, Werte. Der Herr Doktor zwingt Maria in einen Lehnsessel. Stellt einen schmutzigen Kübel daneben. Spreizt ihr die Beine auseinander, bindet die Knöchel mit altem Verbandszeug fest. Verfällt in traulichen Dialekt. „Damit'st stad bist. Des sag i dir glei: Hetz is es kane. Einetuan is lustiger als außaramen.“ Und haut ihr auf die Innenseite des Oberschenkels. Wirft einen diagnostischen Blick zwischen ihre Beine. „Sei froh, daß 'd net die Syph erwischt hast. Die is schwerer wegzubringen.“ Läßt dann Maria liegen, reinigt notdürftig Instrumente. Kochendes Wasser auf dem kleinen Eisenofen. Er drückt Maria eine Art Schuhlöffel aus Metall in die Hand. „Des muaßt schon selber halten, wenn i 's eing'führt hab'. Assistenz können wir uns keine leisten.“
Ich habe nicht gewußt, daß es solche Schmerzen gibt. Lieber Gott, hilf mir, daß ich das aushalten kann. Lieber Gott, lieber Gott. „Again, it never happens again.“ Eine schweißfeuchte, sommersprossige Wange. „Don't be silly, baby.“ Ich glaub', ich muß brechen. „Stad bist!“ Tausend

Spitzhacken in meinem Körper. Folter, Mittelalter. Ich kann nicht mehr, ich kann nicht mehr. Ich muß schreien, schrei . . .
Der Herr Doktor stopft Maria einen schmutzigen Lappen in den Mund. „Lärm dürfen wir keinen machen, Angermeyerlein."
Und später: „Na also. Sehr fesch ist dein Uterus, Angermeyerlein. Wie bei einem jungen Mäderl." Bindet sie los, läßt sie vom Lehnsessel steigen. Nur nicht ohnmächtig werden. „Tief atmen. Brust heraus, Bauch hinein. Geht ja schon wieder." Klopft ihr anerkennend auf den Hintern. „Alle Achtung. Die Heldenhaftigkeit einer deutschen Frau." Stutzt dann, betastet ihre Hüften, schüttelt den Kopf. „Wir haben eine angeborene Hüftgelenksluxation. Hast du nicht manchmal Beschwerden beim Gehen? Unregelmäßig abgetretene Schuhe? Da wird man etwas machen müssen, wenn sich die Zeiten normalisiert haben. Orthopädische Einlagen. Sonst gehst du als Großmutter am Stock."
Er denkt an seinen ersten Sonderdruck: „Die angeborene Hüftgelenksluxation und die Früherkennung von Polyarthrosen". Damals hat die Zukunft anders ausgesehen. Wissenschaftler hätte ich werden können. Zum Teufel mit dem Krieg! Die andere Geschichte? „Da hab' ich erstklassig gearbeitet, Angermeyerlein. Ein bisserl bluten wirst du noch, dann bist du wieder wie neu." Schlägt die Haken zusammen, salutiert. „Von der Gattin eines Kameraden nehme ich selbstverständlich kein Geld!"

Eine schlechte Nacht

Wenn eine alte Frau eine schlechte Nacht hat, dann will sich der Schlaf nicht einstellen. Die alte Frau hat die Oberkleidung abgelegt und das Nachthemd übergestreift. Die alte Frau ekelt sich vor dem Geruch ihrer Unterkleider, die von greisenhaftem Ausfluß befleckt sind. Deshalb unterläßt sie es, nach Blutspuren zu suchen, auch wenn der Arzt ihr das angeraten hat. Die alte Frau legt die Unterkleider nicht ab. Sie hat Angst davor, ihre zerstörte Nacktheit sehen zu müssen. Sie hat auch Angst vor jenen Bewegungen, die nötig waren, um die Haken des Büstenhalters zu öffnen und am Morgen wieder zu schließen.
Die alte Frau nimmt daher in Kauf, daß die Träger des Unterhemdes und des Büstenhalters auf jenen Druckstellen, die sie auf der Schulter hat, auch in der Nacht schmerzhaft spürbar sein werden.
Die alte Frau beschwichtigt ihr Unbehagen wegen solcher Unterlassung mit dem Gedanken, daß die Kraft ihres müden Leibes nicht ausreicht, um das Bett zu erwärmen, und ist auch aus diesem Grund froh darüber, daß sie die Unterkleider nicht abgelegt hat.
Wenn die alte Frau das Nachthemd über die Unterkleider angezogen hat, löst sie den Knoten ihres Kopftuches. Die Kopfhaut erschrickt vor Kälte, doch die Alte läßt sich nicht beirren. Sie löst den dünnen, roten Gummiring, mit dem sie ihr schütteres Haar zusammengebunden hat, sie muß den Ring, in dem sich die Haare verfilzt haben, mit Gewalt aus den Haaren entfernen, doch sie nimmt den Schmerz kaum wahr, sondern bürstet ihr schütteres Haar so, wie sie es von klein auf gelernt hat. Dann windet sie den Gum-

miring wieder um das dünne, schmutziggraue Bündel ihrer Kopfhaare.

Danach ist die alte Frau erschöpft, weil ihre steifen Schultergelenke sich der Bewegung des Haarebürstens widersetzt haben. Der Atem der Alten geht keuchend, klebriger Schweiß tritt an den kahlen Stellen der Kopfhaut aus.

Dennoch bindet die Alte das Kopftuch nicht wieder um, bevor sie das zugige Stiegenhaus betritt, um Wasser zu holen. Da es im Stiegenhaus keine Beleuchtung gibt, läßt die Alte die Türe ihrer Wohnung weit offen, damit ihr der Lichtschein den Weg weisen kann. Die Alte schauert unter der Kälte zusammen und schlüpft in ihren Mantel, der ihr auch als Schlafrock dient und dessen Kragen mit Speiseresten beschmutzt ist.

Weil die Finger der alten Frau gichtverkrümmt sind und nicht genug Kraft haben, um einen schweren Gegenstand längere Zeit zu tragen, und weil die alte Frau Angst hat, ihren schönen Krug mit dem stilisierten Blumenmuster zu zerbrechen, füllt sie den Krug nur zur Hälfte. Sie achtet sorgsam darauf, das Wasser nicht abzudrehen, weil es sonst in der Leitung gefrieren könnte.

Dann trägt die alte Frau den Krug behutsam, indem sie ihn in der rechten Hand hält und mit der linken Hand stützt, zurück zu ihrer Wohnung. Der Lichtschein weist ihr den Weg, und die alte Frau ist wie jeden Abend sehr erleichtert darüber, daß kein Windstoß die Türe, die sie offen lassen mußte, zugeschlagen hat.

Die alte Frau hat sich die Anweisungen des Zahnarztes gut eingeprägt: „Sie müssen sich darüber klar sein, gnädige Frau, daß das von der Krankenkasse bewilligte Material zwar erstklassig ist, aber doch nicht extrem belastbar. Wenn Sie Freude an

Ihren Zähnen haben wollen, so bitte ich Sie daher dringend, das Gebiß niemals mit sehr kaltem Wasser zu reinigen, weil sonst Sprünge im Material entstehen könnten."

Die Alte wärmt daher auf dem Gaskocher etwas Wasser. Es dauert lange, bis sich die Gasflamme entzündet, die Alte muß das brennende Zündholz mehrmals in das ausströmende Gas halten. Wenn das Wasser warm ist, löst die Frau die Zähne aus dem Mund, nimmt sie in die rechte Hand, hält sie über den Kübel mit Schmutzwasser und schüttet mit der linken Hand einen Teil des erwärmten Wassers über die Zahnprothese. Mit dem Rest des Wassers spült die alte Frau ihre Mundhöhle. Das Wasser lindert die Schmerzen, die die steife Gaumenplatte dem kümmerlichen, wundgeriebenen Gaumen zugefügt hat, und entfernt den widerlichen Belag, der sich unter der künstlichen Gaumenplatte gebildet hat.

Die Alte bewegt das Wasser sorgfältig und ausdauernd in ihrer Mundhöhle, dann speit sie es in den Kübel mit Schmutzwasser. Das Geräusch, mit dem das Spülwasser in der Kehle der Alten gurgelt, dann in breitem Strahl aus dem Mund bricht und auf den Schmutzwasserspiegel klatscht, ist sehr abstoßend. Da die alte Frau sich dabei tief nach vorne beugt, geschieht es, daß Spritzer das Schmutzwasser, die durch das Ausspeien des Mundspülwassers hochgeschleudert werden, das Gesicht der Alten besprühen.

Nach dem Mundspülen bleibt in der zahnlosen Mundhöhle ein schaler Geschmack, und die alte Frau verspürt den Wunsch, ihren Gaumen zu trösten. Dann erinnert sie sich, daß ihr Vorrat an Süßigkeiten schon lange verzehrt ist, und ist darüber wieder froh.

Es kommt vor, daß schon eine angedeutete

Schluckbewegung bei der alten Frau Harndrang auslöst. Die Alte will aber nicht nochmals den Abort aufsuchen müssen, der kalt, unsauber und feucht ist, und sich wie die Wasserleitung im Stiegenhaus befindet.
Die alte Frau will nicht noch einmal die widerwärtige Berührung ihrer Oberschenkel erdulden müssen, und sie will nicht sehen müssen, daß mit ihrem Urin wieder Blut abgegangen ist.
Wenn eine alte Frau eine schlechte Nacht hat, dann will sich aber der Schlaf nicht einstellen, obwohl die Frau alles getan hat, was getan werden muß. Der sterbensmüde, erschöpfte Körper, der vom Bett Wärme und vom Schlaf Geborgenheit erfleht, ist mit einem Schlag in Aufruhr. Hitze steigt hoch, der Puls jagt, die Nerven vibrieren, das Gehirn gerät in Alarmzustand. Die Alte fährt hoch, sie ringt nach Atem, sie zieht mit qualvollen Lauten Luft in ihre enge, verklebte Kehle, sie schlägt die Bettdecke zurück, ohne die Kälte zu spüren.
Nach dem Kampf dringt übelriechender Schweiß aus allen Poren. Die Alte hält den Atem an, sie liegt ermattet da, sie rührt sich nicht, sie hat den Geräuschen der Nacht nichts mehr entgegenzusetzen. Fenster schlagen, Bodenbretter knarren. Eine Bedrohung naht. Die Schmerzen nahen, sie stehen neben dem Bett, sie starren die Alte dunkeläugig an. Die Schmerzen stehen sprungbereit, sie wollen den alten Körper packen und zermalmen.
In einer schlechten Nacht denkt eine alte Frau: „Was habe ich verbrochen, um das erleiden zu müssen? Warum haben sie mir gesagt, daß es eine Gerechtigkeit gibt?“
Wütender Haß bläht den Körper der Alten, sprengt ihre Gedanken. Bevor die Schmerzen

über sie herfallen und ihr die Kraft zur Verwünschung rauben, liefert sich die Alte mit allen Sinnen dem Haß aus: „Ich verfluche dich, Rudolf Angermeyer, ich hasse dich, weil du mein Leben zerstört hast. In deinen schlechten Nächten sollst du an mich denken. Wenn es eine Gerechtigkeit gibt, dann sollen alle Nächte deines Lebens so gewesen sein wie meine schlechten Nächte."

Der Herr der Welt

MARIA Angermeyer hat eine gute Nacht gehabt. Alle ihre Nächte waren gut in den letzten Jahren und alle ihre Tage. Trost der Gleichförmigkeit, Geborgenheit der Ordnung. Pünktlich aufstehen, pünktlich zu Bett. Einmal wöchentlich Strümpfe und Unterwäsche waschen. In der Waschschüssel mit dem hübschen Blumenmuster. Bügeln, wenn das Hörspiel im Radio läuft oder der „Bunte Abend". Besondere Bereicherung bringt „Die große Chance". Maxi Böhm. Bewunderung für die Kandidaten. „Und nun, liebe Heimhörer, aufgepaßt, jetzt kommen Sie dran. Jetzt kommt die Frage, die die Plage ihrer allgemeinen Lage vielleicht mit einem Schlage verändern kann."
Einmal hat Maria Angermeyer sogar eingeschickt, die Postkarte mit Herzklopfen und Schamgefühl in den Briefkasten gesteckt. Hat aber nichts gewonnen und es auch nicht wirklich erwartet.
Einmal im Monat zum Friseur. Sich verwöhnen lassen. Die Illustrierten des Lesezirkels lesen. Die anderen Frauen, die nicht lesen, verachten. Unter der Trockenhaube ist es zu heiß. Dem Friseur winken. „Herr Varilek, es ist zu heiß!" Sich bedienen lassen.
Zweimal wöchentlich Besuch im Kaffeehaus. Illustrierte des Lesezirkels lesen. „Herr Franz, einen trockenen Wermut." Sich als Dame von Welt vorkommen.
Jeden Samstag in das öffentliche Bad. Die Tasche packen. Parfumierte Seife und Nivea-Creme. In das warme Wasser eintauchen. Einmal wöchentlich ins Kino. Fußfreie Reihe. Zehn Deka Wiener Zuckerln. In die warme Geborgenheit der Illusionen eintauchen. Wissen, daß man zu denen

gehört, die auf der Leinwand flimmern. Nach dem Kino Verachtung für das übrige Publikum. „Nur ich habe den Film wirklich verstanden.“ Weinen, wenn der Film traurig ist. Lachen in den Lustspielen. Mit dem Taxi vom Kino heimfahren. Jeden Dienstag warten auf die Zeitschrift „Quick“. Ins Kaffeehaus damit. „Hoffentlich sehen alle, daß ich nicht die Hefte des Lesezirkels lese, sondern eine selbst gekaufte Zeitung.“ Verschlingen des Fortsetzungsromans. Verachtung für alle, die langsamer lesen.

Keine Besuche. Über Hermi Kropaceks Wohnung lastet Starre und Bedrückung, seit Heinrich Kropacek heimgekommen ist. Vermißt, totgesagt, beweint in tausend schlaflosen Nächten — nur nicht daran denken, nur nicht daran denken, seine wimpernlose, dunkle Güte, seine hagere Körperlichkeit —, beweint in tausend einsamen Tagen und nun unerwartet mit dem letzten Transport aus russischer Gefangenschaft heimgekommen. Ein fremder, ergrauter, alter Mann. Fremd dem geschäftigen Getriebe, das die Stadt erfüllt, fremd den Kindern, die herangewachsen sind, fremd der Hermi Kropacek, die ihn in tausend schlaflosen Nächten aus ihrem Herzen geweint hat. Fremd sogar den vertrauten Gegenständen in der Wohnung, die er zuweilen sich erinnernd betastet und die in seiner Gegenwart starr, unansehnlich und bedrückend werden.

Auch Gegenbesuche der Hermi Kropacek bei Maria sind seltener geworden. Und auch nicht erwünscht. Hermi ist verändert, ungeduldig, hart, fahrig. Ein einziges Mal kommt beim Genuß von Eierlikör Fröhlichkeit auf, Verjüngung, albernes Kichern wie in der Jungmädchenzeit. „Weißt du noch?“ Kleinen Finger gespreizt wegstrecken, imaginäre Zigarettenspitze halten. „Maria, weißt

du was?“ „Was wüllst du mir mitteulen, lübe Hermine?“ „G’schissen hat der Has’.“ Doch dann macht Hermi eine heftige Handbewegung, schüttet das Likörglas um. Die dick-süße Flüssigkeit tränkt die dunkelgrüne Samtdecke. Seither ist der Samt an dieser Stelle steif und verklebt, und Maria ist froh, wenn Hermi nicht mehr kommt.
Genießt den Trost der Gleichförmigkeit, die Geborgenheit der Ordnung. Jeden Abend vor dem Einschlafen zwei gebrannte Mandeln. Seelenbalsam der Bücher. „Sie sind die beste Kundin der Leihbibliothek.“ Licht aus und Eintauchen in einen Schlaf ohne Freude und ohne Verzweiflung.
Gegen die Schmerzen in der Hüfte täglich drei Togal. Am Heiligen Abend zwei Schlafpulver. Zu Silvester einsamer Eier-Likör, das übermütige Radioprogramm, schade, daß man keinen hat, dem man sagen kann, daß man die Witze verstanden hat, vertraute Zuneigung zu den Stimmen der Radiosprecher, später Tränen.
Jeden Morgen eine halbe Stunde früher als nötig der Wecker. Radio andrehen. Löskaffee mit Kondensmilch, das macht keine Arbeit. Lesen beim Frühstück. Zehn Minuten früher als nötig zur Straßenbahn. Die Trittbretter sind nur langsam und mit schmerzenden Hüften zu bewältigen. Daß hinter Maria Angermeyer die anderen drängen, daß Schulkinder an ihr vorbeidrängen, daß höhnische Bemerkungen fallen, ist Gewohnheit und verletzt nicht mehr.
Seit geraumer Zeit hat Maria Angermeyer eine Stelle. Frau Niehaus, eine wirkliche Dame, die eine Geschlechtsgenossin nicht im Stich läßt, hat vermittelt. „Ich finde, Liebe, daß über Ihre leidige Affäre von damals genug Gras gewachsen ist. Sie müssen ihren Prozeß neu aufrollen. Zumal, wie ich höre, Ihr Mann Karriere macht. Chemie hat

Zukunft. Er ist ein tüchtiger Mensch. Neulich, in einem Bericht aus den Bundesländern, ist sein Name sogar in der Zeitung erwähnt worden. Es ist nicht gerecht, daß sich dort Reichtum anhäuft und Sie dahinvegetieren. In der Zwischenzeit sollten Sie arbeiten. Das Leben geht weiter. Alles ist im Aufbau. Sie werden doch nicht ewig mit den scheußlichen Möbeln leben wollen."

Frau Niehaus hat Beziehungen und vermittelt. Eine kleine pharmazeutische Fabrik aus der Provinz, unterhält ein Auslieferungslager in der Stadt, versorgt Großhandel und Spitäler, die sich ihren Bedarf selbst abholen. Ist lose angegliedert an das Stadtbüro, das wissenschaftliche Abteilung und Werbung umfaßt. Daß es sich um pharmazeutische Präparate handelt, gibt Maria ein Gefühl der Verbundenheit. „Chemie und Pharmazie gehören zusammen. Ich gehe dieselben Wege wie du. Am Ziel werden wir uns treffen." Herzklopfen beim Entziffern von chemischen Bezeichnungen, Aufflammen alter Liebe, Zusammengehörigkeit.

Der Lagerhalter heißt Herr Lanzelstorfer. Er hat eine Kriegsverletzung und einen grimmigen Humor: „Ja, ja, unser Herr Direktor hat auch im Krieg sehr gelitten. Immer das kalte Bier und die heißen Zigarren." Herr Lanzelstorfer besucht regelmäßig den Italienischkurs der Dante-Alighieri-Gesellschaft. Der erträumte Besuch der Uffizien fällt alljährlich der neuen Schulkleidung seiner Kinder zum Opfer, die etwas Besseres werden sollen. Herr Kastner ist der Gehilfe des Lagerhalters. Ein kleines, graues Männchen, überzeugter FKK-Anhänger, ansonsten durchaus ohne Ambitionen.

Maria führt Karteikarten und macht das ordentlich und genau. An sehr kalten Tagen wärmt Herr

Lanzelstorfer für alle drei Tee auf dem Eisenofen, reibt lockend den Korken auf dem Rand der Schnapsflasche. Zu Mittag besuchen alle drei das benachbarte Beisel. Verbilligtes Menü, zu dem die Firma einen Zuschuß bezahlt. Gebildete Konversation, Firmentratsch, der vom Stadtbüro milde und entschärft herüberplätschert.
Lachen über die Abholer der einzelnen Großhandelsfirmen. Meist junge Magister mit Sinn für Höheres.
Herr Lanzelstorfer: „A junger Tutter, der nix weiß vom Leben".
Herr Kastner: „Also, mit dem G'stell lasset 'ns den net ins FKK." Lachen.
Mit dem Kitzel des Grauens aufpoliertes Lachen über den Abholer der Nervenheilanstalt. Ein gutmütiger, ungefährlicher Patient, der sich Millionen und Abermillionen Einheiten Penicillin, Millionen und Abermillionen Einheiten Streptomycin aufladen läßt und, unter der Last des überdimensionalen Rucksacks schwankend, zu Fuß die weite Strecke heimkeucht. Im Gesicht das selige Lächeln der Erfüllung. Er ist übrigens der einzige Abholer, der sich nie irrt.
Maria Angermeyer hat gute Tage. Ein einziges Mal fällt, beim gemeinsamen Besuch einer Stehweinhalle nach Arbeitsschluß, Herr Kastner aus der Rolle und animiert Maria Angermeyer rippenstoßend, sie möge doch dem FKK-Verein beitreten. Wird aber von Herrn Lanzelstorfer sogar in Italienisch zurückgewiesen: „Va, via, bestia brutta!" und, als das wirkungslos bleibt, in vertrauter Umgangssprache: „Bist narrisch! De Frau Angermeyer is' doch bald sechzig. Und außerdem is' sie eine richtige Dame." Der Titel „richtige Dame" glättet den Stich, den die überreichliche Bemessung des Alters zugefügt hat.

Maria Angermeyer hat gute Tage. Als sie vom Stadtbüro als Urlaubsvertretung angefordert wird, verläßt sie daher das Paradies des Auslieferungslagers nur ungern. Sie ahnt aber, daß die vorläufig nur vorübergehende Beschäftigung als Schreibkraft einen Schritt nach vorn bedeutet. Einen Schritt näher zu Doktor Rudolf Angermeyer, der, wie sie in Erfahrung gebracht hat, neuerlich geschieden ist. Zu Doktor Rudolf Angermeyer, der Karriere gemacht hat, Prokurist der aufstrebenden chemischen Fabrik in der Provinz geworden ist, der einen Dienstwagen mit Chauffeur hat und Sekretärinnen, der Maßanzüge trägt und sich eine Villa am Stadtrand gekauft haben soll. Die Berufung ins Stadtbüro bedeutet einen Schritt weiter in die Welt der chemischen Formeln und lateinischen Ausdrücke, die der Schlüssel zum Wesen des Rudolf Angermeyer sind. Die neue, ungewohnte Arbeit im Stadtbüro erweist sich als über die Maßen beanspruchend.
Das Abschreiben von medizinischen Fachtexten ist schwieriger als das Ausfüllen von Karteikarten. Das ständige Läuten des Telefons, das Geräusch des Fernschreibers reizt die Nerven Marias, das Heraussuchen von Briefdurchschlägen aus der Ablage, das Behalten von bisher unbekannten Namen und Adressen erfordert ihre volle Konzentration. Vieles muß, weil es mißlungen ist, zweimal getan werden. Im Stadtbüro ist das Arbeitstempo hektisch.
Maria keucht im Laufschritt zwischen den einzelnen Räumen hin und her, ihre Hüftgelenke, die von einer fortschreitenden Versteifung gequält werden, sind der Belastung kaum gewachsen.
Herrn Doktor Kriehuber, ihren neuen Vorgesetzten, bekommt Maria in dieser Zeit nur einmal zu Gesicht. Er reißt die Türe des Schreibzimmers

auf, schreit: „Tempo, Tempo, meine Damen, wir müssen den Termin halten!“, und ist schon wieder verschwunden.
Die optische Erscheinung des Doktor Kriehuber, eines mittelgroßen Mannes mit grauem Gesicht, grauen Haaren, glanzlosen Augen und formlosem Körper, hinterläßt in Marias Bewußtsein keine Spuren.
Sie weiß dennoch, daß zwischen Doktor Kriehuber und Doktor Angermeyer eine mystische, aber unmittelbare Beziehung besteht. Im Fluchtpunkt sind die beiden Männer eine Person. In diesen Tagen läßt sich Maria im Kaffeehaus mehrmals das Telefonbuch kommen, sucht unter dem Buchstaben „K“. Als sie Telefonnummer und Anschrift von Doktor Kriehuber findet, überfällt sie zitternde Erregung. Das wiederholt sie mehrmals. Schließlich findet sie den Mut, sich Nummer und Adresse zu notieren, wobei sie sorgfältig darauf achtet, daß der Ober nichts davon bemerkt. Obwohl sich der Name der Gasse, in der Doktor Kriehuber wohnt, und die Telefonnummer ihrem Gedächtnis unauslöschlich einprägen, bewahrt sie den Zettel mit ihren Notizen in der Brieftasche. Jedesmal, wenn sie die Brieftasche öffnet, um ihr Geld zu entnehmen, zieht sie auch den Zettel heraus und empfindet beim Anblick ihrer Notizen ein großes Glücksgefühl.
Eines Abends findet sie sogar den Mut, eine Flasche Wein zu kaufen, sagt allerdings im Geschäft etwas von „Geschenk“. Nachdem sie sich starkgetrunken hat, tastet sie sich nochmals und ganz gegen ihre Gewohnheiten das Stiegenhaus hinunter. Da sie in ihrer Trunkenheit das Schlüsselloch nicht finden kann, bleibt sie lange und mit Herzklopfen an die Türe gelehnt stehen, von panischer Furcht erfüllt, sie könnte von Frau Nie-

haus ertappt werden. Dann bringt sie doch die Energie auf, das Haustor aufzusperren. Die gewohnte Umgebung erscheint ihr zu dieser ungewohnten Stunde sonderbar verzerrt.
Das bestärkt sie in ihrem Entschluß. Sie weiß, es ist ein außergewöhnlicher Tag. Sie wagt sich zur nächsten Telefonzelle und ist bereit, Herrn Doktor Kriehuber anzurufen. „Er wartet auf ein Zeichen von mir", fühlt sie dumpf. Sie wählt mit bebenden Fingern. Als sich eine verschlafene Frauenstimme meldet und mehrmals ungehalten „Hallo, hallo, ist da jemand?" sagt, begreift Maria Angermeyer, daß der Geliebte bei einer Hure ist. Dennoch sind ihre Nächte weiterhin gut. Die mystische Beziehung zu Herrn Doktor Kriehuber verdichtet sich. Maria weiß, daß der Zeitpunkt nicht mehr fern ist, zu dem sie dem geliebten Mann leibhaftig begegnen wird. Sie werden einander erkennen, zwischen ihnen wird es keiner Worte bedürfen, sie werden, die heilige Dreieinigkeit Doktor Kriehuber, Rudolf Angermeyer und Maria, ineinander verschmelzen.
Auch die zurückliegende Nacht war gut. Maria Angermeyer ist am Vorabend im Kino gewesen. Zehn Deka saure Zuckerln und fußfreie Reihe wegen der Hüften. Sie hat einen wunderbaren Film gesehen. „Heute heiratet mein Mann" mit Liselotte Pulver, Paul Hubschmid und Johannes Heesters. Alle im Publikum sind erheitert und gerührt zugleich, obwohl sie vielleicht den tieferen Sinn nicht ganz so gut verstehen wie Maria Angermeyer. Lilo Pulver spielt in diesem Film eine geschiedene Frau, die aber natürlich ihren geschiedenen Mann, den angebeteten Johannes Heesters, noch über alles liebt. Auch wenn Lilo Pulver es nicht zeigt, begreift Maria Angermeyer sofort und bedauert nur, daß sie ihren Kinonach-

barn nicht auf die dramaturgische Feinheit aufmerksam machen kann. Lilo Pulver hat es gut, sie bekommt natürlich ihren geschiedenen Mann wieder zurück, und in der Zwischenzeit tröstet sie sich mit Paul Hubschmid, ah, wie schön er ist.
So bin ich. Wie Lilo Pulver. So lustig, so lieb, so entzückend, so geliebt. Als sie vor dem Einschlafen das Licht ausmacht, kann sie sich zunächst nicht schlüssig werden, ob sie in ihrem Einschlaftraum den armen Paul Hubschmid trösten soll. Dann zieht sie aber doch den abgegriffenen Zettel mit Telefonnummer und Adresse von Doktor Kriehuber aus ihrer Brieftasche und küßt ihn innig wie jeden Abend.
In ihren ineinanderstürzenden Gedanken verschmelzen Doktor Kriehuber und Paul Hubschmid zu einer Person. Obwohl Maria Angermeyer weiß, daß sie nicht so herzlos sein könnte wie Lilo Pulver und den armen Paul Hubschmid kränken, erfüllt sie die Gewißheit, daß ein Wiederfinden von geschiedenen Eheleuten möglich ist, mit großer Freude. Während der ihr nunmehr sicher zu Füßen liegende Doktor Kriehuber ihren Traumgedanken die äußere Gestalt des Paul Hubschmid annimmt, faßt Maria Angermeyer den bittersüßen Entschluß, doch zu ihrem geschiedenen Mann zurückzukehren.
Selig schläft sie ein.
Herr Doktor Kriehuber hat eine schlechte Nacht verbracht. Die lindernde Betäubung, die ihm freundliche Morgenbegegnungen auf dem Weg ins Büro verschafft haben, weicht augenblicklich, als er die Türe des Büros öffnet. Spannung liegt in der Luft, das kann Doktor Kriehuber fühlen, Zorn, Ärger, Erregung. Obwohl er noch nicht orten kann, was die Ursache dieser allgemeinen Verstörung ist, verliert er seine seelische Ausgeglichenheit.

Die Verzweiflung, der Überdruß der vorangegangenen Nacht ergreifen von seiner Seele Besitz und lösen umgehend körperliches Unbehagen aus. Das Herzflattern ist nicht mehr Erinnerung an nächtliche Qualen, sondern Realität.
Herr Doktor Kriehuber überlegt sich, ob er sich krank melden oder ob er wenigstens auf den gewohnten Morgenkaffee verzichten soll. Dann läßt er beides sein, zwingt seinen Körper und seine Gefühle durch die gewohnte Arbeitsumgebung und durch den Alltagstrott zur Ordnung. Das Herzflattern, die Angst und die Beklemmungen lassen nach. Herr Doktor Kriehuber schlürft seinen Mokka. Als er bald danach zum Direktor gerufen wird, weiß er dennoch, daß eine Bedrohung in der Luft liegt.
„Sie sind Werbeleiter dieser Firma", sagt der Direktor. „Das hat zwar mit werblichem Geschick äußerst wenig zu tun. Sie brauchen weder Sinn für Form oder Farbgebung zu haben und Werbeslogans wie bei den Waschmitteln sind in unserer Branche ohnehin verboten. Pharmazeutische Präparate verkaufen sich von selbst. Der Bedarf ist durch die Krankheit gegeben, man braucht ihn nicht erst mühselig zu wecken. Die Menschen sind krank, in unserem Falle muß man sogar sagen ‚Gottlob', man braucht sie nicht erst krank zu machen, damit sie unsere Erzeugnisse kaufen. Das ist ein ziemlich einfaches Gebiet für einen Werbeleiter, das werden Sie wohl zugeben, Herr Doktor Kriehuber."
Doktor Kriehuber nickt, der Direktor hat recht, und selbst wenn der Direktor nicht recht hätte, wäre bei der Laune des Direktors und der allgemeinen dicken Luft ohnehin nur zustimmendes Nicken angebracht. „Dennoch", fährt der Direktor mit schneidender Ironie fort, „ist man in unserer

Firma unverschämt genug, von einem Menschen, der sich Werbeleiter nennt und auch als solcher bezahlt wird, ein Minimum an intellektuellem Aufwand zu fordern. Unsere Firma hält es beispielsweise für unerläßlich, daß der Werbeleiter lesen und schreiben kann. Es ist Ihnen selbstverständlich unbekannt, wieviel Wirkstoff eine Tablette unseres neuen Psychopharmakons enthält?!" „1,0 mg", bringt Doktor Kriehuber heraus. „Sehr richtig. 1,0 mg. Sie wissen wahrhaftig Bescheid", sagt der Direktor. „Jetzt brauchen Sie mir nur noch zu erklären, weshalb dann auf den Beipackzetteln 0,1 mg steht." Der Direktor fuchtelt Doktor Kriehuber mit einem Stück Papier unter der Nase herum.
Doktor Kriehuber überzeugt sich. „0,1 mg", daran kann kein Zweifel bestehen. „Ein Schreibfehler", bringt er mühsam hervor. „Ein Schreibfehler, zweifellos", sagt der Direktor „und hunderttausend Auflage sind im Arsch und der Liefertermin ist im Arsch. Ich gratuliere Ihnen zu dieser reifen Leistung."
Später steht Doktor Kriehuber vor der Türe des Direktionszimmers. Kalter Schweiß steht auf seiner Stirn, gleich wird er sich erbrechen müssen. Mitten auf den hygienisch sauberen, täglich neu geglänzten Linoleum-Belag des Büroganges. Doktor Kriehuber lehnt sich keuchend an die Wand, hoffentlich sieht mich niemand in diesem Zustand, doch das ist auch schon gleichgültig.
Da ist mehr im Arsch als hunderttausend Auflage und ein Liefertermin: Meine Karriere ist im Arsch, mein Selbstbewußtsein, meine Existenz. Mich so zur Sau zu machen. Mich, einen erwachsenen Mann, Familienvater, Akademiker, so zur Sau zu machen. Tief atmen, ich muß tief atmen, sonst sterbe ich. Wenn man seinen Körper unter Kon-

trolle hat, hat man auch seine Seele unter Kontrolle. Wie soll ich meinen Körper unter Kontrolle haben, wenn mich die Familie sogar daran hindert, jeden Morgen ein paar läppische Kniebeugen zu machen. Nur nicht kotzen, nicht hier auf den glänzenden Linoleum-Belag kotzen. Es muß möglich sein, die verdammten Magennerven unter Kontrolle zu bekommen. Ein Mensch, der mit seinen Magennerven nicht fertig wird, ist keine Führernatur, da hat der Direktor höchstwahrscheinlich recht.

Die Übelkeit weicht, Doktor Kriehuber spürt sein Rückgrat sich versteifen. Es gelingt ihm, tief zu atmen, Brust heraus, Bauch hinein, es gelingt ihm, sein Taschentuch zu finden und sich den klebrig-kalten Schweiß von der Stirn zu wischen. Ich bin taub, ich bin am ganzen Körper gefühllos, ich fühle, wie die Zellen meiner Kopfhaut absterben. Aber ich habe die Übelkeit besiegt. Jetzt möchte ich gerne weinen, ich wünsche mir, daß sich meine Tränen mit meinen Schweißtropfen vermischen, ich wünsche mir, daß mein Schluchzen die unerträgliche Last von meiner Seele schwemmt. Ein Mann weint nicht. Ein Mann zündet sich eine Zigarette an. Es ist die zehnte Zigarette heute. Eigentlich wollte ich aufhören. Der bittere Rauch vertreibt den bitteren Geschmack der Niederlage aus meiner Mundhöhle. Ein Mann ist hart, ein Mann hat Erfolg, ein Mann braucht das Erfolgserlebnis.

In seiner einsamen Passion vor der Türe des Direktionszimmers klammert sich das Gehirn des Doktor Kriehuber an den Begriff „die anderen", der vom Unterbewußtsein gnädig hochgespült wurde. Herr Doktor Kriehuber hat nicht den glänzenden Linoleum-Belag angekotzt, er hat keinen Schlaganfall erlitten und er hat auch nicht

geweint, weil ein Mann nicht weinen darf. Deshalb trägt seine Seele noch immer schwer an der Demütigung und dem Mißerfolg. Die Last ist zu schwer, sie muß über Bord geworfen werden, wenn das Schiff Kriehuber nicht untergehen soll. Freundlich leuchtet das Lotsenlicht „die anderen" und weist den Weg.
„Nicht ich habe diesen verdammten Schreibfehler gemacht", erkennt Doktor Kriehuber, während er den Stummel der zehnten Zigarette auf dem glänzenden Linoleumbelag zertritt und sich die elfte anzündet.
„Irgendein blödes Schwein, ein debiler Untermensch hat eine Null und eine Eins verwechselt. Und ich soll es büßen." Jeder Atemzug füllt seine Lunge mit bitterem Rauch und sein Herz mit kaltem Haß und entschlossener Wut. Als Doktor Kriehuber den Stummel der elften Zigarette auf dem glänzenden Boden vernichtet und zufrieden betrachtet, wie Tabakbrösel durch den Druck seines Schuhabsatzes auf dem Linoleum-Belag kleben, und zufrieden erkennt, daß er den Glanz des Linoleums durch verschmierte Asche vernichtet hat — „soll die Bedienerin, die blöde Sau, nur merken, wofür sie gutes Geld kriegt" —, hat Doktor Kriehuber bereits einen noch unbekannten Feind mit der Kraft seiner Ferse zermalmt. Wer hat mir das angetan?
Als Maria Angermeyer zu Doktor Kriehuber beordert wird, ist sie ruhig und gefaßt. Es gibt Wunder, deren Eintreten man so lange vorausgeahnt hat, daß das tatsächliche Ereignis als selbstverständlich hingenommen wird. Seit sie im Stadtbüro arbeitet, seit sie den Zettel mit der Telefonnummer und Adresse von Doktor Kriehuber mit sich trägt, ist Maria auf das Wunder vorbereitet. Dennoch sucht sie noch rasch die Toilette auf,

überprüft den Sitz von Frisur und Strümpfen. Der Blick in den Spiegel zeigt ihr das Gesicht einer Fünfundfünfzigjährigen.
Die Erschlaffung der Gesichtsmuskeln hat das entzückende Biedermeiergesicht von einst um Bruchteile von Millimetern ins Groteske verschoben. Doch Maria nimmt das nicht wahr, nimmt nicht die Falten wahr, nicht die grauen Haare, nicht die Fahlheit ihrer Wangen, nicht die Glanzlosigkeit der von müden Lidern überschatteten Augen. Sie verläßt die Toilette. Während ihr plumper Körper sich, bedingt durch die allmählich fortschreitende Versteifung der Hüftgelenke, ungelenk fortbewegt, ist die Seele der Maria Angermeyer von harmonischer, göttlicher Erregung erfaßt. Eine verblühte, lächerlich aussehende Frau geht als unberührte, brünstige Braut dem Geliebten entgegen.
Als Maria der formlosen, glanzlosen, breiiggrauen Erscheinung Doktor Kriehuber gegenübersitzt — „bitte nehmen Sie Platz, Sie haben also als Aushilfe gearbeitet" —, begreift sie noch nicht, daß das Wunder nicht eingetreten ist. Es dauert einige Atemzüge lang, bis ihre Traumwelt zusammenstürzt, bis sie in den Abgrund taumelt, nackt, geschändet, dem Spott der ganzen Welt preisgegeben.
Sie sitzt Doktor Kriehuber gegenüber, starrt ihn aus glanzlosen, blaßblauen Augen an und ist, da ihr Schloß gerade in Flammen aufgeht, unfähig, den Inhalt von Doktor Kriehubers Worten zu begreifen.
Doktor Kriehuber muß lediglich eine Last loswerden. Er muß Ironie und Infamie, die auf ihn gehäuft wurden, weitergeben, das ist er der eigenen Sauberkeit schuldig, es ist eine reinigende Maßnahme, es ist sein gutes Recht. Wirklich zur

Verantwortung ziehen kann man solche ungeschulten Hilfskräfte wie diese Frau da ohnehin nicht. Diese Menschen haben es gut, sie werden nie erkennen, daß sie mit ungeheuren Werten leichtfertig umgehen, daß ein einziger Schreibfehler, ein Verwechseln von Null und Eins unerhörte Folgen haben kann, und daß eine Auflage von hunderttausend Beipackzetteln im Arsch ist. Wenn das Weib wenigstens jung und hübsch wäre, aber nein, eine in den Wechseljahren drängt sich noch an die Schreibmaschine. Warum bleibt sie nicht daheim und füttert ihre Enkel. Wahrscheinlich hat sie keine, das ist der Typ Frau, der ohnehin kein Mann den Sack zeigt. Warum sagt sie eigentlich nichts zu ihrer Verteidigung, diese Sturheit ist noch schlimmer als die mangelnde Arbeitsleistung.
Das Reinigungsfeuer verglüht, Doktor Kriehuber könnte zu einigen ernsten einlenkenden Worten übergehen. Damit die Person verschwindet, ich kann mittelalterliche Weiber nicht ausstehen, jetzt ein Mokka und eine Zigarette, heute abend gehe ich jedenfalls zum Heurigen, Scheißberuf.
Maria Angermeyer steht steif auf und sagt: „Ich werde selbstverständlich für den Schaden aufkommen. Im übrigen bitte ich Sie, meine Kündigung anzunehmen.“ Sie sagt das in jenem kalten und hochmütigen Ton, den sie für Stolz hält. Ich bin ganz kühl, ganz von oben herab, solche Leute verdienen es nicht besser. „Wer glauben Sie, daß ich bin!“
Doktor Kriehuber läßt sie gehen. Dumme Kuh, wovon willst du das bezahlen. Kündigung, daß ich nicht lache. Morgen ist auch noch ein Tag.
Maria weint erst, als sie das Bürohaus verlassen hat. Sie geht mit schmerzenden Hüften blind durch die Straßen, und in ihrem Gehirn stürzen

die Gedanken ineinander. Feinde bedrohen sie von allen Seiten, jagen schemenhaft hinter ihr her.
Es muß eine Erklärung für das geben, was mir geschehen ist. Einen Grund, eine Ursache. Logik.
Sie torkelt wie eine Betrunkene, die Menschen auf der Straße schauen ihr kopfschüttelnd nach, einmal muß sie sich an eine Hausmauer lehnen, und eine Frau fragt: „Ist Ihnen was?" Maria erreicht eine Parkbank, sitzt dort lange, ihre Zähne schlagen aneinander, ihre Hände fliegen. Allmählich wird sie ruhiger, kann ihre Gedanken ordnen, zeichnet mit der Fußspitze Muster in den Kies. Versteht.
Es ist eine Racheaktion des Rudolf Angermeyer gewesen. Ich habe immer geahnt, daß die beiden Männer sich kennen. Er haßt mich, er haßt mich noch immer. Weil ich ein besserer Mensch bin als er, weil ich seine Eltern gepflegt habe, weil er mir Geld geben muß, weil er weiß, daß ich einen Prozeß gegen ihn anstrengen werde. Er muß den Doktor Kriehuber angestiftet haben, daß er mich aus der Firma drängt. Ja, das ist es.
Aber wie soll ich dem allem entkommen, wie soll ich mich dagegen wehren? Die Männer halten zusammen, alle sind sich einig. Wenn es darum geht, eine Frau in die Enge zu treiben, sind sie sich einig, da halten sie zusammen. Ich brauche Hilfe, ich kann das allein nicht durchstehen. Ich muß mit jemandem darüber reden. Mit irgend jemandem muß ich darüber reden.
Maria fühlt sich besser.
Sie geht durch die Straßen, entschlossen, kühl, tapfer. Sie kommt bei Hermi Kropacek an und ist schon nicht mehr Geschändete, sondern Heldin. Heldin einer Geschichte, Heldin, die dem Feind Doktor Kriehuber alles hineingesagt hat, die ihn

13*

blamiert hat und alle Männer mit ihm. Maria Angermeyer ist eine Heldin, die mit Wortwitz, Scharfsinn und raschem Hausverstand einen großen Sieg errungen hat. Sie muß diese Geschichte nur noch jemandem erzählen, damit die Geschichte wahr wird. Sie muß nur noch mit jemandem reden. Sie läutet an der Türe von Hermi. Doch die Freundin macht nicht auf.

Ich bin nicht deine Mutter

HERMI Kropacek geht den Weg, den sie fast jeden Tag gehen muß. Den Weg von Wirtshaus zu Wirtshaus, von Stehweinhalle zum Branntweiner, vom Heurigen zur Ausnüchterungszelle auf der Wachstube. Hermi Kropacek geht den Weg, den sie gehen muß, um Heinrich Kropacek zu finden.

Heinrich Kropacek, der irgendwo in Rußland ist. Seine dunkeläugige Güte, seine Tapferkeit, sein Glaube, daß man das Böse besiegen kann. Mit Schläue: Fleisch ist die stabilste Währung, und mit großer Liebe zu den anderen Menschen. Verdorben in Rußland, aus dem Gedächtnis und dem Herzen geweint, gestorben, vergessen und überwunden.

Heinrich Kropacek, der nun ein fremder, alter Mann ist. Einer, der altvertraute Gegenstände in der Wohnung betastet, um eine Spur der Vergangenheit zu finden. Einer, dem die körperliche Gegenwart der herangewachsenen Kinder unheimlich und widerwärtig ist. Wann ist das geschehen, daß rosige Kleinkinderfüßchen zu großen, häßlichen, nach Leder und Fußballschweiß riechenden Füßen geworden sind?

Einmal hat er das Mädchen im Badezimmer dabei überrascht, wie es Spuren seiner monatlichen Blutung wegwusch. Hat begriffen: „Das ist nicht meine Tochter. Nicht mehr das kleine Bündel Leben, das nach Seife und sauer gewordener Milch roch, das ich nicht zu tragen wagte, das mir auch fremd war, aber zu dem ich Vertrautheit empfunden habe. Das ist eine junge Frau. Eine hübsche, junge Frau, die frische Brüste hat und für die Liebe reif ist. Doch ich empfinde nichts für sie. Sie ist mir fremd."

Heinrich Kropacek ist ein fremder, alter Mann. Er ist der Tochter keine Hilfe bei den Schularbeiten und nicht Anlaß zum Stolz vor den Freundinnen. Der Sohn leistet mit schriller, mutierender Stimme Widerstand, wenn Heinrich Kropacek versucht, zur Würde des Vaters zu finden. Heinrich Kropacek ist kein Vater mehr. Zehn Jahre lang ist Hermi Kropacek den Kindern auch Vater gewesen. Sie hat getan, was zu tun war. Sie hat den geliebten Mann aus ihrem Herzen geweint und überwunden, um nicht selbst zu verrecken. Sie hat die Kinder durchgebracht, hat Wohnung und Herdfeuer und sich selbst bewahrt. Ist darüber stark geworden, hart, anders. Im Lauf von zehn Jahren hat sie sogar die Sehnsucht nach Lob und Anerkennung verloren. Auch jene Jahre, in denen sie meinte, alles, was zu tun war, nur dem toten Heinrich Kropacek zuliebe zu tun, sind schon vorbei.

Jeden Abend verläßt ein fremder, gealteter Mann die Wohnung, in die er nicht mehr gehört und in der er eine Belästigung für die Dreieinigkeit Mutter — Kinder ist.

Ein fremder Mann versucht, sich in Stehweinhallen und Wirtshäusern vertraut zu trinken. Doch auch die Welten, denen er dort begegnet, sind nicht die seinen. Er spricht nicht die Sprache der lebenden Kraftvollen, die im Aufbau sind, die von Zahlen reden, von Prozenten, Geschäften und Verträgen. Die Urlaubspläne machen, künftige Liebesabenteuer planen oder der Erinnerung an vergangene nachhängen, die sich vom Vorgesetzten ungerecht behandelt fühlen, die über dreckige Zoten röhrend lachen oder über ein Fußballspiel in Eifer geraten.

Er spricht auch nicht die Sprache der Toten. Tote Männer sitzen die Wirtshausbänke glatt. Männer,

hingemordet im Krieg, verdammt dazu, bis in alle Ewigkeit tot und unfruchtbar zu sein, deren Seele im Schützengraben verschüttet liegt, deren Gedanken verkrüppelt sind und deren Kraft verstümmelt. Tote Männer sitzen die Wirtshausbänke glatt, sie füllen ihre Kehlen mit Wein, und sie reden mit rauhen, rauchigen Stimmen in der Sprache der Toten.
Sie reden von Liebesnächten in Frankreich, von der Hitze Afrikas und der Kälte Rußlands, sie reden von ihrem Heldentum, von Schlachtfeldern, von Mannesmut und Tapferkeit, von Wunden, von Mord und Haß.
Heinrich Kropacek gehört nicht zu ihnen. Er versteht die Sprache der Lebenden nicht und nicht die Sprache der Toten. Er ist fremd und allein, und auch der Wein ist ihm nicht Trost und nicht Gefährte. Abend für Abend sitzt er da und wartet darauf, daß der Rausch den Gedanken: „Ich bin fremd" auslöschen wird.
Hermi Kropacek geht den Weg, den sie fast täglich gehen muß. In ihr ist Ekel und Verachtung und Verzweiflung über die neue Last, die sie kaum mehr tragen kann.
Ich tue es den Kindern zuliebe. Die Kinder sollen nichts merken davon. Als ob sie es nicht längst schon wüßten. Kann man die nächtlichen Geräusche überhören, den unsicheren, trunkenen Gang, das Umstürzen von Möbeln, das Lallen, das Räuspern, das Speien, das Ächzen der Bettfedern, bevor ein berauschtes, widerliches, männliches Stück Fleisch endlich Schlaf findet? Die Kinder können nicht übersehen haben, daß der Vater am Morgen zitternde Hände hat und blutunterlaufene Augen, daß er zum Gespött der Nachbarn geworden ist, und sie, Hermi Kropacek, zum Gegenstand argwöhnischen Mitleids. „Er wird schon wissen, warum er sauft."

Ich tue es den Kindern zuliebe. Ich gehe, um dich zu suchen, Heinrich Kropacek, um dich zu finden im Wirtshaus, beim Branntweiner oder in der Ausnüchterungszelle, um dich heimzuzerren, weil du zu den Kindern und zu mir gehörst. Mehr kann ich nicht für dich tun. Ich bin nicht deine Mutter. Auch ich habe meine Pflicht getan all die Jahre, auch ich habe ein Leben gelebt, das mir aufgezwungen war.
Auch ich wäre gerne glücklich gewesen, mein Körper hat sich nach Wärme gesehnt, meine Hände nach Halt, meine Tränen nach Trost. Ich habe deinen Tod ertragen, Heinrich Kropacek. Es war ein schöner, verklärender Tod, es war ein Tod, in dem du Sieger geblieben bist. Ich habe die Einsamkeit danach ertragen. Dein Elend kann ich nicht ertragen. Ich weiß, daß meine Stärke die eigentliche Ursache deines Elends ist. Die Jahre unserer Trennung haben dich schwach gemacht und mich stark. Ich habe dich besiegt. Wenn du überhaupt noch zu Gefühlen fähig bist, dann mußt du mich hassen.
Ich weiß, daß du meine Stärke nur dann ertragen könntest, wenn ich dich noch liebte. Wenn ich dich in meine Arme nähme, dir Wärme und Leben schenkte und Liebe für dein Versagen. Ich bin nicht deine Mutter. Ich kann keinen lieben, dessen Augen den Glanz verloren haben, dessen Haut den Gestank der Gefangenschaft bewahrt hat und dessen Atem nach Fusel riecht. Die langen Jahre, die du mich allein gelassen hast, haben mich stark gemacht. Die Kraft zur Unterwerfung haben sie mir genommen.
Hermi Kropacek tut ihre Pflicht.
Sie findet Heinrich Kropacek, sie zahlt die Zeche, sie hilft ihm in den Mantel, sucht seine Kopfbedeckung. Das anzügliche Gelächter und die der-

ben Scherze der Wirtshauskumpane verletzen sie nicht mehr. Sie tut ihre Pflicht und ist ihrem Mann Stütze auf dem Heimweg. Als Heinrich Kropacek unterwegs stehenbleibt und lange und staunend ein Plakat betrachtet, unterdrückt sie den Wunsch, mit den Fäusten auf ihn einzudreschen wie auf ein Stück Vieh.
Ohne den Versuch einer Verständigung sagt sie lediglich kalt und routinemäßig: „Mach weiter, ich habe morgen einen harten Tag." Im Stiegenhaus mahnt sie ihn flüsternd zur Ruhe, damit die Nachbarn nichts merken sollen. Als ob sie nicht längst alles wüßten.
Dann hat Hermi Kropacek ihre Pflicht getan. Als sie an der Wohnungstüre angelangt sind, nimmt sie, ohne lang nachzusehen, den Zettel, der dort steckt. Es ist nicht gut, wenn in der Wohnungstüre ein Zettel steckt, er zeigt den Dieben, daß keiner daheim ist. Sie hilft Heinrich Kropacek beim Entkleiden, die letzte Pflicht des Tages, schaut noch einmal nach den Kindern, die ruhig schlafen oder sich schlafend stellen, und sehnt sich danach, den eigenen Körper an das Leintuch zu schmiegen, zu entspannen, eine Insel von wenigen Quadratmetern ihr eigen zu nennen, eigene Gedanken haben zu dürfen, wenigstens die kurzen Augenblicke vor dem Einschlafen.
Schon längst ist es ihr möglich, neben Heinrich Kropacek in einen ruhigen, ungestörten, gefühllosen und nicht mehr zu kränkenden Schlaf zu gleiten. Als sie ihre Kleider ablegen will, fällt ihr Blick auf den Zettel, den sie zuvor an sich genommen hat und der nun am Boden liegt.
Sie hebt ihn auf, entfaltet ihn ohne Neugier, liest ohne Interesse: „Du hast nicht aufgemacht. Ich muß mit dir reden. Es ist etwas geschehen. Bitte, komm morgen in der Früh zu mir. Maria." Unter

der Unterschrift nochmals, und diesmal dick unterstrichen: „Bitte!“.
Hermi ist im Augenblick hellwach. Ihr Herz schlägt wild, sie spürt, wie ihre Kopfhaut zu schmerzen beginnt, sich einengt. Der wilde Haß, den sie auf ihre Lebensumstände empfindet, richtet sich nun gezielt gegen die Freundin: „Warum ich und wieder ich? Als ob ich nicht genug am Halse hätte. Was bildet sie sich eigentlich ein, dieses verantwortungslose, nutzlose Weibsstück, das nie begriffen hat, wie das Leben wirklich ist. Diese Kuh, die die Stirn hat, den Unflat ihrer Gedanken auf mich abzuladen. Ausgerechnet auf mich, die ich selbst Hilfe nötig hätte. Kaum geht ihr irgend etwas schief, kommt sie zu mir gerannt. Ich kann das Gejammer über ihre Scheidung und ihren Mann und ihre Schwiegermutter und ihr verpfuschtes Leben nicht mehr hören. Ich kann nicht mehr. Ich fange schon an zu zittern, wenn ich sie nur sehe.“
Hermi bucht auf das Schuldenkonto der Freundin eine halbe Stunde verlorenen Schlaf. Ein Schlafpulver ermöglicht ihr Vergessen. Am nächsten Morgen hat sie tatsächlich vergessen, wird von ihren diversen Pflichten aufgesogen, verdrängt sogar das Gefühl, daß am Abend zuvor noch eine zusätzliche Unannehmlichkeit stattgefunden hat.
Zu Mittag erreicht sie ein Anruf. Hermi erkennt die Stimme zunächst nicht. Unartikuliertes Lallen läßt sie zuerst glauben, Heinrich Kropacek habe etwas im Wirtshaus vergessen, und nun rufe eine Stockbetrunkene von dort an. Dann entnimmt sie dem Gestammel Sinn: „Geschieht dir recht“, lallt Maria Angermeyer. „Geschieht dir recht. Du verdienst es nicht anders. Jetzt sollst du für meinen Tod büßen.“ „Was hast du gemacht?“, schreit Hermi. „Was hast du gemacht?“ Doch Maria hat schon aufgelegt.

Hermi verständigt die Rettung, kommt gleichzeitig bei Marias Wohnung an. Schlaftabletten. Allzuviele sind es wohl nicht gewesen, denn Maria hat nach dem Anruf noch Zeit gefunden, von der Telefonzelle in ihre Wohnung zu gehen. Jetzt liegt sie da und schläft. Auf das Aufsehen, das sie erregen wollte, ist sie vorbereitet. Sie trägt ihr schönstes Kleid, der kleine Raum ist ordentlich aufgeräumt. Sie liegt da und schläft, Anlaß zur Besorgnis ist wohl nicht gegeben. Hermi besteht darauf, daß die Angelegenheit so erledigt wird, wie es Vorschrift ist. Sie kann ihr Verlangen begründen. Schließlich kann man nie wissen, wieviel Schlaftabletten die Maria Angermeyer wirklich geschluckt hat, auch wenn es den Anschein hat, als wären es nur wenige gewesen. Das ist vernünftig und genau das Argument, das alle mit der Sache Befaßten auch erwarten. Doch Hermi denkt: „Angenommen, sie hat wirklich nur drei oder vier Tabletten geschluckt, und ich bin fast sicher, daß es nicht mehr waren, diese Frau hängt am Leben, dann muß ich bei ihr bleiben, bis sie wach wird, dann muß ich so tun, als wäre es ein wirklicher Selbstmordversuch gewesen, dann muß ich sie womöglich für ihr kindisches Verhalten noch als Heldin feiern. Nein, ich kann nicht. Wenn es schon so eingerichtet ist, daß ein vernünftiger und normaler Mensch sich um einen anderen, gestörten kümmern muß, dann bin ich schon ausgebucht. Vielleicht wird ihr das, was nun mit ihr geschehen wird, endlich die Augen öffnen. Vielleicht wird sie begreifen, wie die Welt wirklich ist.“

Die Türe nicht öffnen

WENN man die Türe nicht öffnet, dann erfährt man nicht, wie viele Tabletten der, der vor der Türe steht, genommen hat. Man erfährt nicht, ob der, der hineinwollte, wirklich vom Tod bedroht war, oder ob der, der hineinwollte, nur vorgegeben hat, vom Tod bedroht zu sein.

Wenn man die Türe nicht geöffnet hat, dann bleibt ein Rest von Schuldgefühl. Einer, der in der warmen Wohnung sitzt und einen Hilfesuchenden ausgesperrt hat, wird nie erfahren, ob die Not des Hilfesuchenden echt war oder ob der Hilfesuchende nur Not vorgetäuscht hat. Der, der die Türe nicht geöffnet hat, wird das Gefühl des Versagens, das Gefühl der Schuld, das Gefühl, eine Hilfeleistung unterlassen zu haben, nie mehr tilgen können.

Das geschieht solchen Menschen recht.

Wenn man die Türe nicht öffnet, müssen alle bösen Menschen draußen bleiben. Die Furcht muß vor der Türe bleiben. Der Hausherr, der haben will, daß ich aus meiner Wohnung ausziehe, muß vor der Türe bleiben. Bettler, Vertreter und alle Heuchler, die vorgeben, für wohltätige Zwecke zu sammeln, müssen vor der Türe bleiben. Ich brauche mich nicht zu wehren, wenn ich die Türe nicht öffne, ich brauche nicht zu sagen: „Ich kaufe nichts, ich gebe nichts, ich ziehe nicht aus." Wenn man die Türe nicht öffnet, muß die Frau mit den harten, starken Händen vor der Türe bleiben. Keiner kann mich an den Schultern packen, so daß mein kraftlos gewordenes Fleisch zu schmerzen beginnt und ich später nicht einmal die Träger meines Unterhemdes auf der Schulter ertragen kann. Keiner kann zu mir sagen: „Setz

dich schon endlich hin, Mutti, und iß. Ich muß heute noch zwanzig alte Weiber füttern. Du bist nicht allein auf der Welt, Mutti." Keiner, der nicht mein Kind ist und mich doch mit „Mutti" anredet, kann von mir sagen: „Die Mutti hört und sieht nichts mehr und begreifen tut sie gar nichts."
Wenn solche Leute vor der Türe bleiben müssen, dann geschieht ihnen recht.
Eine Frau sitzt in ihrer Wohnung. Sie hat die Türe fest verschlossen, damit kein böser Mensch zu ihr herein kann. Der Mann dieser Frau steht draußen und rüttelt an der Türe. Er schreit und brüllt, so daß die Nachbarn aufschrecken. Aber die Frau öffnet die Türe nicht. Der Mann dieser Frau war lange fort. Es ist ein Mann, der immer weiß, was zu tun ist.
Er liest in Büchern, in denen geheimnisvolle Zeichen und Formeln stehen, und weiß deshalb, was zu tun ist. Es war Krieg, und dieser Mann ist mit seinen Formeln an einen sicheren Ort gezogen. Jetzt ist er wieder da und rüttelt an der Türe. Die Frau öffnet die Türe nicht. Sie ekelt sich vor dem Mann. Die Formeln sind ihr widerwärtig, und sie hat erfahren, daß der Mann sich mit Weibern herumgetrieben hat. Die Frau weiß, daß der Mann mit ihr schlafen will, daß er sich auf sie stürzen will, daß er ihren Körper mit seinem Geruch und seinem Schweiß beschmutzen will und schreien: „Du Hure, du Schwein!". Die Frau öffnet die Türe nicht und wartet, daß der Mann endlich gehen soll.
Diese Frau hat etwas getan, was verboten ist. Die Frau wird angeklagt und muß vor Gericht. Der Mann erzählt dem Richter, daß die Frau ihre ehelichen Pflichten nicht erfüllt hat. Die Frau wird geschieden. Diese Frau wird geschieden, obwohl sie sich nicht hat scheiden lassen wollen und

obwohl sie dem Mann verziehen hätte. Sie wollte nur die Türe nicht öffnen.
Nach der Gerichtsverhandlung sagt der Anwalt dieser Frau zu ihr: „Sie waren dumm. Sie hätten die Türe öffnen sollen und mit diesem Mann schlafen. Natürlich hat der Mann gewußt, daß Sie sich ihm verweigern werden. Es ist ein alter Trick von Männern, die sich scheiden lassen wollen. Wenn die Frau, die sie loswerden wollen, die Türe nicht öffnet, dann ist die Frau schuldig, und der Mann braucht ihr nichts zu zahlen."
Das muß ich gelesen haben. Der Mann hat in den chemischen Formeln gelesen, und der Anwalt hat in seinen Paragraphen gelesen. Ich sehe keinen Sinn darin.
Eine andere Frau liegt in einem Saal, dessen Türen sich nicht öffnen lassen. Oder ist es dieselbe Frau? Diese andere Frau, die vielleicht dieselbe Frau ist, liegt in einem Saal eingesperrt. Einmal ist die Frau aus ihrem Bett gekrochen, sie ist heimlich zur Türe geschlichen, weil sie glaubte, es in dem Saal nicht mehr aushalten zu können. Aber die Türe ließ sich nicht öffnen, sie hatte keine Türklinke.
In dem Saal sind viele Betten. In allen Betten liegen Frauen. Sie sind grau im Gesicht, sie tragen graue Kittel und ihre Körper sind unter grauen Decken verborgen. Das Haar der Frauen ist wirr und strähnig. Manche Frauen stöhnen, manche brabbeln ungereimtes Zeug, doch die meisten schlafen oder sind tot. Wenn diese Frau versucht, die Türe ohne Klinke zu öffnen, dann wird sie von einer starken, bösen Hand zurückgehalten. Die Hand packt die Frau an der Schulter, so daß es schmerzt, und zwingt die Frau, zu ihrem Bett zurückzugehen. Dann zwingt die Hand diese Frau, eine übelriechende Flüssigkeit zu schlucken.

Die Frau muß schlucken, wenn sie nicht ersticken will. Eine laute Stimme sagt: „Schlucken, schön brav schlucken!" Dann sinkt die Frau in einen tiefen Schlaf. Die Frau hat keine Zeit mehr, um zu sagen, daß sie nur wenige Schlaftabletten genommen hat. Daß sie es nicht so gemeint hat, daß sie nicht sterben wollte und daß sie nur mit jemandem reden wollte.

Die Frau hat auch keine Zeit mehr, um zu sagen, daß sie Schmerzen in der Hüfte hat und ihre Medizin nehmen muß. Die Frau hat keine Zeit mehr, um zu sagen: „Ich will mit einem Arzt sprechen oder mit einem Anwalt. Man hat mir einen Schlauch in meinen Schlund gezwungen, so daß ich heute noch Schmerzen habe. Man hat mich widerrechtlich in einen Saal gelegt, dessen Türen man nicht öffnen kann. Ich werde mich beschweren! „Was glauben Sie, wer ich bin! Ich verlange mein Recht!"

Doch die Frau sinkt in einen tiefen Schlaf, dessen Türen man nicht öffnen kann. Die Frau schläft ebenso tief wie die anderen Frauen in den grauen Betten, wie die anderen Frauen, deren Haar auch wirr und strähnig ist. Die Frau hat keine Zeit mehr, um zu sagen, daß sie nicht verrückt ist.

Ich bin nicht verrückt.

Bin ich diese Frau gewesen?

Wenn der Hausherr an meine Türe kommt oder diese Frau mit den bösen, starken Händen, die „Mutti" zu mir sagt, und wenn ich mich nicht gefunden habe, dann werden sie sagen, daß ich verrückt bin. Sie werden mich in den Saal mit den grauen Betten zurückbringen, dessen Türe sich nicht öffnen läßt. Ich muß mich finden, denn sie werden nicht verstehen, daß man mir die Wörter weggenommen hat.

Es hat eine Zeit gegeben, da war ein Wesen in meiner Wohnung. Dieses Wesen kam in der Nacht, ich konnte es atmen und stöhnen hören. Dieses Wesen ist nun nicht mehr da. Ich weiß genau, daß ich allein bin.
Wenn ich die Türe nicht öffne, so weiß ich genau, daß ich allein bin. Ich bin das einzige Lebewesen, das ich finden kann, wenn ich die Türe nicht öffne.

Das Wort

ICH habe alles gelesen.
Ich brauche meine Brille nicht mehr. Der Optiker ist ein Betrüger, der Augenarzt hat die Karteikarten verwechselt. Die Schreiber schreiben in einer Schrift, die ich nicht entziffern kann. Alle haben sich verschworen, mir die Worte wegzunehmen, damit ich keine Gedanken haben soll. Um Gedanken zu haben, braucht man Worte. Doch vor meinen Augen ist nichts, nur milchige Verschwommenheit.
Meine Feinde wissen nicht, daß ich klüger bin als sie. Die Worte, die Formeln, die Symbole, die senkrechten und waagrechten Gedanken der Kreuzworträtsel gehören zu einer Ordnung, die keinen Sinn hat.
Das habe ich erkannt, und deshalb brauche ich meine Brille nicht mehr.
Ich habe meine Brille zerbrochen. Weil der Schmerz in meinen Hüften unerträglich war, wollte ich zu dem Krug gehen, mir Wasser einzugießen und ein Mittel zu nehmen, das den Schmerz betäubt. Ich wollte aus meinem Krug, es ist ein sehr kostbarer Krug aus Porzellan, mit Margeriten geschmackvoll bemalt, Wasser in ein Glas schütten. Das Wasser wäre in klaren Kaskaden in das Glas gestürzt, ein ewiger, wunderbarer Wasserfall. „In aqua vita." Das habe ich einmal gelesen. Obwohl ich nie Latein gelernt habe, habe ich den Sinn verstanden, so wie ich nun den Sinn von allem verstehe. Mir fehlt nur noch ein einziges Wort, um das Rätsel zu lösen.
Als ich zu dem Krug gehen wollte, um mir Wasser zu holen, bin ich gestolpert und gestürzt. Dabei ist meine Brille zerbrochen. Meine Brille gibt es nicht mehr, sie liegt in Bruchstücken auf dem Boden.

Es wäre mir ein Leichtes, die Bruchstücke wieder zu einem Ganzen zusammenzufügen, es wäre mir ein Leichtes, wieder eine Brille zu haben, mit ihrer Hilfe zu lesen und den Sinn zu verstehen.
Ich habe immer einen raschen Verstand gehabt, ich konnte gut rechnen, die Lehrerin war zufrieden mit mir, und wenn ich gewollt hätte, hätte ich alle Formeln verstanden, die ihm verschlossen geblieben sind und die seine Augen verengt und seine Stirn gequält haben.
Ich habe aber begriffen, daß ich nicht zufällig gestolpert und gestürzt bin. Mein Körper war klüger als ich, mein Körper hat meinen Willen in die Tat umgesetzt.
Ich brauche meine Brille nicht mehr.
Ich liege auf dem Boden und warte. Ich liege auf dem Boden, und ich mache keine Bewegung, um die Bruchstücke meiner Brille zu finden.
Ich liege auf dem Boden und warte, bis ich das Wort erfahren werde.
Ich liege auf dem Boden und fühle, daß die Schmerzwelle, die meinen Körper heimgesucht hat, verebbt. Ich weiß, daß ich keine Furcht haben muß. Ich habe auf meiner Schulter Druckstellen, die durch den Zugriff einer bösen und harten Hand entstanden sind.
Das schwammige Fleisch meines alten Körpers kann auf diesen Druckstellen kaum die Last der Träger des Unterhemdes ertragen. Ich liege auf dem Boden und weiß, daß meine Schultern nicht mehr schmerzen. Ich brauche keine Bewegung zu machen, um die Schmerzlosigkeit meiner Schultern zu überprüfen. Ich weiß, daß meine Schultern keine Druckstellen haben und daß das Fleisch meines Körpers weiß und unbefleckt ist.
Während ich auf dem Boden liege, bin ich meine Mutter. Ich empfinde große Zärtlichkeit für das

kleine Mädchen, das meine Tochter ist und das ich bin. Ich kenne das Wort, und ich werde das Wort weitersagen.
Ich habe Zeit, und ich empfinde große Wärme und Zärtlichkeit für das Geschöpf, das meine Tochter ist und das ich bin. Weil ich das Wort kenne, habe ich Zeit, und ich kann, während ich meine Mutter bin, einer zweiten Regung für meine Tochter nachgeben.
Ich empfinde Abscheu und Abneigung gegen meine Tochter, die ich bin, und ich habe den Wunsch, meine Tochter zu demütigen und zu kränken. Weil ich das Wort kenne, weil ich das Wort sagen werde, wenn die Zeit dafür gekommen ist, und weil die Zärtlichkeit und Wärme da ist, darf ich meinem Wunsch entsprechen. Ich rede daher zu meiner Tochter und sage jene Worte, die gesagt werden müssen: „Du bist ein häßliches und ungeschicktes Geschöpf, mein Kind, du bist eine Belästigung für deine Umwelt.
Die Verantwortung einer Mutter hat Grenzen, muß Grenzen haben. Jedes Individuum ist ein Geschöpf für sich. Die Mutter kann dafür zur Verantwortung gezogen werden, daß ein Kind nicht gut genährt und gekleidet ist. Ob ein Mensch geschickt oder ungeschickt ist, ob er schön ist oder häßlich, ist ganz gewiß nicht Schuld seiner Mutter.
Wenn ein menschliches Dasein eine Belästigung für seine Mitmenschen ist, so geht dies höchstwahrscheinlich auf einen Mangel an Aufmerksamkeit zurück, auf die Unfähigkeit, innerhalb einer vorgegebenen Umgebung zu leben. Da du, mein Kind, für deine Umgebung abstoßend und widerwärtig bist, mußt du dich ändern. Gestern, zum Beispiel, als ich den Tee nahm, hast du dich mit einer heftigen, gedankenlosen und aufdringlichen Bewegung an mich gelehnt.

Es war wieder eine von jenen Bewegungen, wie du sie so häufig machst, du lehntest den Kopf, deinen dicken, schweren Kopf an meine Hand, die doch die Teetasse hielt, diese zarte, schöne Tasse aus chinesischem Porzellan. Ich bin, mein Kind, weiß Gott, darin geübt, eine Teetasse zu halten. Es ist gar nicht so einfach, eine Teetasse zu halten, ich bin zum Beispiel fast sicher, daß du es nie lernen wirst, das ist besonders bedauerlich, weil es einer Dame das Auftreten in der Öffentlichkeit ungemein erleichtert, wenn sie diese Kunst beherrscht, ja es wird ihr unter Umständen sogar möglich, durch zierliches Halten der Teetasse von kleinen körperlichen Unzulänglichkeiten abzulenken.
Ich selbst, also, bin darin geübt, obwohl ich es bei Gott nicht nötig hätte, ja, ich habe sogar stets darauf verzichtet, die Teetasse auch nur ein einziges Mal zu vernachlässigen. Dabei hätte dadurch immerhin die Möglichkeit bestanden, die Blicke meiner Gesprächspartner nicht so sehr durch den vollkommen ästhetischen Anblick meiner Hand mit der Teetasse darin zu fesseln, sondern ihnen Gelegenheit zu geben, auch andere Partien meines Körpers zu betrachten.
Dennoch muß ein Meister des Teetassen-Haltens, oder gerade ein solcher, die gesamte ihm zur Verfügung stehende Aufmerksamkeit auf die erforderliche Körperhaltung aufwenden. Um die völlige Ausgewogenheit, das Gleichgewicht, die eine einzig mögliche Haltung zu finden, bedarf es des völligen Einsatzes der Muskeln und Sehnen der Hand, des Unterarmes vor allem, natürlich auch des Oberarmes, ja, da der Mensch nicht imstande ist, ein Glied seines Körpers von der Gesamtheit zu isolieren, eigentlich des ganzen Körpers.

Ich selbst bin zwar imstande, sogar meine Füße, nicht die Beine, wohlgemerkt, zu kreuzen, ohne daß der Löffel auf der Untertasse zu klirren beginnt. Aber dies ist ein bewußter Körperakt und nicht eine Reflexbewegung.
Wenn aber ein Mensch eine Körperhaltung einnimmt, die alle Körperteile voll beansprucht, so ist es ihm unmöglich, wenn ein schwerer, dicker Kopf wie der deine, mein Kind, gegen seinen Unterarm prallt, diesen Stoß abzufangen, ihm auszuweichen und gleichzeitig, denn darauf kommt es an, jene ursprüngliche Körperhaltung beizubehalten, auf die er zuvor seine ganze Aufmerksamkeit verwenden mußte."
So rede ich, während ich meine Mutter bin. Während ich auf dem Boden liege, kann ich das Klirren der zerbrochenen Teetasse hören, ich spüre siedend heiße Teetropfen auf meiner Hand, empfinde den Schmerz der Verbrühung und sehe das Kleid, dessen makellose Seide durch Teeflecken verunstaltet ist. Der Tee hat eine gelbliche Färbung bewirkt, die Seide hat an den befleckten Stellen den Glanz verloren, die Maserung der Webe tritt, matt und aufgequollen, deutlich hervor. Ich rede zu dem kleinen Mädchen, das ich bin, und der Abscheu darüber, daß es so ungeschickt ist, und sein Kopf so dick und schwer, vertieft noch meine Zärtlichkeit.
Der Ekel, den ich für das kleine Mädchen, das ich bin, empfinde, ist berechtigt. Ich brauche mir, während ich meine Mutter bin, keine Vorwürfe zu machen. Der Gedanke daran, daß dieses ungeschickte Geschöpf mit dem schweren Kopf und den stolpernden Beinen aus meinem Leib gekrochen ist, nimmt mir den Atem und läßt mein Herz laut schlagen. Der Geruch dieses fremden Menschen, der aus meinem Leib gekommen ist, der

Schweiß dieses fremden Menschen, seine Ausdünstung und sein Anblick bereiten mir Übelkeit. Mein Leib ist durch die Geburt dieses fremden Menschen beschmutzt.

Während ich meine Mutter bin, habe ich das Bedürfnis, meinen Leib, aus dem ein fremdes, widerwärtiges Geschöpf gekommen ist, zu reinigen und zu salben. Um mich selbst von dem Ekel zu befreien, rede ich zu dem kleinen Mädchen, das ich bin, von meiner eigenen körperlichen Vollkommenheit.

Doch ich tue das nicht nur, weil ich Trost brauche für die Beschmutzung, die mir widerfahren ist, und ich tue es nicht nur, um mir selbst im Vergleich mit einem unvollkommenen Lebewesen Trost zu holen. Ich tue es auch, weil es zu meinen mütterlichen Pflichten gehört, weil ich mein Kind ermahnen und erziehen muß.

Denn während ich meine Mutter bin, empfinde ich tiefes Erbarmen und warme Zärtlichkeit für das kleine Mädchen, das ich bin. Ich kenne das Wort, und ich werde das Wort sagen, und für das kleine Mädchen wird alles gut werden.

Einmal noch müssen die Schmerzen meinen Körper erfassen. Ich habe keine Furcht mehr, ich begreife den Sinn. Mein Körper gehört nicht mehr mir. Indem er den Schmerzen ausgeliefert ist, ist er Teil eines Geschehens, das ich nun begreife.

Mein Körper ist Werkzeug und Offenbarung, die Schmerzen kommen wellenartig, ich begreife, daß dies der Pulsschlag des ewigen Lebens ist. Mein Körper ist Werkzeug des ewigen Lebens. Weil ich das begreife, fürchte ich die Schmerzen nicht mehr.

Ein Mann kommt. Er zwingt meine Beine auseinander, er fesselt meine Knöchel mit schmutzigen

Tüchern, er schneidet mit einer Waffe meinen Sohn aus meinem Körper.
Mein Sohn heißt Rudolf Angermeyer. Er hat ein kaltes Gehirn.
Mein Sohn heißt Heinrich Kropacek. Er ist in Rußland verfault.
Mein Sohn war da, um mich zu besuchen, und ich habe ihm die Türe geöffnet. Er war sehr gut zu mir. Er hörte mir geduldig zu, wenn ich mit ihm redete.
Er wusch meine Wunden und reinigte die blutigen Tücher in meiner Waschschüssel. Kaltes, klares Wasser zog die Blutflecken aus den Tüchern, blutige Schlieren färbten die Margeriten auf dem Grund der Schüssel rosig. Morgen wird mein Sohn zurückkommen.
Dann werde ich das Wort kennen.
Ich werde das Wort sagen.